표지 그림 ⓒ 〈I'm burning〉, 2023, acrylic and oil on linen, 130 x 100 cm

송지혜_ 독일을 기반으로 활동하는 작가로, 일상 속 불안을 시각적으로 표현하는 작업을 하고 있다. 그녀의 작품은 불안을 통해 인간 존재와 세계와의 관계를 탐구하며, 이를 시각적 매개체로 표현한다. 국제적인 전시와 프로젝트를 통해 활동 중이며, 독창적인 작업으로 주목받고 있다. @wisdomsong

계간 미스터리

2024 가을호

2024년 9월 19일 발행 통권 제83호

발행인 이영은

편집장 한이

편집위원 김재희 윤자영 조동신 한수옥 홍성호 황세연

교정 오효순

홍보마케팅 김소망

디자인 조효빈

제작 제이오

인쇄 민언프린텍

발행처 나비클럽

등록번호 마포, 바00185

등록일자 2015년 10월 7일

출판등록 2017. 7. 4. 제25100-2017-0000054호

주소 (04031) 서울 마포구 동교로22길 49, 2층

전화 070-7722-3751 팩스 02-6008-3745

메일 nabiclub@nabiclub.net

홈페이지 www.nabiclub.net

페이스북 @nabiclub

인스타그램 @nabiclub

ISSN 1599-5216

ISBN 979-11-94127-05-5(03810)

※본지는 한국문화예술위원회의 문예진흥기금에서 원고료(일부)를 지원받아 발행합니다.

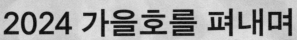

2024 가을호를 펴내며

역대급 불더위였습니다. 낮에는 양산을 쓰지 않고는 밖을 돌아다닐 수 없을 지경이었고, 최장 열대야 기록을 경신했다는 소리도 들립니다. 출판계는 여지없이 최고의 불황이고 사람들은 더 쉽고 즉각적인 오락거리를 찾아 헤매다, 온갖 도파민 뿜뿜 쇼츠에 중독되어 문해력과 집중력은 흔들리다 못해 실종 위기입니다. 그럼에도 불구하고 또 한 권의《계간 미스터리》를 내놓습니다.

가을호 특집 주제는 최근 뜨거운 화제인 '탐정'으로 잡았습니다. 가톨릭대학교 행정학과 탐정학전공 염건령 교수가 〈실재하는 탐정의 세계〉란 제목으로 우리가 막연하게 흥신소나 심부름센터 정도로만 알고 있는 탐정의 진짜 모습을 알려줍니다. 특히 현재 탐정이 활동하고 있는 전문영역이 놀랍도록 다양해 깜짝 놀랐습니다. 변호사를 보조하는 법률 탐정, 기업 내외의 사건 사고와 핵심 정보 유출 사건을 다루는 기업 탐정, 보험사기 사건을 조사하는 보험 탐정, 컴퓨터 시스템 불법 침입이나 음란폭력물 피해 등을 전문으로 하는 사이버 탐정, 실종아동이나 가출청소년을 찾는 소재 조사 탐정 등 다양한 분야에서 전문적인 지식을 활용해 활동하고 있습니다. 앞으로 이런 전문 탐정을 소재로 한 미스터리 작품이 무궁무진하게 나오리라 봅니다.

특집 두 번째는 8월 24일에 열린 여름추리소설학교 참관기입니다. 벌써 35회를 맞은 올해의 주제는 "한국 미스터리, 다양성의 날개를 펼치다"였고, 주제에 걸맞은 프로그램들이 준비되었습니다. 지금 활발하게 활동하고 있는 무경, 조동신, 홍정기 작가가 역사·코지·특수설정 미스터리의 실전적 작법을 강의했고, 부산경찰청 과학수사과 범죄분석관 윤정아 교수, 전 인터폴 계장 전재홍 경정, 앞에서도 언급한 바 있는 탐정학전공 염건령 교수 등이 각자의 전문 분야에 관한 강의를 진행했습니다. "그 어느 때보다도 강의의 단짠단짠이 좋았다"는 평가를 받은 여름추리소설학교를 지면으로나마 슬쩍 엿보시길 바랍니다.

신인상은 이용연 작가의 〈냉장고에 들어간 남자들〉이 뽑혔습니다. 냉장고에서 발견된 두 남자의 시체를 둘러싼 미스터리를 차분하게 풀어가는 작품으로, 무엇보다 촘촘한 서사와 명료한 주제 의식이 돋보였습니다. 가정폭력과 데이트폭력을 하나로 묶어서 흥미롭게 이야기를 끌고 나간 점도 좋은 평가를 끌어낸 요인이었습니다. 당선 사실을 통보하고 프로필을 받아보니 영화 〈여고괴담 3 : 여우 계단〉, 〈7년의 밤〉, 〈그녀의 취미생활〉의 시나리오를 쓰고 여러 편의 드라마 대본을 집필한 경력이 있는 작가였습니다. 과거에는 미스터리를 쓰다가 생계를 위해 영상 쪽으로 전향하는 경우가 많았는데, 최근 상황이 역전된 것 같아 묘한 느낌이 듭니다.

가을호에 실린 세 편의 작품도 다양한 매력을 갖고 있습니다. 김범석의 〈깊은 산속 풀빌라의 기괴한 살인〉은 상당한 분량 때문에 수록을 망설이다가, 한국형 본격 미스터리를 보여주는 작품이라는 판단에 싣기를 결정했습니다. 오랫동안 작가가 고집스레 천착해온 작업이 유의미한 결과를 보여주는 것 같아 흐뭇한 마음입니다. 무경의 〈망〉은 말 그대로 단숨에 읽히는 작품입니다. 단 두 사람의 대화만으로 이루어진 짧은 작품인데, 뒤에 산처럼 거대한 서사를 감추고 있습니다. 아니나 다를까 작가에게 확인해보니 필생의 작업으로 생각하는 장편소설의 몸풀기 같은 작품이라고 하는군요. 홍선주의 〈살인자의 냄새〉는 일전에 발표한 단편 <마트료시카>와 세계관을 공유하는 작품으로, 코끝이 시큰해지는, 미스터리에서는 흔치 않은 감각을 맛보실 수 있습니다.

이번 호에 실리는 작품들을 관통하는 주제를 무엇이라고 표현할 수 있을까, 고민하다 "그것은 사랑이 아니다"란 문장을 떠올렸습니다. 공교롭게도 가을호 마감이 한창일 때 딥페이크 사건이 불거지면서 여름호에 실린 최희주 기자의 〈당신 옆의 가해자 - 딥페이크 업체 추적기〉가 다시 화제가 되었습니다. 늘 사회의 그늘진 곳을 들여다보는 미스터리의 장르적 특성상 이번 호에도 일그러진 사랑의 형태가 여럿 등장합니다. 사랑이 미스터리를 만나면 어떻게 변형되는지 모쪼록 평안한 마음으로 살피시길.

인터뷰로는 최근 《이것은 유해한 장르다 - 미스터리는 어떻게 힙한 장르가 되었나》를 출간한 박인성 문학 평론가와 만났습니다. 어떻게 미스터리 장르에 관심을 두게 되었는지, 장르의 변화를 추적하는 과정에서 어떤 발견을 했는지 다양한 이야기를 나누었습니다. 박인성 교수의 〈한국 미스터리를 읽는 네 가지 키워드 ③ : 미스터리의 탐색담과 공진화共進化〉도 흥미로운 분석이 가득하니 일독을 권합니다. 영국 미스터리 스릴러 드라마 〈브로드처치〉를 다룬 쥬한량의 미스터리 영상 리뷰도 재미있습니다.

스티븐 킹은 사람들이 어떻게 기억해줬으면 하느냐는 질문에 이렇게 말했다고 합니다.

"(50년 후의 사람들에게) 제 작품은 흐릿한 기억이 될 겁니다. 그중 나이가 많은 사람들은 제 작품을 읽어본 적 있을 테고, 몇몇 책은 시간이 흘러도 사람들에게 읽힐 수도 있겠지요. (…) 어떻게 될지는 아무도 모르는 법입니다. (…) 하지만 어쨌든 나라는 인간은 사람들에게 기쁨을 주고자 노력하도록 설계되어 있어요. 그게 제가 하는 일이죠. 그러니까 전 사람들이 책을 읽고 거기에 흠뻑 빠져들길 바랍니다. 제가 멈춘 뒤에도요."

불더위가 오고, 역대급 불황에, 쇼츠 열풍이 불어도, 우리는 당신들의 기쁨을 위해 재밌는 이야기를 모아 《계간 미스터리》를 펴냅니다. 선선한 가을바람과 함께 실컷 즐기시길.

한이·계간 미스터리 편집장

차례

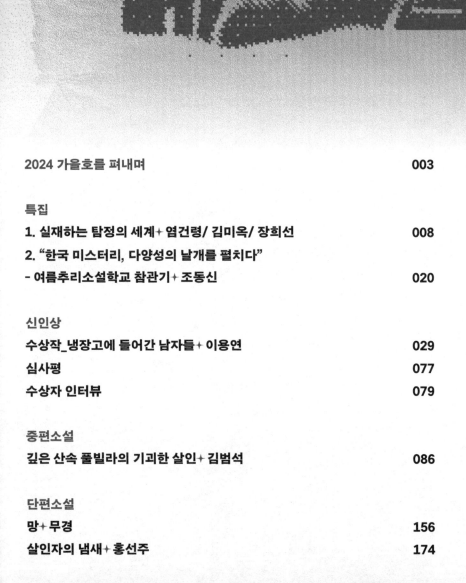

특집 1

실재하는 탐정의 세계

염건령(가톨릭대학교 행정학과 탐정학전공교수/ 부설 한국탐정학연구소장)
김미옥(가톨릭대학교 한국탐정학연구소 연구위원/ 행정학박사)
장희선(한국범죄학연구소 연구원)

탐정은 어디에서 출발한 것일까?

탐정이 고도로 발달한 서양의 경우, 왕으로부터 권력을 돌려받기 위한 시민들의 투쟁으로부터 시작되었다. 왕에게만 충성하는 공무원과 관료제도로 인해서 시민들은 자신의 권리를 보장받을 수 없었고, 민형사상 권리를 보호하기 위해서 별도의 용역 조사 제도가 필요했다. 그것이 19세기에 이르러 사립탐정으로 자리 잡게 된 것이다. 특히 영국과 미국에서는 소송할 때 당사자인 원고와 피고에 의한 증거 입증을 중요하게 다툰다. 법정에서 유리한 증거나 자료를 스스로 수집할 수 있는 권리가 시민에게 있다 보니, 이를 대행할 수 있는 전문가의 수요가 급증하게 된 것이다.

이후 자본주의의 발달과 함께 경제권력자들이 등장하게 되었고, 자신의 부를 지키기 위해 민간 경비와 전문 탐정을 고용하기 시작하면서 더 많은 전문 인력이 탐정업에 뛰어들었다. 최근에는 기업의 정보력이 생존과 직결되는 문제가 되었다. 기업으로서는 핵심 정보가 유출되어도 공권력에 기대기 어렵다. 기술 유출이 언론에 알려지면 주가에 막대한 타격을 입고 투자자의 투자금 회수로 이어지기 때문이다. 이런 상황에서 은밀하게 사건을 처리하는 탐정의 존재는 그야말로 막힌 숨통을 열어주는 고마운 존재다. 지금은 거대 기업만이 아니라 개인 사업 분쟁의 조사 대행에도 탐정이 나서고 있다.

하지만 탐정 법제화가 이루어지지 않고 있는 우리나라에서 탐정의 존재는 전설상의 동물인 유니콘처럼 원하지만 만나기는 쉽지 않은 존재로 남아 있다. 이 글을 통해 국내 탐정업의 실정과 업무 영역을 간략하게나마 알아보고, 어떻게 탐정이 양지에서 활동할 수 있는 토대를 만들 수 있을 것인지 생각해보고자 한다.

국내 탐정의 활동

탐정은 정보 수집 및 사실 조사를 통해서 합법적인 범위 내에서 의뢰인의 권익 보호와 안전 확보 및 조속한 피해 회복에 기여하고 있다. 이러한 활동에는 국민의 안전에 대한 공익 침해 사실 조사, 기업 보안과 관련된 사항 및 지적재산권 침해 조사, 보험금 부당청구와 관련된 사항 조사, 소송 사건에 필요한 변호사의 의뢰 사항에 대한 사실 조사, 불법행위 감시, 온라인상에서의 자료 수집 등이 있다.

탐정은 이러한 사법적 영역에서의 긍정적인 전망과 활동에도 불구하고 탐정 입법화는 반대에 부딪히고 있다. 현재 탐정 업무 영역이 변호사, 법무사, 행정사, 신용정보조사사업 등 비슷한 직업과 충돌한다는 변호사 업계의 반발 때문이다. 또한 탐정의 관리 감독기관 선정을 두고 관련 부처나 기관의 이해득실 관계로 입법화는 계속 지연되고 있다. 하지만 2020년도부터 헌법재판소 판결에 따라 탐정업에 대한 전면적인 허용이 이뤄지면서 최근 4년간 우리나라의 탐정 산업은 급격하게 발전하고 있다.

우리나라에서 탐정의 역할을 원활히 수행하기 위해서는 반드시 변호사법을 함께 검토해보아야 하는데 이는 탐정 업무의 내용이나 성격이 형사소송법이 규제하는 분야와 겹치는 부분이 있기 때문이다. 그러나 탐정은 한층 전문화된 증거 수집 서비스와 조사 활동에서 신속한 소송업무 지원을 변호사에게 제공해줄 수 있다.

의뢰인의 권리구제에 있어 심리적 안정감과 사건이 끝날 때까지 의뢰인의 사건에만 집중해줄 수 있으며, 상황에 따른 선제적 도움으로 의뢰인의 피해를 최소화하는 데 도움을 줌으로써 변호사 업계의 종합적인 법률 서비스 분야의 한 축을 담당할 수 있다. 이러한 점은 탐정이 변호사와 상생할 수 있는 긍정적인 측면으로 이해되며, 여기에 동의하는 변호사들도 다수 있는 것으로 보아 앞으로 탐정의 입법화는 긍정적이라 할 수 있다.

탐정의 전문 영역

아직까지는 탐정 입법화가 이루어지지 않아서 탐정의 역할 중 비공식적으로 인정되는 분야는 미아 및 실종자 찾기, 채권추심, 개인이나 기업의 평판 조회, 기업분석 정도다. 아래는 현재 활동 중이거나 앞으로 발전하고 있는 전문 탐정의 활동이다.

●법률 탐정Legal Private Investigator과 기업 탐정Corporate Private Investigator

법률 탐정은 법정 증언testimony과 증인의 확보witness, 사건 조사에 필요한 관련 자료 수집evidence 등의 일을 주로 하며 증인 출석, 법률 서류 작성, 대상자에 대한 면담과 민사에 필요한 소송 자료를 검토하고 필요 시 법정에 증인으로 출석하기도 한다.

기업 탐정은 기업 내외에서 발생하는 사건 및 사고 등을 조사하는 일을 하는데 주 업무로는 기업 내·외부에서 불법적으로 발생하는 문제에 대한 조사, 회사 내 작업 현장에서 발생하는 불법적인 상황에 대한 조사, 회계부정, 지적재산권 침해 조사, 디지털 포렌식을 이용한 증거 분석 등이 있다. 외국의 경우 국가기관이 산업현장에서 벌어지는 불법적인 일을 모두 수사·감시할 수 없기 때문에 상당한 수준에서 기업 탐정과 협업한다.

오랫동안 탐정업이 발전한 국가에서는 개별적인 유형의 탐정업이 아닌 민간기관이나 국가기관과 협업하는 방식이 활성화되고 있다. 기업의 부정행위 조사는 영업비밀 문서의 위·변조와 부정경쟁으로 인한 영업상 손해를 방지하기 위한 부정부패를 감시하는 일로서 특히 탐정이 필요한 분야라 할 수 있다.

●보험 탐정Insurance Private Investigator

보험범죄insurance crime는 보험계약자 또는 제3자가 받을 수 없는 보험금을 구체적인 방법을 이용해 대가 없이 받으려 하거나 사건을 조장해 보험금을 노리는 경우 등의 범법행위를 말한다. 보험범죄는 현재 가장 심각한 범죄 중 하나로서 그 수가 계속 늘어나고 있다.

대개 보험사들은 자체적인 조사 인력으로 손해사정인을 두고 있으며, 부족한 부분은 전문적으로 조사해주는 회사와 협력하고 있다. 그러나 늘어나는 보험범죄 건수와 더불어 수법 또한 점점 더 지능화되고 있어 보험 탐정의 역할은 사건 해결에 많은 도움이 될 것으로 보인다.

급증하는 보험사기를 막기 위해 보험회사는 특별조사팀을 운영하고 있는데, 이들 전문조사팀을 SIU(Special Investigation Unit)라고 부른다. 우리나라의 경우에 생명보험 19개 사, 손해보험은 14개 사에서 개별적으로 SIU를 운영하고 있으며(2024년도 기준), 삼성화재의 SIU는 총인원 51명으로 업계 중 최다수다. 실제 현장에 나가 조사 업무를 담당하는 직원은 36명으로 경찰수사관이나 검찰수사관 출신이 가장 많고, 교통안전공단에서 교통사고 조사원으로 일했거나 종합병원에서 의무기록원으로 근무했던 직원이 있을 정도로 다양한 분야에서 경험을 쌓은 사람이 많다.

전 세계에서 탐정제도가 가장 발달한 미국에서는 모든 사건에 탐정이 관여할 정도로 광범위하게 활동하고 있다. 특히 보험회사의 보험사기 적발에 크게 기여하고 있는데 조사 과정에서 탐정은 제한적이긴 하지만 정부로부터 사건 밑도급을 받을 수 있고, 정부기관과 수사기관의 협조를 통해 기록 열람을 할 수 있다. 미국에서는 공인탐정이 보험사기 조사에서 중요한 임무를 수행하고 있는데 보험사기 조사기 목적인 경우, 위장 및 사칭 인터뷰나 녹음·녹화 등이 허용되기 때문이다.

- 사이버 탐정Cyber Private Investigator

정보통신기술의 발달로 사이버범죄가 급속히 증가하고 있다. 특히 사이버상에서 벌어지는 컴퓨터 사회기반시설에 대한 사이버테러, 시스템의 불법침입, 지적재산권의 침해, 공공·개인정보 오남용, 음란폭력물의 게시·유통, 인터넷 이용 범죄, 컴퓨터 바이러스 등으로 인한 컴퓨터 통신이용 사기, 전자상거래 침해, 통신을 이용한 명예훼손 등의 범죄가 증가하고 있다.

하지만 이를 단속할 수 있는 공권력의 한계로 인해 신뢰할 수 있는 탐정의 활동이 대안으로 나타나고 있다. 사이버 탐정은 컴퓨터 IP 추적을 위한 업무, 컴퓨터의 데이터를 복구하고 분석하며 컴퓨터상에 외부 침입 감시 및 조사 업무 파악 등을 주로 한다. 하지만 범죄 기술이 고도로 지능화되고 조직화되면서 사이버범죄에 대한 자료 수집과 증거 수집에는 더 전문화된 인력의 확충이 필요하다.

현재 경찰이나 정보보안 업체들이 필요에 따라 사이버 보안원을 고용해 수사하고는 있지만 범죄 건수에 비해 수사 인력은 매우 부족한 실정이기 때문에 전문 사이버 탐정의 역할은 매우 긍정적이다. 우리나라는 현재 이 분야의 전문가로서 CFP(Cyber Forensic Professional, 사이버포렌식 전문가)를 배출하고 있지만 사이버 공간을 이용한 범죄 증가 속도나 방법을 따라잡는 데는 한계가 있다.

• 부동산 탐정Real Estate Private Investigator과 채권관리 탐정Bond Management Private Investigator

부동산 탐정은 개인이 의뢰한 사건에 대해 합법적인 범위 내에서 일을 해주기도 하지만 주로 변호사가 의뢰한 부동산 관련 소송 사건에 대한 증거 수집 활동이 대부분이다. 피해 조사의 대상과 내용으로는, 무등록으로 매매나 임대차 계약을 하는 기획부동산, 부동산 거래 시 실소유권자 확인, 부동산 불법 허위과장 광고, 부동산 불법 알박기, 개발 대상 필지 소유권자의 소재와 개인 인적사항, 유치권자의 불법 유무, 부동산과 관련된 채무 면탈을 위한 국내외로의 도피, 불법 부동산 채무자의 소재와 재산 파악 등이며, 조사에서 나온 증거들은 소송 사건에 중요한 자료로 쓰인다.

악성 임대사업자와 기획부동산 업체 같은 전문 사기꾼에게 노출되어 재산 피해를 보는 국민이 늘고 있어, 부동산 범죄 예방을 위해 자료 수집·사실 조사를 전문으로 해주는 인력이 절실한 실정이다. 그러나 현재 대부분 부동산 중개사의 업무는 주로 서류에 의한 판단으로 중개 거래만을 진행하기 때문에 사실 조사, 정보 조사 등의 현장 자료를 기초로 하는 부분에서는 미흡할 수밖에 없다. 이것은 개인의 재산 피해로 이어질 수 있어 사실 조사를 전문적으로 수행하는 부동산 탐정이 필요하다.

채권관리 탐정은 불법으로 간주되거나 금지된 영역 분야를 제외하고는 거의 모든 영역의 조사가 가능하다. 따라서 현행법상의 변호사나 신용정보회사 등의 업무와 중복 또는 충돌의 가능성이 있다. 그러나 채권과 관련된 사건의 경우, 절차의 복잡성, 채무자의 재산 상태를 파악하는 것이 어렵고 시간도 오래 걸리기 때문에 채권자들은 채권 확보를 빨리 처리하기 위해 채권관리 사설 탐정 업체를 찾고 있다.

아직은 탐정업의 입법이 이뤄지지 않아 사설 탐정업체의 부정적인 측면, 즉 불법 통화 내역 조회, 도청, 몰래카메라 설치 같은 불법적인 방법이 사용되기도 하고, 채권 회수를 위해 폭력과 협박을 채무자에게 행할 가능성이 있기 때문에 이를 막기 위한 제도적 방안 및 윤리강령 제정이 필요하다.

●교통사고 조사 탐정Traffic Accident Private Investigator

교통사고와 관련된 조사와 감정 그리고 분석 업무는 현재 '도로교통사고 감정사', '교통사고 분석사', '손해사정팀'에서 하고 있다. 교통사고는 보행자와 운전자의 직·간접적인 원인에 따라 조사를 명확히 해야 하므로 이를 위한 법률적 책임 및 과실 입증을 위해 현장 조사를 신중히 하고 있지만 갈수록 늘어나고 있는 교통사고에 비해 조사 인력은 턱없이 부족하다. 따라서 교통사고 탐정은 교통사고 예방과 원인을 밝히는 부분에 전문성을 갖춘 보완 인력으로서 충분한 임무를 수행할 것으로 본다.

또한 교통사고에 있어 목격자가 사고 정황을 정확하게 기억하거나 증인하기에 어려움이 있는 경우는 당사자들의 결탁이나 판단 착오로 피해자와 가해자가 뒤바뀌는 일이 발생하기도 한다. 이럴 때 이 물리학 지식 및 공학적 지식을 종합 분석하여 실체적인 원인을 규명해줄 수 있는 전문 탐정은 꼭 필요한 보완 인력이 될 수 있다.

일반적으로 다양한 원인 및 복합적인 요인이 중첩되어 일어나는 교통사고에서는 정확한 사고원인을 알아내기 위해 유효한 자료를 추출하여 사고를 해석하고 재현할 수 있는 과학적이며 공학적인 고도의 기술이 필요하다. 정보 수집 활동과 사실 조사 과정에 자신의 전문성과 네트워크를 이용해 "법이 허용하는 테두리 안에서 수행할 수 있는 전문 인력이 바로 탐정"이다.

●지적재산권 탐정Intellectual Property Private Investigator

4차 산업혁명의 핵심 동력으로서 저작권자가 지적재산에 대한 소유권을 독점할 수 있는 지적재산권('지식재산권'이라고도 한다)은 다양한 아이디어와 새로운 기술로 더 큰 문화 발전의 원동력이 되고 있다. 하지만 우리나라는 아직 지적재산권에 대한 정보와 이해가 부족해 디자인 도용, 상표권이나 음원복제 같은 침해행위로 인한 피해가 증가하고 있다.

한국은 특히 저작권 침해가 심각한 상황으로 법적 분쟁이 계속 늘고 있고, 저작권 우선 감시국이라는 불명예를 안게 되었다. 이것은 인터넷망의 무한확장으로 오프라인에서 온라인으로 음악 수요 방식이 바뀌고 비대면의 특성상 고의 또는 미필적 고의 등에 의한 불법행위가 쉽게 일어날 수 있는 환경 변화가 주된

원인이라 할 수 있다.

또한 현재 경찰과 저작권 보호기관의 구제 절차나 방법을 보면 전문 인력이 부족할 뿐 아니라 피해자가 저작권 침해 사실을 입증하기 위해 증거를 수집하고 소송을 해야 하는 어려움이 있다. 경찰이나 저작권 보호 관련 기관에서 다양한 대책을 세우고 있지만 공권력의 한계로 인해, 빠른 피해 예방과 회복을 원하는 저작권자나 기업 당사자들은 문제 해결을 위해 이 분야의 전문 탐정을 고용해 민사나 형사사건 소송 업무에 도움을 받고 있다.

특히 일반 국민이나 경찰력이 접근하기 어려운 저작권 분야는 전문 지식을 갖춘 보완 인력이 필요한 상황이므로 탐정의 역할을 기대해볼 수 있다. 지난 2007년에는 소송 당사자들이 직접 확보한 증거로 법적 공방을 벌일 수 있는 소송 당사자주의 진행 방식이 채택되어 소송에 필요한 다양한 증거자료가 재판 판결에 결정적 영향을 줄 수 있게 되었다. 그만큼 사실적 증거자료 수집이 중요해졌고, 앞으로 탐정이 저작권 보호 대책에서 큰 역할을 할 수 있을 것으로 보인다.

이러한 사정을 감안해, 2023년 4월 6일 문화체육관광부 산하 한국저작권보호원에서도 산업탐정 저작권 관련 교육 및 민간 자격증 공동 운영과 불법 저작물 단속·폐기 등의 업무에 대한 탐정협회 회원의 참여 방안 등을 논의하기 위해 1차 회의를 진행했다.

●소재 조사 탐정Whereabouts Private Investigator

소재 조사는 탐정의 의뢰 업무 중 가장 큰 비중을 차지하고 있는 분야다. 전 세계적으로 많이 발생하는 아동 실종 사건은 수십 년의 시간을 투자해도 해결하지 못하고 결국 장기 미제사건으로 남는 경우가 많다.

특히 실종아동의 보호자들은 실오라기 같은 희망으로 아이 찾기에 전념하다가 결국 가정마저 무너지는 일이 허다하다. 이런 안타까운 현실을 타개하기 위해 실종아동 전문기관과 협회들이 노력하고 있지만 상황은 크게 달라지지 않고 있다.

소재 조사 탐정은 경찰 인력의 부족으로 수사를 지속하기 어려운 장기실종 사고에 긍정적인 도움을 주고 있으며, 실종자 가족으로부터 합법적으로 정보를 제공받아 적정한 보수를 받고 전문 탐정으로서의 역할을 충분히 해내고 있다.

공도환은 이별한 가족이나 실종자, 가출 청소년, 미아, 친구나 친척 등을 찾아주는 소재 조사 탐정이 사회적 기여의 의미로서 범죄 수사에 조력자로서의 역할을 충분히 하고 있으며, 사회적으로 긍정적인 시선과 함께 현상금이나 의뢰비라는 현실적인 보상을 받을 수 있어 현재로서는 탐정의 수요가 가장 많은 분야라고 말한다. 또한 탐정의 소재 조사 업무는 의뢰인의 의도에 따라 범죄에 악용될 수도 있고, 소재 조사를 허용할 경우 스토커 등의 악의적인 목적을 가진 사람이 탐정을 이용할 가능성도 있으므로 사회적 부작용을 일으키지 않는 범위 내에서만 권한이 허용되어야 한다고 말한다.

이렇듯 탐정은 다양한 분야에서 전문 인력으로 활동할 수 있다. 앞으로 탐정 활동은 조응천 의원 발의로 2021년 7월 법사위에서 논의한 '증거 디스커버리 Evidence Discovery 제도'가 시행되면 수요가 더욱 커질 것으로 예상된다. 이 제도가 자리 잡으면 소송 당사자 양측이 재판에 앞서 미리 증거를 공개하고 공유하게 되므로 전문가의 증거 수집이 더욱더 중요해질 것이다.

끝으로 국내 탐정업의 발전을 위해서는 전문 인력의 유입이 절실히 필요하다. 각 수사기관에서 지식과 경험을 쌓은 전문 수사관이나 정부 부처 공무원은 각 분야의 전문가들이다. 하지만 계급정년이나 근속정년 등의 이유로 퇴직 또는 이직을 하게 된다. 2022년 1월부터 5월까지 퇴직한 경찰관 236명의 재취업 현황에 따르면 62명이 로펌이나 변호사 사무실에 재취업했고, 32명이 보안 경비원으로 재취업했다. 경찰 재직 중 축적한 전문 지식과 경험을 살릴 수 있는 재취업은 94명으로 약 40퍼센트 정도이고, 직무 연관성이 떨어지는 주차장 관리원 9명, 일용직과 기간제 근로자 4명, 건널목 관리원 4명, 환경미화원 3명이었다.

2020년 8월 5일 개정된 〈신용정보의 이용과 보호에 관한 법률〉이 시행됨에 따라 '탐정'이라는 명칭을 상호나 직함에 사용하는 영리활동이 가능해졌다. 이에 퇴직을 앞둔 경찰들을 대상으로 '탐정의 미래 전망에 관한 인터뷰'를 실시한 결과 "퇴직 후 젊은 시절부터 공들여 쌓은 업무 노하우를 전혀 활용할 수 없다는 점 때문에 퇴직을 앞두고 우울해하는 동료들이 많"으며, "30년간 공직자로 살았는데 노년에 흥신소 직원으로 취급받을 수는 없는 노릇"이라는 답변이 있었다.

많은 경찰이 탐정의 근무지로 흥신소나 심부름센터를 떠올리는 부정적 이미지 때문에 퇴직 후에 축적된 전문성을 발휘해서 탐정으로 전환하는 데에 회의적이다. 또 대형 로펌이나 변호사 사무실에 재취업한 경찰관의 경우에도 전문성을 활용한 독자적 업무보다는 현직 경찰과 연결해주는 중간자 역할을 하는 데 불과하다.

'탐정'이란 용어를 사용할 수 있게 되면서 탐정에 대한 인식이 변한 것은 분명하다. 현재 경력을 밝히고 전문성을 강조하는 탐정법인체의 설립도 늘고 있다. 하지만 아직은 탐정이 전문 직업인의 이미지보다는 의뢰인과 수직적 관계를 유지하면서 단순히 심부름을 해주거나 귀찮은 일을 대신 처리해주는 직업으로 인식되고 있다.

이처럼 직업적 위상이나 사회적 평판에서의 부정적인 이미지가 고도의 전문 인력이 탐정업에 진출하지 못하는 가장 큰 이유가 되고 있다. 이러한 제도적 미비와 고착된 이미지로 인한 한계는 결국 평판reputation으로 극복해야 할 것이다. 조직의 평판이란 "직원, 고객, 언론인, 그리고 기타 이해관계자 모두에게 표출되는 총체적인 매력이며 조직의 신뢰성과 진실성에 대한 주관적이고 종합적인 평가"이다.

전문가 집단으로 변화를 추구해야만 흥신소나 심부름센터 등으로 고착된 이미지를 개선할 수 있고, 그 해법은 탐정 역할의 전문화와 세분화한 활동이 될 것이다. 이러한 일련의 과정을 통해 이미지가 개선된다면 공공기관에서 퇴직하거나 이직하는 전문 수사관을 비롯해 각 분야의 전문 인력이 탐정으로 유입될 것이고, 이는 결국 전문 탐정 활성화에 큰 발판이 될 것이다.

그때 비로소 우리는, 탐정이 음지를 벗어나 온갖 분야의 공익적 기여자로 거듭나는 모습을 보게 될 것이다.

참고문헌

1. 문헌 자료

- 공도환, 〈한국에서의 탐정제도의 필요성과 탐정의 역할 및 업무 범위에 관한 연구〉, 연세대학교 법무대학원 석사학위 논문, 2008.
- 김권호, 〈국내 산업스파이 유형에 따른 탐정의 대응 방안에 대한 연구〉, 가톨릭대학교 행정대학원 석사학위 논문, 2022.
- 김동일, 〈한국형 탐정제도의 정립 방안 연구〉, 부산외국어대학교 대학원 법학박사학위 논문, 2023.
- 김미옥, 〈저작권 전문탐정의 역할이 저작권자들의 탐정수요에 미치는 영향; 음악 엔터테인먼트 산업 분야를 중심으로〉, 가톨릭대학교 일반대학원 박사학위 논문, 2024.
- 김상민·선준호·염건령, 〈탐정의 실종사건 조사업무 효율성 제고방안에 관한 연구〉, 《산업진흥연구》 제8권 제4호, 산업진흥원, 2023.
- 박상용, 《경찰을 말하다》, 행복에너지출판사, 2021.
- 박해주, 〈공인탐정제도의 국내 도입 방안에 관한 연구〉, 한세대학교 대학원 박사학위 논문, 2015.
- 선준호, 〈탐정의 증거 수집 활동을 위한 제도적 개선 방향에 관한 연구〉, 가톨릭대학교 행정대학원 석사학위 논문, 2022.
- 선준호·김상민·염건령, 〈탐정산업의 효율적 관리를 위한 법제화 연구〉, 《산업진흥연구》 제8권 제2호, 산업진흥원, 2023.
- 염건령·이상수, 〈공인탐정법안의 비판적 고찰〉, 《한국행정학회 동계학술발표논문집》, 한국행정학회, 2019.
- 이도현, 〈탐정의 업무 범위에 관한 연구〉, 동국대학교 법무대학원 석사학위 논문, 2020.
- 이상수·염건령, 《탐정학개론》, 대영문화사, 2022.
- 이상원·이승철, 《탐정학》, 진영사, 2020.
- 이상훈, 〈공인탐정의 활용방안에 관한 연구〉, 《한국융합과학회지》 제9권 제1호, 한국융합과학회, 2020.
- 이지애, 〈민간조사제도 도입 필요성과 일자리 창출 효과〉, 경북대학교 행정대학원 석사학위 논문, 2020.
- 장정범, 〈민간조사제도의 도입방안에 관한 연구〉, 연세대학교 법무대학원 석사학위 논문, 2010.
- 조성제, 〈민간조사업법 제정과 조사대상자의 인권〉, 《한국경찰학회보》 제15권 제2호, 한국경찰학회, 2014.
- 최호택, 〈공공재로써 공인탐정이 가지는 직업적 가치와 타당성〉, 《한국융합학회논문지》 제11권 제2호, 한국융합학회, 2020.
- 허명범, 〈치안서비스 공동생산 활성화 연구; 경찰조직과 탐정조직 간 협업을 중심으로〉, 가톨릭대학교 일반대학원 박사학위 논문, 2024.
- 허명범·김권호·염건령, 〈디지털 관련 사회문제와 탐정의 역할〉, 《산업진흥연구》 제8권 제4호, 산업진흥원, 2023.

2. 기타 자료

- 경찰청(2023). 탐정정책자료. www.police.go.kr.
- 국회입법조사처(2023). 입법조사자료.
- 《조선일보》, 2020년 7월 26일자.
- 《조선일보》, 2022년 6월 16일자.
- 한국저작권보호원(2023). 저작권 보호 현황. www.kcopa.or.kr.

2023 제17회 수상작 박소해 〈해녀의 아들〉
"살암시민 살아진다."
'소재나 배경에 휩쓸리지 않고 미스터리라는
장르의 의미를 확장하는 소설적 형상화'_심사평

"한국 미스터리, 다양성의 날개를 펼치다"

여름추리소설학교 참관기

조동신

염건령 교수

올여름 출간된 《이것은 유해한 장르다 - 미스터리는 어떻게 힙한 장르가 되었나》에서 평론가 박인성은 "이러한 사회적 장르로서의 역할을 위해서 한국적 미스터리는 자기 자신의 장르문법의 목표만을 유지한 채로, 다양한 인접 장르 및 문화 콘텐츠와의 결합을 통해서 실시간으로 변화하는 중이다"라고 최근 한국 미스터리의 경향을 설명했다. 이러한 변화를 반영해 올해 35회를 맞이하는 여름추리소설학교의 주제는 '한국 미스터리, 다양성의 날개를 펼치다'였다. 작가, 전문가, 독자를 잇는 소통의 장을 마련한다는 취지에 걸맞게 올해도 각계의 전문가들과 현역 작가들이 강사로 참여해 50여 명의 독자들과 뜻깊은 시간을 가졌다.

첫 번째로 한국 미스터리계의 원로인 한국추리작가협회 이상우 이사장의 개회사가 있었다. 한국 미스터리가 일제강점기, 해방과 한국전쟁, 유신정권 등 굵직한 사건을 겪으면서 어떻게 끈질긴 생명력을 이어왔는지, 영문학자와 번역가들로 이루어진 '미스터리 클럽'이 1983년 한국추리작가협회의 설립으로 이어진 내막 등 좀처럼 듣기 어려운 문단 뒷이야기가 여름추리소설학교의 간단한 역사와 함께 소개되었다.

이어서 부산경찰청 과학수사과 범죄분석관인 윤정아 교수가 '프로파일러에 관한 오해와 진실'이라는 주제로 강의를 했다. 프로파일링이란 다양한 수사 정보를 바탕으로 개인의 행동적·인지적·정서적·인구통계학적 특성을 추정하는 기법을 말한다. 하지만 미국 드라마 〈크리미널 마인드〉 등 다양한 영상 매체에서 묘사한 프로파일러는 신기 있는 무당과 비슷한 초월적인 인물로 그려진다. 윤정아 교수는 이처럼 범죄분석관에 덧씌워진 환상을 걷어내기 위해 실제 경찰과 동일한 훈련 과정을 수료해야 한다는 것, 일선 근무와 같은 순환 보직을 거쳐야 한다는 점을 보여주었고, 혈흔을 통한 범죄 현장 재구성과 성격 분석, 진술 분석, 심리 부검 등 다양한 기법을 총체적으로 활용·총합하는 과정이라는 점을 열정적으로 설명했다.

특히 실제 현장에서 겪은 사례들이 흥미로웠는데, 면담 중에 '윤정아'라는 이름으로 삼행시를 적어 보낸 범죄자의 메모는 섬뜩함을 주었다. 끝으로 "좋은 서사는 언제나 한 인간을 이해하게 만들고, 모든 진정한 이해는 성급한 유죄추정의 원칙을 부끄럽게 만든다"라는 신형철 문학평론가의 글을 늘 마음에 새긴다는 윤정아 프로파일러의 말이 깊은 울림을 주었다.

다음으로 '실전 미스터리 작법'이란 주제로 한국추리작가협회 작가들의 심포지엄이 이어졌다. 첫 번째로 최근《마담 흑조는 곤란한 이야기를 청한다 - 1928, 부산》을 발표한 무경 작가가 '지역 기반 역사 미스터리 쓰기'라는 소주제로 역사 미스터리 작법에 관한 이야기를 풀어냈다.

무경 작가는 한국 콘텐츠의 저력을 우리 역사에서 찾을 수 있다며, 그 이유는 다른 나라에서 예를 찾기 힘들 만큼 다양한 변화를 겪었기 때문이라고 말했다. 또 역사를 다룬 작품은 많지만, 지역사를 다룬 경우는 흔하지 않다는 점도 염두에 둘 만하다고 역설했다. 예를 들면 일제강점기 경성을 배경으로 한 미스터리 작품은 많지만, '조선의 3대 중추 도시'로 나란히 불리던 평양과 부산, '7대 도시'로 꼽혔던 군산, 목포, 대전, 밀양, 개성, 신의주 등을 배경으로 한 작품은 찾아보기 힘들다. 하지만 각 지역마다 독특한 특색이 있기 때문에 조사하기에 따라서 다양한 작품으로 발전할 가능성이 높다. 작가는 일제강점기 부산을 배경으로 한 작품을 집필하기 위해 자료 조사와 현장 답사를 하면서 좌충우돌한 경험을 예로 들면서 흥미진진한 이야기를 들려주었다.

심포지엄의 두 번째는 내가 하는 강의로, 주제는 '코지 미스터리 쓰는 법'이었다. 코지cozy는 '편안한, 안락한'이라는 뜻으로, 하드보일드나 스릴러 장르처럼 연쇄살인과 같은 잔혹한 사건을 지양하고 독살이나 교살과 같은 비교적(?) 가벼운 사건을 주로 다룬다. 대도시보다는 한적한 시골 마을을 배경으로 은퇴한 경찰이나 파티셰 같은 아마추어 탐정이 사건을 해결하는 경우가 많다.

앞의 간단한 설명만으로 이 장르를 확립한 작가가 누구인지 쉽게 짐작할 수 있을 것이다. 추리소설의 여왕 애거사 크리스티다. 크리스티는 초기 작품부터 시골 마을을 배경으로 잔혹한 장면과 선정성을 배제한 퍼즐 미스터리를 주로 썼다. 미국의 말리스 도메스틱 재단에서 매년 애거사 크리스티의 작품과 비슷한 작품을 선정해서 애거사 상을 수여하는데, 후보에 오르는 작품 대부분이 코지 미스터리다. 이 장르에서 애거사 크리스티의 영향력이 어느 정도인지 짐작할 수 있는 대목이다.

이 장르의 대표작으로는 M. C. 비턴의 《험담꾼의 죽음》(해미시 맥베스 순경 시리즈), 조앤 플루크의 《초콜릿칩 쿠키 살인사건》(한나 스웬슨 시리즈), 루이즈 페니의 《스틸 라이프》(아르망 가마슈 시리즈) 등을 들 수 있다. 각각 스코틀랜드 산자락의 시골 마을 로흐두, 레이크 에덴이라는 작은 동네, 캐나다 퀘벡의 스리파인즈라는 가상의 마을을 배경으로 한다. 대충 어떤 분위기의 소설을 코지 미스터리라고 하는지 알 수 있을 것이다.

코지 미스터리는 잔인한 묘사가 주를 이루는 작품이 대세를 이루는 와중에 수수께끼 풀이형 미스터리가 생존을 위해 진화한 형태로, 현대 미스터리 하위 장르에서 상당한 위치를 차지하고 있다. 우리나라에서 그리 인기 있는 장르라고 할 수는 없어도, 최근 잔잔한 힐링물이 쏟아지는 만큼 수수께끼 풀이의 재미를 덧붙이면 독자의 눈길을 끌 수 있을 것이다.

심포지엄 마지막은 홍정기 작가의 '특수설정 미스터리 쓰는 법'이었다. 특수설정 미스터리는 일본의 본격 미스터리에서 파생한 장르로 일종의 변격 미스터리라고 볼 수 있다. 현실적인 배경이 아니라 SF나 호러, 판타지 등에서 비현실적인 소재를 차용하고, 그러한 특수설정을 전제한 상황에서 논리적인 추리로 사건을 해결하는 장르다.

예를 들자면 이세계異世界를 배경으로 한 요네자와 호노부의 《부러진 용골》, 천국에서 벌어지는 살인사건을 다룬 고조 노리오의 《살인자는 천국에 있다》, 클로즈드 서클을 우주로 옮긴 모모노 자파의 《별에서의 살인》, 환생을 주요 소재로 활용한 시라이 도모유키의 《명탐정의 창자》, 동화 주인공이 등장하는 고바야시 야스미의 《앨리스 죽이기》 등이 대표적인 작품이다. 간단한 목록에서 알 수 있듯이 과거에는 미스터리에서 금기시되었던 환상성을 적극적으로 받아들이고, 특수하게 창조된 세계관 속의 규칙을 철저하게 지키면서 추리를 펼치는 것이다. 작가가 창조한 세계관이 얼마나 독창적인지, 논리적 풀이가 얼마나 치밀한지가 이 장르의 성패를 가르는 요인이다.

다음 강사는 현재 서초경찰서 경무과장으로 재직 중인 전재홍 경정이었다. 그는 인터폴에서 8년 동안 역대 최장기로 근무하면서, 해외 도피 범죄자나 해외에서 범죄를 저지른 한국인 등을 검거하는 일을 해왔다. 이날 강의에서는 국제형사경찰기구인 인터폴의 설립 목적과 비전을 간단히 설명하고, 실제 담당했던 대표적인 사건들을 풀어냈다. 보이스피싱 총책으로 유명한 일명 '김미영 팀장' 검거 작전, 필리핀 마닐라에서 1조 3천억 원 규모의 불법 온라인 사이트를 운영한 일당을 국정원 첩보를 통해 검거한 일, 동남아 마약 밀수의 우두머리로 꼽히며 인터폴 적색수배 대상인 마약왕 체포 작전 등 박진감 넘치는 이야기가 흥미진진하게 펼쳐졌다.

가장 인상 깊은 사건은 한국의 사이비 교회 목사가 남태평양 피지섬을 지상 낙원이라고 속여 신도 수백 명과 함께 그곳으로 집단 이주한 일이었다. 전 재산을 교회에 헌납한 신도들은 그 섬에서 낙원을 찾기는커녕 온갖 노동과 폭행에 시달렸다. 실제로 SBS 〈그것이 알고 싶다〉에 방영된 장면을 틀어주었는데, 지속적인 구타 장면에 입을 다물 수 없었다. 그 와중에 교회 간부들은 현지의 대통령을 비롯한 정부 각료들을 매수해서 한국 경찰의 소환에 불응하고 있었다. 잘못하면 존스타운 집단자살 사건(1978년 사이비 교주 짐 존스를 따르는 신도들이 가이아나로 이주한 뒤 미국 경찰의 추적을 받자 913명이 집단자살한 사건)과 비슷한 일이 벌어질 수도 있는 긴박한 상황에서 구출 작전이 이루어진 것이다. 한국에서 경찰의 이미지가 결코 좋다고 말하지는 못하겠다. 하지만 이처럼 현직에서 묵묵히 일하는 분들이 있다는 사실에 깊은 감명을 받았다.

이어서 부산가톨릭대학교 인성교양학부의 박인성 교수가 '미스터리의 하위 장르: 언제나 포괄적인 미스터리 장르'라는 주제로 강의를 이어갔다. 박 교수는 장르는 범주적categorical인 것이 아니라 기술적descriptive인 것이며, 작가의 의도보다는 실제 텍스트에서 나타나는 특징적인 요소들의 결합이라는 점을 강조했다. 그러니까 우리는 장르를 작품 소개나 표지에 적혀 있는 라벨을 통해서가 아니라, 독서 경험을 통해 체득한 구체적인 요소들을 통해 경험하고 분류한다는 것이다.

이러한 분류에 영향을 미치는 것이 장르의 세 가지 구성 요소, 즉 관습, 도상, 이야기 공식이다. '관습'은 장르의 역사가 구성해온 원칙들로, 가장 원형적인 장르에서 구성되는 논리를 뜻한다. '도상'은 반복적인 시각적 이미지로 〈스타워즈〉의 광선검, 셜록 홈스의 파이프 담배 등을 예로 들 수 있다. 즉 관습을 언어 정보가 아니라 시각적으로 압축해서 보여주는 것이다. '이야기 공식'은 특정 장르의 이야기 패턴으로서 독자들이 쉽게 인식할 수 있는 반복적 문법을 뜻한다. 공포물에서 주인공 일행이 반드시 흩어졌다가 차례대로 습격당하는 것과 같은

패턴을 말한다. 그외에도 다양한 미스터리 하위 장르를 다루었는데 시간이 부족해 충분히 듣지 못한 것이 아쉬웠다.

올해 강의의 마지막은 한국범죄학회 부회장이자 가톨릭대학교 행정학과 탐정학전공 교수인 염건령 강사가 맡았다. 주제는 '탐정의 세계'였다. 나 역시 미스터리 작가로서 탐정에 관심이 많기에 기대하던 강의였다. 강의 분위기로 보건대 다른 참석자들도 비슷한 것 같았다.

2020년 헌법재판소는 탐정 금지가 위헌이라는 판결을 내렸다. 직업 선택의 자유를 제한한다고 본 것이다. 그 후 130여 개의 탐정협회가 생겼고, 각 협회에서 발급한 탐정 자격증 보유자는 2만 4천여 명 정도 된다고 한다. 내가 생각했던 것보다 훨씬 더 많은 사람이 탐정으로 활약하고 있었다.

흥미로운 부분은 탐정이 활약하는 분야였다. 흔히 흥신소로 불리던 시절에 탐정은 배우자의 불륜 조사 같은 음지의 일을 떠올리게 했지만, 현재 훨씬 더 많은 분야에서 탐정이 활약하고 있었다. 간단하게 소개하면 다음과 같다. 소액 절도 피해가 잦은 상점에서의 절도범 검거, 손해보험사의 의뢰에 의한 보험범죄 조사 및 자동차 절도범 추적, 배우자의 부정행위에 대한 가사소송 자료 수집, 아동 학대나 부부 학대 사실에 대한 조사, 친자확인 소송 관련 증거의 확보, 기업

정보 유출 사실의 확인 및 유출자 색출, 음반 및 미술품 관련 저작권 위반 전문 조사, 사회복지 부정수급 조사, 기업 감사팀의 의뢰에 의한 직원의 사생활 조사, 변호사의 소송 과정을 위한 소송 기초 자료 조사, 선거 및 공공 제도 관련 불법행위자 감시 고발, 반려동물 찾기, 환경오염 고발, 특허권·상표권·의장등록권 침해 사건 등등.

가장 인상 깊은 분야는 평판 조사를 전문으로 하는 탐정이었다. 예를 들어 연예기획사에서 아이돌 하나를 길러내는 데 수십억 원이 들기 때문에 계약하기 전에 기본적으로 평판 조사를 시행한다. 종종 논란이 벌어지는 것처럼 데뷔 후 학교폭력 가해자였다든지 하는 사실이 밝혀지면 회사가 막대한 손해를 입을 수 있기 때문이다. 또 기업정보 유출의 경우 회사로서는 정식으로 수사 의뢰를 하기가 쉽지 않다. 핵심 정보 유출이 사실로 밝혀지는 순간, 주가에 막대한 타격을 받기 때문이다. 이런 경우에 탐정이 유출 사실의 확인 및 회수에 나서는 것이다. 강의를 들으면서 탐정이 수행하는 역할이 상상 이상이라는 것을 알았고, 미스터리 작품 이외에도 다양한 콘텐츠에 활용할 수 있을 것 같다는 생각이 들었다.

늘 그렇듯, 올해 여름추리소설학교도 알찬 내용으로 가득했고, 다양한 작품 아이디어도 풍족하게 얻을 수 있었다. 참석자 중 누군가가 이번 학교를 바탕으로 멋진 미스터리 작품을 창작해준다면 좋겠고, 내가 한 강의가 미약하나마 도움이 되었다면 더 바랄 것이 없겠다.

벌써 2025년 여름추리소설학교가 기다려진다.

박인성 문학 평론가

"작가들은 왜 전부 자살을 해요?"

"작가들이 전부 자살을 하는 건 아니야. 사람들이 자기 책을 안 읽어주면 자살을 하지."

─《HQ 해리 쿼버트 사건의 진실1》183p,
조엘 디케르, 윤진 옮김, 문학동네 2013

조동신 2010년 단편 〈칼송곳〉으로 12회 여수 해양문학상 소설 부문에서 대상을 수상했으며, 2012년 〈1회 아라홍련 소설 단편〉 공모에서 가작, 2017년 〈2회 테이스티 문학상〉 공모에서 우수상, 2017년 〈3회 부산 음식 이야기〉 공모에서 동상, 2018년 〈4회 사하구 문학상〉에서 최우수상을 수상한 바 있다. 연작 장편 추리소설 《칼송곳》으로 2022 한국추리문학상 대상을 수상했다. 최근작으로는 《백수의 크리스마스》가 있다.

신인상

수상작

냉장고에 들어간 남자들 ✦ 이용연

심사평

수상자 인터뷰

냉장고에
들어간 남자들

이용연

1

　허옇게 말라붙은 시멘트 바닥 위로 구장서 형사의 굵은 땀방울이 후드
득 떨어졌다. 무릎에 손을 얹은 채 숨을 고르는 구 형사의 얼굴이 열기로
불그스름했다. 습도가 73퍼센트까지 오른 미친 날씨에 하필이면 도로 정
비도 제대로 되어 있지 않은 곳에서 변사체라니. 게다가 이미 구급 차량
이 현장 앞 좁은 도로를 선점하고 있다는 말에 대로변에 차를 세우고 비
탈길을 올라온 터라 숨이 가빴다. 땡볕 아래서 헉헉대고 있노라니 새벽까
지 먹고 마신 소주며 막걸리가 목구멍을 향해 밀물처럼 몰려왔다. 톡 메
시지가 울렸다. 스마트폰을 꺼내 화면을 살폈다. 밥 먹었냐는 어머니의
톡이 보이자 창을 열지도 않고, 다른 대화창을 훑었다. '우리 서녕♡'이라
고 적힌 대화창에는 숫자 1이 주르륵 박힌 구 형사의 일방적인 메시지만
가득했다.
　우리 안 끝났어. 선영아. 사랑해. 선영아. 취중에 보낸 것이 확실한 개소
리를 훑던 구 형사의 입에서 한숨이 삐져나왔다. 어제는 미안했다고 다시
톡을 남기려다가 포기하고 일어서는데, 몇 걸음 앞에서 기다리고 있던 김
시영 형사가 보였다. 김 형사는 다리 풀린 노인네 기다려주는 것마냥 무
심히 쳐다보고는 자연스럽게 목표지점으로 시선을 옮겼다. 그녀는 강력

계로 온 지 6개월 되었다. 젊어서 그런가, 김 형사의 이마는 뽀송뽀송하다. 구 형사는 괜히 들고 있던 휴대용 선풍기를 툭 던졌다. 그녀는 당황한 기색 없이 무심하게 받아서 크로스로 메고 있던 슬링백에 집어넣었다.

"형사 생활 하면서 가방 메고 다니는 강력계 처음 본다?"

"편해요, 이거. 여차하면 호신용으로도 쌈가능하고."

그게 무슨 소린가 싶어 쳐다보는 구 형사를 향해 김 형사는 순간적으로 슬링백의 버클을 '달칵' 풀고 철퇴를 돌리듯 휭휭 돌렸다. 돌리는 모양새가 꽤 그럴싸했다.

"중학교 때 핸드볼 했다고 하지 않았어?"

김 형사는 군더더기 없이 깔끔한 동작으로 슬링백을 원상태로 돌려멨다.

"무술 같은 것도 배웠어?"

"경찰 되겠다고 결심했을 때 시작했죠. 태권도랑 주짓수. 주짓수는 지금도 다녀요."

당연하지 않느냐는 듯 눈썹을 쓱 밀어올린 김 형사가 성큼성큼 현장을 향해 올라갔다. 북적거리는 소리가 들리는 걸 보니 현장에 거의 도착한 모양이었다. 뒤따라 올라가며 구 형사는 상의 주머니를 뒤적거렸다. 찾는 것이 없자 입맛을 쩝쩝 다시는 콧잔등에 주름이 졌다. 현장에 들어가기 전 담배 한 대 피우는 것이 수사 루틴인데. 구 형사는 뒤를 덜 닦고 나온 것 같은 기분이 들어 영 찜찜했다.

"선배님! 이쪽이요!"

김 형사가 안쪽 골목으로 들어가는 입구에서 손짓하더니, 안으로 휙 들어갔다. 구 형사도 어슬렁거리며 뒤를 쫓아가는데 119 구급요원 두 명이 들것을 들고 나왔다. 구급요원에게 경찰 신분증을 보여주고 멈춰 세웠다. 할머니를 뒤덮고 있는 표현할 길 없는 악취에 미간을 찌푸렸다. 몸에서 풍기는 체취와 배설물 냄새가 뒤섞여 있었다. 할머니의 주름진 이마에 눌어붙은 피딱지를 중심으로 시퍼런 멍이 번져 있었다. 구 형사가 대문 앞에 이르자 휴지로 코를 연신 풀어대는 얼빠진 표정의 중년 여자가 보였다.

"사건 신고해주신 최일화 님이세요." 김 형사가 여자에게 휴대용 티슈를 건네며 말했다.

"살 떨려서 죽겠네, 죽겠어. 지금도 봐요, 내 손 아직도 떨리는 거. 보이죠, 형사님? 세상에 하느님 아부지. 말도 안 돼….."

얼굴 화장이 지저분하게 번져 있어 우스꽝스러웠다. 그러거나 말거나 여자는 코를 푼 휴지를 착착 접어 눈가를 닦아냈다. 그 바람에 오른쪽 눈 아이라인이 다크서클처럼 번졌다.

구 형사의 시선이 슬그머니 쓰레기 더미로 이동했다.

"할머니 별명이 뭐냐면, 쓰레기 할매예요, 쓰레기 할매. 온 동네 쏘다니면서 온갖 쓰레기 죄다 끌고 와서 집 안팎에 쌓아두는 바람에 그런 별명이 붙었다고. 집주인 양반도 첨에는 치우라고 야단도 치고 했다는데 말이 먹혀야 말이지. 동장 할아버지도 두 손 두 발 다 들었다고 했어요. 청소해주려고 구청에서 일부러 나왔는데, 할매가 아주 발악을 했대요. 하나라도 건드리면 너 죽고 나 죽는다는 식으로 시퍼런 식칼을 들고 설쳐댔대. 그러니 누가 나서? 할 수 없이 내버려둔 거지. 근데 그렇다고 굶어 죽게 놔둘 수는 없잖아요. 그래서 우리 봉사단에서 일주일에 한 번씩 국이며 반찬이며 갖다드렸단 말이야….."

최일화가 쓰레기 할매를 처음 방문한 것은 작년 봄이었다. 첫 방문에서 일화는 할매의 음산한 기운에 눌려서 오들오들 떨었다. 하지만 얼마 지나지 않아 할매가 보기보다 얌전한 사람이라는 것을 알게 되었다. 쓸데없이 말 걸지 않고 쌓아놓은 쓰레기만 건드리지 않으면 차분하게 굴었다. 결코 단정한 할머니라고 할 수는 없지만, 그녀가 돌아갈 때면 골목 앞까지 배웅할 정도의 예의는 아는 사람이었다. 오랫동안 고독하게 살아온 독거노인이 대개 그렇듯 쓰레기 할매 역시 외로워서 가시가 돋친 것뿐이다. 일화의 노년이 할매 같지 않으리라는 법은 없었다. 지금 내가 행하는 봉사가 차후에 내가 받을 봉사일 수도 있다고 그녀는 생각했다. 작년 생일에 맞춰서 미역국을 챙겨 갔을 때 할매는 눈물을 뚝뚝 흘렸다. 성인이 되고 생일상을 받아본 기억이 없다며 그녀의 손을 잡고 끄억끄억 울었다. 그래서 오늘은 특별히 생일 케이크도 챙겨서 찾아온 참이었다.

대문의 기능을 상실한 지 오래인 녹슨 철 대문을 넘어서 할매의 집 앞에 멈춰 섰다. 잠그는 법이라고는 없는 현관문 손잡이를 잡는 순간, 일화는 섬뜩한 기운을 맡았다. 불길한 냄새를 쫓아 킁킁대던 일화는 얼른 성호를 그으며 현관문을 열고 들어갔다.

"할매, 나 왔어."

한 평 남짓한 부엌 겸 거실은 온갖 잡동사니가 산더미를 이뤄 좁은 통로만 남았다. 10여 마리의 파리들이 쉴 새 없이 날아다녔다. 일화는 쓰레기 통로를 지나가다 말고 움찔했다. 언젠가 밀폐용기 뚜껑을 열었다가 맡았던 썩은 생선 냄새 같은 것이 쿰쿰한 공기 속에 섞여 있었다. 일화는 맹렬하게 날아드는 파리들을 향해 손을 휘휘 내저었다. 파리는 살짝 열린 문을 통해 드나들고 있었다. 일화는 연신 '아이고 하느님'을 중얼거리며 걸음을 옮겼다. 방문을 조심스레 열어젖히자 수많은 파리 떼의 날갯소리가 일화를 덮쳤다. 일화는 손수건으로 코를 감싼 채 미친 듯이 성호를 그었다. 그 와중에도 그녀의 눈동자는 빠르게 방 안을 훑었다. 할매가 방 안쪽에 놓인 커다란 김치냉장고를 향해 엎어져 있었다. 오른손에 식칼을 쥔 채 미동이 없었다.

"아이고… 주여… 주님께서 죄악을 헤아리신다면, 주여, 감당할 자 누구이오리까… 아이고… 하느님 아부지."

"ㅇㅇㅇ…."

할매의 벌어진 입술 사이로 신음이 바람 빠지듯이 흘러나왔다. 깜짝 놀란 일화가 서둘러 성호를 긋고 방 안으로 뛰어들었다. 케이크를 내려놓고 할매에게 다가가던 그녀가 우뚝 멈춰 섰다. 시선을 잡아채는 것이 있었다.

"어…?"

언제나 청테이프로 칭칭 붙여놨던 김치냉장고의 뚜껑이 활짝 열려 있었다. '금이라도 넣어두신 거예요? 꽁꽁 싸매두시게?' 하고 일화가 농을 건넸던 바로 그 냉장고였다. 냉장고 주변으로 뜯어진 청테이프가 뱀 허물처럼 떨어져 있었다. 악취의 진원지는 냉장고라는 듯 파리가 떼 지어 그 위를 날아다녔다. 일화는 성호를 긋는 것도 잊은 채 홀린 듯 걸음을 옮겼다. 마침내 냉장고 앞에 이르자 새까맣게 달라붙은 파리 떼가 불청객의 난입에 놀라 일제히 날아올랐다. 시큼하고 메스꺼운 냄새가 후각을 마비시켰다. 그녀는 휘둥그레진 눈을 끔뻑이며 눈앞에 펼쳐진 모습을 바라보았다. 쌀알 같은 구더기들이 무언가의 표면 위를 바쁘게 꾸물거렸다. 충격으로 얼어붙은 그녀의 눈꺼풀 위에 파리 한 마리가 앉았다. 순간 일화의 입에서 비명이 터졌다. 고함을 내지르며 뛰쳐나가던 그녀의 발에 채여 케이크 상자가 방구석으로 날아갔다.

"어떻게 신고 전화를 넣었는지 기억도 안 나. 여기 봐요, 얼마나 정신이 없었으면 넘어져서 무르팍 다 까지는 줄도 모르고 골목까지 내달렸다니까."

최일화는 무릎께가 찢어진 바지 구멍 사이로 빨갛게 쓸린 자국을 보여주려고 애썼다. 구 형사는 한숨이 나오려는 것을 참으며 고생하셨다며 위로를 건넸다. 저 안에서 얻을 것은 별로 없을 것이다. 쓰레기장인 집. 그마저도 최일화가 난리 치면서 뛰쳐나오느라 집 안을 헤집었을 것이고, 구급대가 들어가고… 주머니를 주섬주섬 뒤지던 구 형사가 초조한 기색으로 입술을 쩝쩝 핥았다.

"완전 엉망진창인데요? 으읍."

미간이 잔뜩 구겨진 김 형사가 슬링백에서 치약을 꺼내더니 마스크를 내리고 인중에 발랐다. 구 형사는 손수건을 꺼내 코를 막았다. 시취屍臭는 익숙해지지 못할 친구다. 지금 눈앞에 있는 것도 인간이라고 할 수 있을까. 구더기가 점령해버린 시체는 마치 다른 형태의 생명체로 변하고 있는 것 같았다. 거꾸로 처박힌 시체의 하반신 옆으로 짧은 헤어스타일의 남자 머리가 보였다.

"컴프레서가 고장 났던 모양이에요. 전원은 켜져 있었습니다."

현장 감식을 하던 요원이 말했다. 정상 작동되고 있는 냉장고라면 시체가 이렇게까지 부패하지 않는다. 감식 요원이 할머니가 쥐고 있었다는 식칼을 증거 수집 봉투에 담았다. 방 입구 근처에 파란색 케이크 상자가 귀퉁이가 푹 꺼진 채 처박혀 있었다.

"남자 시체 둘. 나머지는 부검해봐야 알겠지만, 부패 때문에 골치 아프겠네. 그나저나 이걸 어떻게 들고 나가나."

심드렁한 얼굴로 냉장고 뚜껑을 닫던 검시관이 김치냉장고가 빠져나갈 동선을 그려보며 한숨을 내쉬었다.

"사망자 신원 파악 서둘러주세요. 그동안 우리는 할머니 좀 털어볼게요."

구 형사가 인사를 하는 둥 마는 둥 하며 서둘러 방을 빠져나갔다. 아무래도 먹은 걸 게워야 할 것 같은 기분이 들었다.

2

뮤지컬 〈시카고〉 공연 중 'Cell Block Tango'라는 노래가 나오자 주변에 앉아 있던 여성 관객들의 환호가 터졌다. "죽어도 싸지, 죽어도 싸지! 스스로 무덤 판 거야!" 관객들이 신나서 따라 부르자 윤세경은 온몸에 소름이 돋았다. 사회부에서 문화부로 옮긴 뒤 처음 보러 온 공연이었다. 문화부 기자에게 전달되는 초대권 한 장에 직접 구매한 관람권을 더해서 현수와 함께 보러 왔다. 세경은 대사에 멜로디를 붙여 진행하는 뮤지컬에 전혀 관심이 없었다. 하지만 일이다. 혼자 보다가는 졸지도 모른다 싶어서 현수와 함께 왔다. 그런데 웬걸, 뮤지컬 속으로 점점 빠져들었다. 가벼운 흥분이 기분 좋게 몸을 달구었다. 현수는 아닌 모양이었다. 공연 초반 젊고 늘씬한 남녀 배우들이 아슬아슬한 옷차림으로 춤추고 노래하는 것을 즐기던 현수의 얼굴이 심드렁해졌다.

지난봄, 벚꽃이 흐드러지던 날에 현수가 세경에게 청혼했다. 느닷없는 프러포즈였다.

서른이 넘어서 만난 사이였지만 비혼을 원한 것은 현수였다. 4년 전 취재를 위해 만났다가 사귀게 된 지 석 달 정도 지났을 때였다. 저녁을 먹는 내내 체한 것 같던 그가 숟가락을 조심스럽게 내려놓았다.

"더 늦기 전에 말할게. 나 비혼주의야. 나랑 만나는 거 괜찮겠어?"

세경은 피식 웃었다. 그게 무슨 큰 문제라고. 세경은 손을 뻗어 그의 손을 잡고 고개를 끄덕였다. 현수의 얼굴에서 시름이 떨어져나갔다. 현수는 세경을 사랑스럽게 바라보았다.

"평생 연애하면서 같이 늙어가자."

하지만 세경에게 반지를 들이밀며 청혼하던 현수는 달라져 있었다. 알고 보니 그는 빚이 꽤 있었고 수입이 불안정한 프리랜서여서 결혼할 엄두를 내지 못했던 거지, 결혼할 마음이 없는 건 아니었다. 4년 동안 부지런히 노력해서 빚도 갚고 수입이 안정되자 가정을 꾸리고 싶은 마음이 들었다고 했다.

"이제 우리 둘이, 더 멀리 같은 곳을 바라보면서 살자, 세경아."

세경은 선뜻 대답을 못 했다. 결혼하게 되면 인생이 뜻대로 흘러가지 않는다는 것쯤은 알고 있었다. 그녀는 한동안 고민한 뒤 승낙했다. 대신 몇 가지 조건을 붙였다.

"내 삶이 달라지는 걸 원하지 않아. 내게 다른 모습을 기대하지는 말았으면 해. 그래도 좋다면 할게, 결혼."

현수는 흔쾌히 약속했고 얼마 후 상견례를 마쳤다.

뮤지컬이 끝나고 세경은 현수와 함께 연남동에 있는 식당 '고기살롱'으로 갔다. 직원이 두툼한 목살을 솜씨 좋게 굽고 잘라 망 위에 얹는 것을 보자 침이 고였다. 소스들을 가지런히 놓고 첫 번째 고기 한 점을 집어 겨자 소스에 찍어 입에 넣었다. 따뜻하고 고소한 육즙이 퍼지면서 탄성이 나왔다. 스마트폰으로 뉴스를 들여다보던 현수가 소주병을 들어 세경에게 따라주었다.

"껌 씹는 소리 냈다고 죽이고, 바람피웠다고 죽이고, 속였다고 죽이고… 그랬다간 남아나는 놈 하나 없겠어."

현수가 입을 삐죽거렸다.

"난 여성을 피해자가 아니라 욕망을 쟁취하는 능동적 캐릭터로 그려서 아주 좋았는데?"

"그래봤자 자신을 성적 대상화한 것뿐이잖아."

"여성의 몸을 대상화한 것은 가부장이지. 그녀들은 시스템의 욕망을 역이용하는 거고. 그래, 너희들이 바라는 방식으로, 내가 원하는 바를 얻겠다! 그게 어때서?"

"음, 우리 결혼 다시 생각해봐야겠네."

짐짓 심각한 어조로 현수가 말했다.

"음, 좋으실 대로!"

현수의 말투를 흉내 내자 그의 시선이 잠시 세경의 얼굴에 머물렀다. 세경은 현수의 눈을 똑바로 바라보다 놀리듯 'Cell Block Tango'를 흥얼거렸다. 현수가 스마트폰으로 시선을 옮겼다. 잠시 화면을 넘겨서 기사를 읽더니 말했다.

"헐… 독거노인 집에서 변사체가 두 구나 나왔대. 혼자 사는 할머니 집

냉장고에서!"

현수가 한탄하듯 혀를 차더니 어느새 비어 있는 세경의 잔에 소주를 따랐다.

"죽어도 싸지, 죽어도 싸지. 스스로 무덤 판 거야."

세경이 현수를 바라보며 속삭이듯 노래 불렀다. 현수가 그만하라는 듯 그녀를 향해 잔을 들었다. 경쾌하게 잔이 부딪히는 소리와 함께 세경은 시원하게 소주를 비웠다.

"이 동네 재밌을 거 같은데… 연천동으로 바꿀까?"

현수의 눈썹이 꿈틀꿈틀했다. 흥미가 동했을 때 나오는 버릇이었다.

"거긴 왜? 이번 다큐멘터리 콘셉트는 젊은 보수라며?"

그의 잔에 소주를 따르며 세경이 물었다.

"변사체, 그거 연천동이야. 광화문 옆 동네. 아 맞다. 너 옛날에 거기 살았댔지?"

현수는 다 익은 고기를 더 빠삭하게 굽는다고 꾹꾹 눌러댔다. 멍한 얼굴로 불판 위의 고기를 바라보던 세경이 현수의 스마트폰을 덥석 집어들고 기사를 읽었다.

지난 7월 15일 서대문구 연천동 현서2 주거환경개선지구의 한 주택에서 변사체가 발견되었다. 홀로 살던 60대 여성 A씨의 식사를 챙겨오던 연천성당 봉사자 최 모 씨가 발견한 변사체는 모두 두 구로 A씨의 김치냉장고 안에서 발견된 것으로 알려져 충격을 주고 있다. A씨는 현재 의식불명 상태로 치료 중이며, 경찰은 A씨의 의식이 돌아오기를…

세경은 속이 좋지 않다는 핑계를 대고 서둘러 집으로 돌아왔다. 허겁지겁 가방에서 노트북을 꺼내 기사를 검색했다. 연천동과 변사체를 키워드로 검색하자 몇 개의 뉴스와 게시물이 떴다. 가장 최근의 게시물을 클릭했다. 현장 사진이 첨부된 게시물을 보자 머리가 차갑게 얼어붙었다. 익숙한 골목 사진이 보였다. 노란 폴리스라인이 막고 있는 곳은 20대의 세경이 살았던 집이었다.

어느 날은 꿈을 꾼 것 같고, 어느 날은 바로 어제 일어난 일처럼 생생했다. 그러다 어느 순간 머릿속에서 증발해버린 기억이었다. 그래서 뉴스를 보면서도 실감이 나지 않았다. 갑자기 이 모든 것이 꿈일지도 모른다고 느껴졌다. 그날 밤 시작된 길고 긴 꿈이 이제 끝나는 것은 아닐까. 어쩌면 그날 죽은 건 나일지도 모른다고 생각했다. 자신의 죽음을 인지하지 못한 채 경험할 수 없는 미래의 꿈을 꾸고 있는 것이라고….

3

김치냉장고에서 꺼낸 변사체 두 구의 신원이 밝혀졌다. 발견이 며칠만 늦었어도 습도 높은 여름 날씨에 곤죽이 되도록 부패했을 것이다. 그랬다면 신원을 밝히는 데 더 애를 먹었을 것이다. 최일화의 반찬 배달 봉사 덕분에 늦기 전에 지문을 채취할 수 있었다. 김치냉장고에 거꾸로 박힌 모습으로 발견된 시체는 2012년 7월 20일 실종신고된 이광재(당시 28세)였다. 그 아래쪽 쪼그린 자세로 들어가 있던 남자는 2008년 12월 20일 실종신고된 조한철(당시 53세)로 밝혀졌다.

조한철의 사인은 둔기에 의한 두개골 함몰로 추정됐다. 이광재의 사인은 복합적인데, 흉곽에 남은 깊이 6센티미터, 폭 3센티미터의 자상이 심장까지 깊게 이어졌고, 설골이 부러진 것으로 보아 경부압박으로 인한 질식도 의심되었다. 다만 부패가 심해서 설골이 부러진 것이 사망 전인지 사망 후인지는 알 수 없었다.

'쓰레기 할매'로 알려진 할머니의 인적 사항도 파악되었다. 전입신고조차 되어 있지 않아서 할머니의 이름을 아는 동네 사람이 아무도 없었다. 지문 조회로 알아낸 할머니 이름은 박명신. 1960년 4월 8일생. 구 형사는 박명신의 나이를 확인하고 깜짝 놀랐다. 언뜻 보기에 70은 훨씬 넘어 보였다. 그런데 겨우 예순셋이라니…. 더 놀란 것은 냉장고에서 발견된 시체 중 한 명인 조한철의 전처였다는 사실이다. 주민등록부에 등록된 증명사진 속의 젊은 박명신은 미인이라 할 만했으나, 눈빛이 우울했다. 구 형사는 '치정'이라 생각하며 혀끝으로 이빨을 쓱 문질렀다.

입원 중인 박명신은 아직 조사를 받을 수 없는 상태라고 의사가 전했다. 넘어지면서 부딪힌 충격으로 가벼운 출혈이 있었지만, 생명에는 지장이 없었다. 그러나 어떤 사건으로 인한 정신적인 충격이 의심되며, 특히 남자 의사만 보면 발작이 일어나 진료에 애를 먹고 있어 환자가 안정되기 전까지 면회를 허가할 수 없다고 했다. 사건이 손쉽게 해결될지 말지는 박명신의 건강 상태에 달려 있었다.

구 형사는 김 형사와 함께 조한철의 주소지인 방배본동으로 갔다. 멋대로 자라게 내버려둔 정원수들이 을씨년스럽게 느껴지는 이층집이었다. 세심하게 돌본 느낌은 없지만 한창때의 위세가 느껴지는 집이었다. 목조로 마감된 집 안으로 들어가자 무거운 공기에 짓눌리는 기분이 들었다. 김 형사는 호기심 어린 얼굴로 천장의 목조 장식을 연신 쳐다보았다.

구 형사가 조한철의 장남 조윤성을 보자마자 든 생각은 여자깨나 울렸겠네, 였다. 날렵한 체격에 커트 머리를 한 조윤성의 표정은 어두웠다. 불안하게 흔들리는 시선이 구 형사와 김 형사 사이를 왔다 갔다 하고 있었다. 하지만 아버지가 변사체로 발견됐다고 김 형사가 말을 꺼내자마자 조윤성의 주먹 쥔 손이 스르르 풀어졌다. 그저 '어떻게 죽었대요?'라고 물어본 것이 전부였다. 옆에 있던 구순을 앞둔 조한철의 어머니는 '그년이 내 아들 잡아먹었다'고 침을 튀겨가며 울분을 토했다. 형과는 닮은 구석이 없는 큰 몸집에 덥수룩하게 턱수염을 기른 차남 조윤진은 아버지가 발견된 장소가 생모의 김치냉장고 안이었다는 말을 듣자 얼어붙었다. 그러나 이내 마음을 추슬렀는지 형사에게 물었다.

"…엄마는 괜찮으세요?"

　형제에게 아버지 조한철은 심각한 가정폭력을 휘두르는 사람으로 각인되어 있었다. 형제가 아무리 기억을 더듬어도 단란했던 시간은 없었다. 조한철과 박명신은 불같은 연애를 하고 결혼했지만 첫째 윤성을 낳은 후 그들의 사랑은 의심으로 만신창이가 되었다. 시작은 애초부터 결혼을 반대했던 할머니의 툭 던진 한 마디였다.

"어째, 애는 널 하나도 안 닮았다니?"

　분명히 돈 보고 들어온 여우라고, 반반하게 생긴 게 남자 홀리기 딱 좋은 얼굴이라고 했다.

　금슬 좋던 부부 사이가 할머니의 잦은 이간질로 금이 가기 시작하던 차에, 시할머니의 그 한 마디는 결정타였다. 듣고 보니 정말 하나도 안 닮은 것 같았다. 사내답게 생긴 아버지와 다르게 아들은 희고 선이 고운 계집애처럼 예쁜 얼굴이었다.

　그 뒤로 엄마가 텔레비전에 나오는 연예인을 보고 잘생겼다고 해도, 동네 사람과 인사만 해도, 장 보러 갔다가 상인과 말을 섞어도 아버지의 눈에 띄면 그날은 살얼음판이었다. 누군데 친한 척하냐, 언제부터 둘이 그렇게 된 거냐? 처음에는 말로 사람을 들들 볶았지만 얼마 지나지 않아 손바닥이 날아갔다. 손바닥은 이내 주먹으로 바뀌었고, 곧이어 집 안의 온갖 물건이 흉기가 되었다.

　자식 때문에 참고 살던 엄마가 집을 뛰쳐나가 이혼하게 된 것은 2006년 겨울이었다. 술에 취해 들어온 아버지는 그날도 지겹도록 엄마의 남자관계를 캐물었다. 그날따라 엄마는 아니라고 그런 적 없다고 애원하지 않았다. 어쩌면 빨리 맞고 끝내려던 건지도 몰랐다.

"잘못했어요. 그만해요, 윤성 아…빠."

엄마가 말을 채 마치기도 전에 커다란 주먹이 엄마의 얼굴을 향해 날아갔다. 아버지는 핏대를 세워가며 욕을 퍼부었다. 대체 어디서 솟는 분노인지 중학생이었던 윤진은 알 길이 없었다.

"내가 왜 윤성이 새끼 아빠야, 어? 이 씨발년아!"

아버지가 엄마의 머리칼을 확 잡아끌며 욕실로 향했다. 엄마는 저항할 겨를도 없이 속절없이 끌려갔다. 뭘 하려고 저러는 건지 알 수가 없어 더욱 불안했다. 닫힌 욕실 문으로 물 트는 소리, 쾅쾅 뭔가 두들기는 소리가 새어나왔다. 저러다 엄마가 죽을 것 같아서 112에 신고하려는데, 욕실로 들어가는 형이 보였다. 형의 손에 아버지의 근속 20주년 트로피가 들려 있었다. 윤진은 겁에 질려 신고하려던 생각마저 잊어버렸다. 곧이어 욕실 안에서 "나가, 개새끼야!" 하고 고함치는 아버지의 욕설이 들리는가 싶더니 우당탕 하고 누군가 넘어지는 소리가 크게 울렸다. 소름 끼치는 정적이 흐르고 잠시 후 형이 욕실에서 나왔다. 활짝 열린 문 안으로 욕실 바닥에 나자빠진 아버지가 보였다. 그리고 욕조 안에서 온몸이 푹 젖은 채 얼빠진 얼굴로 앉아 있는 엄마가 보였다. 엄마는 쓰러진 아버지를 바라보다가 뒤늦게 윤진을 쳐다보았다. 엄마의 눈동자는 텅 비어 있었다. 그날 엄마는 집을 나갔다. 이후 아버지의 목표 잃은 분노는 엉뚱하게도 윤진을 향해 날아왔다. 그래서 윤진은 한동안 형을 원망했다.

아버지는 실종되기 며칠 전부터 흥분 상태였다. '지가 숨어봤자 내 손바닥 안이지'라고 중얼거리는 걸 보면서 윤진은 내심 불안했다. 엄마를 찾았냐고 물어보고 싶었지만 긁어 부스럼이 될까 봐 참았다. 어느 날, 새 옷으로 말쑥하게 차려입고 나가며 '오늘 좋은 일 있을 거다'라고 말한 것이 아버지의 마지막이었다. 윤진은 아버지가 돌아오지 않자 결국 엄마를 찾아내 죽였다고 생각했다. 그러나 아무리 뉴스를 살펴봐도 엄마로 추정되는 살인사건은 없었다. 할머니가 실종신고를 했고 경찰이 찾아와 아버지의 행적을 조사했지만, 윤진은 자기 생각을 경찰에게 얘기하지 않았다.

"결국엔 아버지가 엄마를 죽일 거로 생각했어요. 아버지가 실종됐다는 것도 믿지 않았고요. 어딘가에 숨어서 엄마가 모습을 드러내길 기다리고 있다고 생각했어요. 우리를 미끼로 버려둔 채 엄마가 나타나길 기다리는 중이라고…."

조윤진이 긴 진술을 마치고 연신 물을 들이켰다.

"죽어도 싸요. 그런 인간은."

말없이 듣고 있던 조윤성이 처음이자 마지막으로 덧붙였다.

형제의 진술을 듣고 난 구 형사는 머릿속이 어질어질했다.

"솔직히 이건 정당방위예요. 맞아 죽기 전에 겨우 이혼해서 숨었는데 또 찾아왔잖아요."

김 형사가 입술을 일그러뜨렸다.

"그렇다 치고… 그럼, 이광재는?"

구 형사의 질문에 김 형사가 잠시 눈을 굴리더니 말했다.

"만약에 조한철이 찾아왔는데 전처의 집에 젊은 남자가 있었다고 생각해봐요. 의처증이었잖아요. 완전 빡 돌아서 이광재를 식칼로 찌른 거죠. 그랬다면 박명신이 제정신이었을까요? 손에 잡히는 걸로 조한철을 후려쳤는데 죽어버린 거죠."

김 형사가 그럴싸하지 않느냐는 듯 어깨를 으쓱했다.

구 형사가 입매를 길게 찢어 올리더니 파아- 소리 내며 웃었다.

"말이 되는 소릴 해라. 실종 신고 연도가 4년이나 차이 난다."

"정확한 사망일 추정이 안 된다면서요? 같은 날 죽은 건지, 다른 날 죽은 건지, 누가 먼저 죽은 건지. 실종 연도를 사망 연도로 추정하기에 애매하다고 서류에 적혔던데요."

김 형사가 스마트폰에 담아둔 검시 보고서를 찾아 구 형사 얼굴 앞으로 들이밀었다. 구 형사가 화면에 뜬 보고서를 쳐다보고는 손등으로 밀쳤다.

"이야, 우리 김시영 형사는 상상력에 제한이 없네. 아들 뻘인 젊은 남자애랑 그랬다고? 응?"

구 형사가 진심으로 놀랍다는 듯 입술을 삐죽거리며 웃었다.

"왜요? 진짜 아들도 아닌데, 그러면 안 돼요?"

김 형사 역시 그가 이해 안 된다는 듯 입매를 끌어내렸다.

4

2012년 7월, 세경이 동서일보에 입사한 지 6개월 정도 지났을 무렵이었다. 사회부로 발령받고 종로경찰서를 할당받아 새벽마다 출입하며 간밤의 사건 사고를 훑는 것이 신참의 주요 업무였다. 선배들은 한 달만 지나면 적응한다고 했지만, 세경은 반년이 되도록 적응하지 못했다. 체력이 달린다는 생각이 들어서 틈나는 대로 사내 헬스장에서 운동을 하고 있는데 어쩐지 더 죽을 맛이었다. 그날은 운동도 제치고 온전히 쉴 생각으로 곧장 집으로 왔다. 보고 싶었던 영화를 빌려놓고 냉장고에 넣어둔 차가운 맥주를 꺼내던 참이었다. 전화벨이 울렸다. 낯선 번호였다.

"너 집이지? 지금 먹고 싶은 거 있어? 내가 금방 사갈게."

광재였다. 기분 좋은 일이 있었는지 목소리가 한껏 들떠 있었다. 작년 가을에 만났으니 열 달 만이다. 광재와 함께 밤을 보내는 상상에 잠시 몸이 달아올랐지만, 욕구는 금세 사라졌다.

"나 지금 친구들이랑 밖에 있어. 오지 마."

세경의 말에 광재가 피식 웃었다. 에이- 하는 말과 함께 달래듯 부드럽게 "갈게" 하고는 전화를 끊었다. 맥주 캔 뚜껑을 거칠게 젖히는 바람에 손톱 끝이 부러졌다. 휴식을 취하려던 계획이 부서졌다. 벽시계의 바늘이 9시 30분을 가리켰다.

후덥지근한 기운에 세경은 눈을 떴다. 광재가 올지 몰라 긴장하며 영화를 보다가 깜빡 잠든 모양이었다. 돌아가는 선풍기 소리만 들릴 뿐 고요했다. 새벽 2시인데 휴대폰에 광재의 메시지는 없었다. 다행이라 생각하며 선풍기의 타이머를 설정하려고 몸을 일으켰다. 그때 똑똑똑— 현관문 두드리는 소리가 났다.

"세경아."

광재였다.

허스키하게 흩어지는 광재의 독특한 목소리가 현관문을 넘어왔다. 제 멋대로 전화를 끊어놓고, 새벽 2시에 오다니… 화가 치밀었다. 여기가 여관인가?

둘은 사귀다가 헤어졌다. 광재를 탐탁지 않아 하던 친구들은 헤어졌다는 말에 파티까지 열어주며 반겼다. 하지만 세경에게도 성욕이 있었고, 성적인 욕구를 해결하려고 낯선 사람을 만나는 건 위험했다. 그래서 몇 년 만에 광재에게서 전화가 왔을 때 내심 다행이라고 생각했다. 내 몸을 가장 잘 알고, 안전하고 만족스러운 섹스를 할 수 있는 사람은 흔하지 않으니까. 세경이 먼저 연락한 적은 없었다. 광재가 전화했을 때 시간이 맞으면 집으로 오라고 했다. 세경은 그것으로도 충분했다.

"안에 있는 거 알아, 문 열어봐."

그동안 허락 없이 온 적은 한 번도 없었다. 아무리 가끔 만나 몸을 섞는다고 해도 와도 된다는 허락이 떨어져야 오는 것이다. 그렇게 1년에 몇 번 정도 몸의 대화를 나누고 헤어지는 것에 익숙했다. 애정은 없지만, 구속도 미련도 없는 관계. 이해하지 못하리라 생각했기에 누구에게도 말하지 않았다.

'사귀는 사람이 생기면 얘기하자'는 말은 광재가 먼저 꺼냈다. 그래서 이런 관계가 암묵적 합의로 이뤄지고 있다고 믿었다. 그런데 느닷없는 새벽 방문이라니! 세경은 불쾌함이 머리끝까지 차올라 몸이 뻣뻣해졌다.

"세경아, 문 열어, 나라니까아아~."

술 냄새가 풍기는 목소리였다.

"지금 새벽 2시야. 내일 출근해야 해."

세경은 최대한 단호하게 말했다.

"그러니까 빨리 열어. 얼른 자고 아침에 같이 나가자."

광재가 애교를 부리듯 칭얼거리며 문을 쿵. 쿵. 쿵. 두들겼다.

"두들기지 마. 사람들 깨. 그냥 좀 가주면 안 돼?"

그러자 쿵. 쿵쿵. 쿵쿵쿵. 아예 리듬을 맞춰가며 두들기는 소리가 시작됐다. 소리에 맞춰서 멀리서 개가 컹컹컹 짖어댔다. 속이 탔다. 광재는 분명 열어줄 때까지 두드릴 작정이다. 아랫집의 선캡 아줌마가 시끄럽다고 쳐들어오면 어쩌나, 등골이 서늘해졌다. 사계절 내내 얼굴에서 선캡을 벗은 적이 없어서 동네에서는 다들 선캡 아줌마라고 불렀다. 아래윗집 살면서 말 한번 섞어본 적은 없지만 시커먼 선캡 너머 얼굴을 본 적이 없어서인지 꺼려졌다. 사람 얼굴을 피한다는 것은 뭔가 문제가 있다는 얘기니까.

달칵. 현관문 자물쇠를 여는 소리가 들리자마자 광재가 달큼한 술 냄새와 함께 성큼 밀고 들어왔다. 침실로 곧장 향하는 광재를 쳐다보다 세경은 옷방으로 들어갔다.

"너 신문사 들어갔어? 그냥 자면 안 되겠는데? 축하해야지!"

문지방을 밟고 서 있는 광재의 손가락 끝에 신문사 신분증 목걸이가 대롱거렸다.

"새벽에 취재 나가야 해."

세경은 장롱에서 이불을 꺼내 옷방 바닥에 툭 던졌다.

"아이고, 이제 기자님이 되셨다? 그래서 나랑 못 놀아준다 이거네에?"

광재가 배시시 웃으면서 비아냥거렸다.

"오버하지 마. 갑자기 불쑥 찾아온 건 너잖아."

세경은 짜증이 밀려왔지만 최대한 부드럽게 말했다.

"얼마나 보고 싶었으면 오밤중에 이렇게 왔겠냐? 너무하네, 서운하게."

광재의 눈에서 웃음기가 사라지고 있었다.

"우리가 뭐 얼굴 보고 싶고 그런 관계였어? 아니잖아. 어쩌다 한 번씩 하는 사이지."

세경은 잠자리를 정리하는 척하며 그를 무시했다.

"그러니까 같이 자자. 오랜만이잖아."

어느새 뒤로 다가온 광재가 세경의 허리를 감싸 안은 채 그녀의 목덜미를 입술로 더듬었다. 술 냄새 섞인 광재의 숨결이 전에 없이 역겨워졌다.

"그럼 니가 여기서 자. 나 일찍 출근해야 해."

세경이 광재를 밀치며 빠져나와 옷방의 전등 스위치를 껐다.

"윤세경."

낮게 깔린 광재의 목소리에 세경이 돌아보았다. 그때였다. 철썩- 하는 소리와 함께 기우뚱 넘어졌다. 얼굴을 맞았을 때 눈앞에서 불꽃이 튀었다고 말한 폭행사건 피해자들의 말은 사실이었다. 찬물을 뒤집어쓴 것 같은 충격 덕분에 통증은 없었다. 다만 폭행을 당했다는 사실이 믿기지 않아서 정신을 차릴 수 없었다. 갑자기 집 안 어느 곳도 안전하지 않다는 생각이 들었다. 도망칠 방법을 찾아 눈알을 굴리던 세경은 문득 뭐라도 손에 쥘 것은 없나 싶어 눈을 껌뻑이며 방 안을 훑었다. 광재는 침을 튀기며 버럭버럭 고함을 질러댔다.

"씨발 너는, 나 개새끼 만드는 게 취미냐? 맨날 나만 잘못했지? 우리 헤어진 게 나 때문이냐? 니가 헤어지자고 했지? 니 말대로 해줬잖아. 근데! 내가 다시 연락했을 때 너 어쨌어, 냉큼 오라고 했지? 너도 즐겼잖아. 좋았잖아? 씨발. 근데 너 좀 괜찮아졌다고 나한테 이래? 내가 뭐 스토커냐? 내가 미친놈이야?"

꽥꽥대느라 목이 탔는지 광재가 냉장고를 벌컥 열어젖혔다. 냉장고에 있던 맥주들을 살펴보던 광재가 수입 맥주를 보고 씨익 웃었다. 하나를 꺼내 뚜껑을 따고 벌컥벌컥 마셨다. 세경은 온몸이 얼어붙어 도망칠 엄두를 내지 못했다. 그저 차가운 맥주가 광재의 흥분도 함께 끌고 내려가길 바랐다. 광재가 빈 캔을 한 손으로 우그러뜨리는 소리에 세경은 흠칫 몸을 떨었다. 캔을 내던진 광재의 손이 헹켈 칼 블럭을 향했다. 세경의 귀에서 위험신호처럼 삐- 이명이 울렸다. 오래전 기억이 불쑥 튀어나왔다. 장난처럼 칼끝으로 뱃살의 피부를 톡톡 건드리던 광재의 모습. 맥락 없이 행하던 그날은 그래도 웃으며 끝났지만, 오늘은 상황이 달랐다. 이제는 도망쳐야 했다.

세경은 벌떡 일어나서 현관문으로 달렸다. 현관 자물쇠를 풀고 문을 여는데, 어느 틈에 다가온 광재가 세경의 오른쪽 어깨를 움켜잡았다. 세경은 죽을지도 모른다는 긴장으로 폭발할 것 같았다. 세경이 부들부들 떨며 돌아보는데, 불길하게 번들거리는 광재의 눈동자와 마주쳤다.

"야, 윤세경. 정신 차려!"

광재가 영문을 모르겠다는 듯 세경의 뺨을 장난치듯 툭툭 쳤다. 속절없이 눈물이 툭 떨어졌다. 비참했다. 하지만 이내 주먹을 움켜쥐었다. 얼마나 힘을 주었는지 손톱이 손바닥을 파고들었다. 주위가 진공상태로 변한 것처럼 소리가 멀어졌다. 광재가 물고기처럼 입을 벌리며 뻐끔거렸다.

"세경아. 혹시 너, 내가 이걸로 널 어떻게 할 거라고 생각한 거야? 진짜로?"

광재가 식칼을 세경의 눈앞에서 흔들어 보이고는 신발장 선반에 내려놓았다. 그러고는 안심하라는 듯 씨익 웃었지만, 그의 손끝은 아직 칼에 닿아 있었다. 세경의 신경은 온통 식칼에 꽂혀 있었다. 뺏어야 해. 뺏어야 해.

"섭섭하게… 우리가 그간 쌓은 정이 얼만…"

한껏 다정하게 말을 걸던 광재의 표정이 딱 멈췄다. 입을 살짝 벌린 채로 연신 눈을 껌뻑거렸다. 세경은 어떻게 칼을 집었는지 기억이 없었다. 정신을 차리고 보니 광재의 가슴팍에 식칼을 꽂은 후였다. 숨 막히는 정적이 흘렀다. 칼이 박힌 광재의 가슴은 신기하게도 피 한 방울 흐르지 않았다. 잠시나마 지금 벌어지는 일이 장난 같은 기분이 들었다. 저 칼은 가짜이고, 그러니까 칼을 뽑아도 멀쩡할 것이다. 저것 봐, 피도 안 나잖아. 그렇잖아.

그때 자기 가슴에 꽂힌 칼을 멍청한 얼굴로 바라보던 광재가 천천히 얼굴을 들었다. 광재의 눈동자와 마주치자 세경은 온몸의 피가 빠져나가는 것 같았다. 순간 광재가 세경을 향해 성난 짐승처럼 달려들었다. 비명을 지를 새도 없이 펄쩍 뛰며 뒤로 물러서다 현관문에 부딪혔다.

갑자기 현관문이 활짝 열렸고, 그 바람에 세경은 그대로 벌렁 나동그라졌다. 뒤로 자빠진 채 올려본 세경의 눈에 선캡을 눌러쓴 아줌마가 보였다. 그리고, 그리고 어떻게 됐더라….

"뭘 그렇게 넋 놓고 있니?"

갑자기 훅 들어온 선임의 말에 세경은 정신을 차렸다. 그제야 연천동 변사체 후속기사를 읽고 있었다는 걸 깨닫고, 얼른 뉴스 창을 닫으며 얼버무렸다.

"나이 먹고 결혼하려니 체력이 달려요. 빡세요, 진짜."

"쯔쯔쯧, 어떡하니… 결혼하고 나면 더 빡세질 건데. 그러니까…."

선임이 갑자기 목소리를 죽이더니, 나지막하게 덧붙였다.

"더 늦기 전에, 파투 내."

"에에?"

"난 분명히 경고해줬다?"

선임 기자가 싱글싱글 웃으며 자리로 돌아갔다. 왼손은 허리를 받치고 오른손에는 레몬차가 담긴 머그잔을 들고 팔자걸음으로 슬렁슬렁 걸어가는 만삭의 선임을 세경은 피식 웃으며 쳐다보았다. 이내 세경의 얼굴이 무겁게 가라앉았다. 광재의 가슴을 찌르던 감각이 여전히 생생했다. 생각보다 부드럽게 쑥 들어가서 놀랐다가, 광재의 가슴이 칼날을 꽉 붙잡은 것처럼 끌어당겨서 기겁하며 손을 놓았던. 세경은 두 손을 물끄러미 바라보았다. 오른손바닥 엄지와 검지 사이에는 눈여겨보지 않으면 눈치채기 힘든 흉터가 있었다. 갑자기 손바닥 위로 벌레가 기어가는 듯 자리자리했다. 주먹을 쥐었다 폈다 하는 것으로 해결되지 않았다. 손 세정제를 꺼내 차가운 젤을 잔뜩 펌핑한 후 마구 문질러댔다. 차가운 알코올이 손을 뒤덮자 조금 나아지는 것 같았다.

5

수사에 난항을 겪고 있던 구 형사에게 반가운 소식이 찾아왔다. 박명신의 건강 상태가 호전되어 면회가 가능하다는 의사의 전화였다. 마침 이광재의 유가족과 친구들을 만나기로 한 날이라 김 형사를 그쪽으로 보내고, 구 형사는 병원으로 향했다. 박명신이 언제 또 혼미해질지 모르니 좋아졌다고 할 때 얼른 만나는 것이 시급했다.

다인실에 있을 줄 알았던 박명신은 의외로 1인실에서 치료받고 있었다. 다른 환자들과 함께 수용됐다가 민원을 받았을 거라고 구 형사는 지레짐작했다. 연천동 현장에서 봤던 박명신은 혼돈과 악취 그 자체였으니까. 하지만 섣부른 짐작이었다. 입원하면서 목욕 서비스라도 받은 건지 깨끗해진 모습이라 전혀 다른 사람 같았다. 그렇지만 여전히 실제 나이보다 많아 보였다. 박명신은 구 형사를 보자 목을 움츠린 채 시선을 피했다. 남자 의사만 보면 발작했다는 말이 뒤늦게 떠올라서 아차, 싶었다. 병상 옆에 앉아 있던 조윤성이 불편한 기색으로 일어났다. 구 형사는 손짓으로 곁에 있으라고 말렸다. 아무래도 아들이 옆에 있어야 박명신도 안심할 것으로 생각했다. 구 형사는 최대한 부드럽게 말하려고 애쓰며 첫 질문을 던졌다.

"박명신 씨, 집에 있던 김치냉장고 기억하시죠? 청테이프로 감아놓았던."

"…"

박명신의 불안한 눈동자가 아들과 구 형사를 분주히 오갔다. 구 형사는 박명신의 눈동자가 의외로 맑아서 놀랐다. 우울한 눈이라고 생각했는데 지금 보니 투명한 눈빛이었다.

"그 안에 보관하던 것이 뭔지도 기억하시죠?"

쉴 새 없이 움직이던 박명신의 눈동자가 멈추더니 천천히 구 형사를 향했다. 순간 박명신의 호수 같은 눈동자에 파문이 생겼다. 박명신은 입을 다문 채 눈을 감았다.

"전남편… 그러니까 조한철 씨는 어쩌다 냉장고에 들어간 건가요?"

조한철의 이름이 언급되자 박명신의 낯빛이 창백해졌다. 그녀는 대답 대신 입술을 달싹이며 알아듣지 못할 말을 중얼거렸다. 지켜보는 구 형사의 인내심이 바닥이 날 때쯤이었다.

"…내가 집어넣었으니까!"

박명신이 침을 뱉듯 말했다. 그러고는 아들을 힐끗 쳐다보았다. 조윤성은 괜찮다는 듯 엄마의 손을 잡고 토닥였다. 거울처럼 서로를 빼닮은 얼굴이라고 구 형사는 생각했다. 박명신은 아들의 손을 떼어내고 진술을 시작했다.

"애들 때문에… 개처럼 맞으면서도 참고 견뎠는데, 애들 덕분에 끝낼 수 있었어."

방배동 집에서의 마지막 날 박명신은 죽다 살아났다. 그날따라 더한 광기에 휩싸여 폭력을 행사하던 남편은 급기야 그녀를 욕조에 처박고는 샤워기 호스로 목을 칭칭 감아 졸랐다. 숨이 막혀 버둥거리는 명신을 일어나지 못하게 발로 짓누르고는 물을 틀었다.

결혼 생활 내내 죽고 싶다고, 죽으면 다 끝난다고 생각했던 명신이지만 막상 '죽음'이 코앞으로 다가오자 살고 싶다는 생각이 들불처럼 일어났다. 살고 싶다, 살고 싶어. 아득해지는 가운데 명신은 그렇게 되뇌었다. 악착같은 바람이 통한 것인지 갑자기 가슴팍을 짓누르던 남편의 발이 떨어졌다. 뒤이어 얼굴 위로 쏟아지던 물줄기가 멈추고, 명신의 몸이 욕조에서 쑥 일으켜졌다. 정신을 차리고 보니 윤성이었다. 명신의 목을 감고 있는 샤워기 호스를 풀어준 것도 윤성이었다. 아들은 엄마의 얼굴을 쳐다보지 않았다. 울지도 않았다. 그저 한마디 내뱉었을 뿐이다.

"엄마는 왜 이러고 살아?"

그날 명신은 맨몸으로 해바라기센터에 달려갔다. 진단서를 떼고 여기저기 남은 폭력의 상흔을 사진에 담았다. 경찰서에 가정폭력으로 신고했다. 두 아들이 수십 년 동안 가정폭력이 있었음을 진술해준 덕분에 쉽게 이혼할 수 있었다. 거의 모든 재산이 시어머니 명의여서 재산분할은 엄두도 내지 못했다. 겨우 받아낸 위자료 4천만 원으로 이문동에 반지하방을 전세로 구하고, 남은 돈은 혹시 모를 비상금으로 저축해두었다. 이문동에서 산 지 3년이 지나갈 즈음 조한철이 들이닥쳤다. 군에 입대한 윤성에게 보냈던 편지에 적힌 주소를 보고 찾아온 것이다. 옆집 여자가 신고해준 덕분에 다시 한번 죽음을 비켜갈 수 있었다. 조한철은 제때 도착한 경찰에게 현행범으로 잡혀갔다. 조한철은 싹싹 빌며 다시는 찾지 않겠다고 각서를 썼다. 명신은 아들들과 연락을 끊어야 한다고 결심했다.

"연천동에 자리 잡은 지 1년이 좀 넘었을 때였어. 식당 일 마치고 집에 왔는데, 그자가 찾아왔지. 치킨이랑 소주를 몇 병 사왔더라고…. 보고 싶었다는 말을 듣자마자, 이제 내 인생은 여기서 끝이라고 생각했지. 연천동은 인적이 드물어서 숨어 있기 좋았지만, 죽어 나자빠져도 모르는 동네기도 하니까…. 그래서 그 인간 성질 건드리지 않으려고 무척 조심했어. 죽기를 각오하니까 냉정해지더라. 내 허벅지에 손을 얹고 떡 주무르듯 만져도 견딜 만했어. 어느새 소주 세 병이 다 비워질 때쯤이었나. 내가 그 인간의 빈 소주잔을 얼른 채워주는데, 갑자기 손이 날아왔어. 왼쪽 귀를 정통으로 맞았지. 내가 뭘 잘못했는지 몰라서 벌벌 떨며 그 인간을 쳐다봤어. 그자가 뭐라는 줄 알아?

'니가 술집 작부냐? 왜 실실 쪼개면서 술을 채워?' 내가 웃었나, 기억도 안 나. 그래도 나는 잘못했다고 빌었어. 어디선가 삐이이이- 귀청을 때리는 소리가 울렸어. 아무래도 고막이 터졌나 보다 생각했지. 그 인간도 나이를 먹었는지 손을 한 번 더 올리는 시늉을 하다 말고 씩 웃더니만, 주전자 소리가 시끄럽다고 가서 끄고 오래.

그제야 삐- 소리가 가스레인지에 올려놓은 주전자에서 나는 소리인 걸 알았어. 다행이다 싶어 얼른 불을 끄러 갔어. 쉬익쉬익 뜨거운 김을 뿜어내는 주전자를 쳐다보고 있자니 골이 깨질 것 같았어. 내 몸속에도 저런 뜨거운 뭔가가 들끓고 있는 것 같았지. 그때 그자가 뭐라는 줄 알아? 꿀물 좀 타 오래. 열기가 목구멍까지 솟구쳐서 숨 쉬기가 힘들었지만, 내 몸은 그놈이 시키는 대로 움직였어. 찬장에서 꿀을 꺼내서 꿀물을 만드는데 그 인간이 눈에 들어왔어. 팔자 좋게 앉아 있는 그 인간의 뒤통수가 무방비로 보이더라…. 무슨 생각이었는지 나도 몰라. 펄펄 끓는 주전자를 들고 그놈한테 가서, 그대로 콱 내리쬤었어. 억- 소리도 못 내고 고꾸라지더라고. 피가 끓었어. 발끝에서 머리끝까지 뭔가 강렬하게 치솟는 게 느껴졌지. 이 새끼가 그래서 날 때렸나? 이 맛에 중독돼서?

모르겠어. 내 안에 잠시 악귀가 들어왔었나 봐. 그 새끼가 살려달라고 버둥대는 꼴을 보니까 웃음이 나더라. 그래서 멈출 수가 없었어. 한동안 분풀이를 하는데 갑자기 손이며 팔이 너무 화끈대는 거야. 그제야 정신이 퍼뜩 들었어. 얼른 싱크대에 찬물을 받아 얼음을 넣고 덴 곳을 다독였지…. 흥분이 점점 가라앉으면서 내가 사람을 죽였다는 걸 알았어. 무섭지 않았냐고? 전혀…. 오히려 이제야 해방이구나 생각했어. 드디어 행복해진 거지."

박명신은 마치 어제 일을 회상하듯 조한철을 살해한 날을 진술했다. 옆에서 듣고 있던 조윤성의 눈이 축축했다. 구 형사는 박명신의 손과 팔목 부위에 희미하게 남아 있는 화상 자국을 발견했다. 박명신의 진술은 의심할 만한 구석이 없었다.

"또 다른 남자는요? 이광재는 어떻게 된 겁니까?"

그러자 맑았던 박명신의 눈동자가 흐릿해지는가 싶더니 순간 멍해졌다. 누구를 말하는지 전혀 모르겠다는 얼굴이었다. 구 형사의 바지 주머니에서 스마트폰이 채근하듯 울렸다. 재차 냉장고 안에 남자가 한 명 더 있지 않았느냐고 물었다.

박명신의 얼굴이 벌레라도 씹은 듯 삽시간에 일그러졌다.

"당신 또 그 소리네, 남자가 어디 있다고. 그냥 죽여. 죽이라고, 죽이면 되잖아!"

박명신이 구 형사에게 목을 들이밀며 울부짖었다.

"엄마… 정신 차려요."

조윤성이 손을 뻗어 엄마를 껴안았다. 그러자 갑자기 박명신이 온몸을 뒤틀어 발작하며 비명 같은 욕설을 내뱉기 시작했다. 간호사들이 뛰어 들어오는 바람에 구 형사는 조사를 중지해야 했다.

6

김 형사는 Y대학교 영문학과 교수인 이선재를 만났다. 피해자 이광재의 두 살 많은 누나인 이선재는 연구실로 들어온 김 형사를 보자 자리에서 일어섰다. 짧은 단발머리에 검은 금속 테 안경을 낀 이선재의 단정한 모습에 김 형사는 슬링백을 벗어 손에 들었다. 이선재는 안경을 벗으며 그녀를 향해 부드럽게 미소를 지었다.

연구실 양쪽 벽을 꽉 채운 책장에는 원서와 번역서들이 빼곡하게 들어차 있었다. 무거울 수도 있는 공간의 분위기를 작은 고양이 모양의 소품들이 중화시켜주고 있었다.

단독으로 유가족을 만나는 것이 처음이라 긴장했던 김 형사는 이선재가 내어주는 보이차를 마시면서 금세 제 페이스를 되찾을 수 있었다. 그녀는 일부러 더 담담하게 이광재가 시신으로 발견된 경위와 부검 결과를 설명했다. 차분히 듣고 있던 이선재의 단정한 얼굴에 점차 복잡한 감정의 결이 얽혔다. 살았는지 죽었는지만 알아도 좋겠다고 생각했던 가족의 마음은 이내 '누가, 왜, 죽였는가'에 매달리게 된다. 하지만 이선재는 찻잔을 만지기만 할 뿐 아무 말이 없었다.

"사소한 것이라도 괜찮아요. 실종 당시 기억나는 게 있다면 말씀해주세요."

김 형사가 조심스레 말을 건넸다.

"실례지만, 담배를 피워도 될까요?"

이선재가 전자담배를 꺼냈다. 테이블 위에 재떨이는 없었다.

"우리 집은 기독교 집안이에요. 부모님이 아주 독실하세요. 포항에서 같이 살 때까지는 부모님 성화로 교회에 열심히 다녔어요. 광재도 꽤 열심이었고요. 자수성가한 아버지 밑에서 자란 애들이 그렇듯이 우리 남매도 유복했지만 압박이 심한 상태로 자랐어요. 그래서 둘 다 서울에 있는 대학에 왔어요. 아버지는 포항에서 학교에 다니길 원했지만요. 동생은 꽤 자유분방한 애였어요. 성격이 섬세한 편이었는데 대학에 가면서부터 좀 다른 결로 변한 것 같기도 했고요. 기계공학과로 간 건, 성적에 맞추느라 그런 거고 사실은 영화를 동경했어요. 연영과에 가봤자 아버지 지원은 못 받을 테니까, 그냥 겉보기에 착실한 과를 택한 것 같아요."

이선재의 말에 따르면 동생은 한동안 아버지 뜻에 어긋나지 않는 착한 아들이었다. 그러나 대학을 졸업할 즈음에는 집안의 골칫거리가 되어 있었다. 대학 시절에 사귀던 애인이 있었는데, 꽤 깊은 관계였다. 누나와 함께 사는 집에도 곧잘 애인을 데려왔고, 포항 가족 모임에도 데려왔을 정도로 몰두해 있었다. 애인은 광재가 속했던 대학연합 영화 동아리에서 만난 학생이었다. 동아리에서 제작한 단편영화에 스태프로 참여했던 두 사람은 영화가 끝날 즈음 불같이 타올랐고 그 후 1년 정도는 꽤 열정적이었다. 그러다 애인과 헤어진 뒤 광재는 조금씩 엇나가기 시작했다. 대학은 턱걸이로 겨우 졸업했고, 방탕한 생활이 이어졌다. 상업영화 현장에 발붙이려고 무척 애를 썼지만 뜻대로 되지 않았다. 제목도 기억나지 않는 조폭 영화의 연출부 막내가 처음이자 마지막이었다. 이후에 아버지의 소개로 수도권에 있는 대형 교회 영상사업단에 취직했고, 결혼할 여자도 생겨서 상견례를 앞두고 있다가 갑자기 사라져버렸다. 이선재는 혹시나 옛 애인을 만나서 잠적한 건 아닌가 싶어서 '내 동생은 여전히 낭만파'라고 생각했다.

김 형사는 고개를 갸웃했다. 상견례를 앞두고 옛 애인과 잠적하는 게 낭만적인가?

"혹시 동생이 사귀었던 분 이름 기억하세요?"

"동대 연영과 04학번 윤세경."

이선재가 기다렸다는 듯 답했다.

감탄했다는 듯 김 형사가 쳐다보자, 잔잔했던 이선재의 표정이 차갑게 가라앉았다.

"병원에서 동생을 확인하고 나오면서 계속 생각했어요. 왜 그런 곳에서 죽었을까…. 아무리 생각해도 이해가 되지 않아서 기억을 더듬다 보니 세경 씨가 떠올랐어요. 그 애라면 뭔가 알고 있지 않을까 하고요."

김 형사는 상견례를 앞두었던 약혼녀의 이름도 받은 후 연구실에서 나왔다. 구 형사에게 중간보고를 위해 전화를 걸었지만 수신음만 들릴 뿐

받지 않아서 곧장 다음 장소로 이동했다.

이광재의 대학 동기들과 영상사업단 동료였던 사람들을 몇 만났으나 유의미한 정보는 없었다. 멀끔한 외모 덕분에 여자가 끊이질 않았다는 말과 스토커처럼 여자를 쫓아다녔다는 증언도 있었다. 하긴 그때만 해도 좋아한다며 쫓아다니는 것이 사나이 순정으로 포장되던 시절이었다. 영화 감독이 되겠다며 시나리오를 썼다는 말도 나왔다. 쓴다는 말은 들었지만 한 번도 본 적은 없다고. 대체로 사람이 순하고 점잖았다는 평이었으나, 가끔 만취하면 눈이 휙 돌 때가 있다고 했다. 폭력을 쓰거나 했다면 문제가 됐을 텐데, 이광재는 눈깔만 돈 거라고도 했다. 저러다 언제 한번 크게 사고 칠 것 같았는데, 진짜 그렇게 될 줄은 몰랐다고 혀를 차는 친구도 있었다.

별다른 소득이 없다고 생각되어 탐문을 접으려 할 때, 드디어 유의미한 내용이 나왔다. 이광재가 속했던 영화 동아리 멤버였던 친구였다.

"곧 상견례한다는 새끼가 전 여친이랑 아직도 만난다는 거예요."

동아리 친구는 경상도 억양이 진하게 배어 있었다.

"전 여친요?"

"같은 동아리 멤버였어요. 이름이 세영인가 세경인가. 아무튼 생각나면 한 번씩 만난다고 하대요? 뭐 그럴 수도 있죠, 있는데… 아씨, 결혼할 여자도 생겼으면 그거는 아이지. 그래서 내가 물었어요. 니 전 여친 아직 사랑하나?"

동아리 친구가 한껏 표정을 살리며 잠시 입을 다물고 김 형사를 보았다.

"뭐라던가요?"

"사랑을 나누긴 하지."

친구의 말에 김 형사는 썩은 과일을 씹은 듯 표정이 일그러졌다. 어우 개새끼.

　어느새 바닥이 난 불판 위에 밥이 볶아지고 있었다. 곱창을 정신없이 먹어치운 구 형사는 배가 불렀지만, '한국인이라면 마무리는 무조건 볶음밥'이라고 김 형사가 박박 우기는 바람에 어쩔 수 없었다. 김 형사는 안주에 볶음밥만 한 것이 없다며 소주도 추가했다. 그녀 혼자 소주 두 병 가까이 마신 것 같은데, 얼굴색 하나 변하지 않았다. 무슨 여자가 저렇게 술을 잘 마시냐.

　"약혼녀는 아는 게 전혀 없대요. 연애할 때도 무난했고. 상견례 앞두고 갑자기 사라져서 여기저기 많이 알아봤더라고요. 지금은 결혼해서 애가 둘이라 우리랑 만나는 거 불편하다고 하더라고요."

　그녀가 볶음밥 한 숟갈 퍼서 입에 넣고는 감탄사를 뽑아냈다. 어찌나 맛깔나게 먹는지 구 형사도 침이 꼴깍 넘어갔다. 볶음밥 한 숟갈을 입에 넣었다. 구 형사는 배부른 것도 잊고 김 형사와 숟가락 경쟁을 하며 눌어붙은 밥까지 박박 긁었다. 그 바람에 소주가 한 병 더 비워졌고, 구 형사는 술기운이 코끝까지 올라오는 것을 느꼈다.

　박명신은 결혼 생활 내내 가정폭력에 시달리다 겨우 이혼했다. 의처증이 심했던 전남편은 이혼 후에도 사냥개처럼 전처의 뒤를 쫓았다. 전처를 두 번이나 찾아내서 그때마다 죽일 뻔했다. 박명신에게 조한철은 저승사자였다. 자신의 목숨을 언제든 앗아갈 수 있는 커다란 낫을 든 저승사자. 연천동에서 전남편을 다시 맞닥뜨렸을 때 박명신은 도망치는 것을 끝내기로 결심했다. 그래서 죽였을 것이다. 시체 처리를 두고 허둥대다가 뒤주만 한 김치냉장고가 눈에 들어온다. 허겁지겁 안에 든 김치 통을 죄다 꺼낸 뒤 조한철을 구겨 넣었다. 구 형사의 머릿속에 사건 정황이 그려지는 찰나, 죽은 이광재의 얼굴이 떠올랐다. 마치 나는 어떻게 된 거냐고 따지듯 억울한 표정이었다. 구 형사는 생각을 떨치려고 소주잔을 들었다. 잔을 비우고 나니 이번에는 난데없이 선영의 얼굴이 쑥- 하고 올라왔다.

구 형사는 스마트폰을 꺼내 선영과의 대화창을 열었다. 그가 보낸 수많은 메시지 옆에는 여전히 숫자 1이 보란 듯이 살아 있었다.

"진짜 후져요, 그거."

김 형사가 질색하며 문자 메시지를 쓰고 있는 그를 말렸다.

그러거나 말거나 구 형사는 꿋꿋하게 자판을 눌렀다. '나는 아직 너랑 안 헤어졌다. 기다린다' 보내기를 누르자, 1이 뜬 문자 메시지가 또 하나 늘어났다.

다음 날 구 형사는 숙취에 시달리며 연천동 162-2의 전출입 기록을 살펴보았다. 2008년 이후 전출입신고 기록이 단출한 덕분에 확인이 수월했다. 집주인 말로는 몇 명 더 있다고 했지만, 보관 중인 임대계약서가 없어서 의미가 없었다. 그동안 전입 기록이 없는 박명신 같은 거주자가 많던 모양이다. 확인되는 전입자들 가운데 몇 명과 통화가 되었지만, 별다른 소득은 없었다. 그러다 2009년에 전입해서 2012년 8월에 전출한 기록이 눈에 들어왔다. 윤세경 1985년 5월 17일생. 김 형사가 탐문 중 알아낸 이름이다.

8

도우미가 드레스의 지퍼를 올리는 순간 세경은 자기도 모르게 한껏 숨을 들이마셔 배를 납작하게 만들었다. 도우미가 너끈하게 올라가니까 편하게 숨 쉬라며 웃었지만 긴장을 놓을 수 없었다. 대체 왜 이런 불편한 옷을 입고 결혼식을 하는 걸까. 드레스 입는 게 싫어서라도 결혼식 같은 건 하고 싶지 않았는데, 결국은 어쩔 수 없이 다이어트까지 빠짐없이 진행한 자신이 한심했다. 벌써부터 결혼이 후회된다고 생각하던 것도 잠시, 다

됐다는 도우미의 말과 함께 커튼이 걷히고 거울에 비친 모습을 보는 순간 세경의 얼굴이 화사하게 피어올랐다. 아, 예쁘구나…. 스마트폰을 들여다보고 있던 현수가 고개를 들어 세경을 바라보았다. 현수가 엄지를 척 들었다. 그때 세경의 스마트폰이 울렸다. 현수가 화면에 뜬 번호를 보더니 고개를 갸우뚱했다.

"너 아직 사회부 쪽이야?"

"뭐야. 나 지난달에 옮겼다고 했잖아. 어딘데?"

"경찰서."

현수가 여전히 벨소리를 내는 스마트폰을 세경에게 건네주었다. 간혹 경찰서에서 업무 요청차 담당 기자에게 전화를 걸어올 때가 있긴 했다. 하지만 부서를 옮긴 지 벌써 한 달이 넘었는데 경찰서에서 무슨 용건일까. 전화를 받아 든 세경은 '서대문경찰서'가 찍힌 발신처를 보자 가슴팍에 묵직한 통증이 일었다.

"안녕하십니까. 저는 서대문경찰서 강력1팀 구장서 형사입니다. 윤세경 씨 맞습니까?"

"맞습니다만, 제가 지금 웨딩드레스 피팅 중인데, 무슨 일이죠?"

"아이고, 결혼 준비하시는데 죄송합니다. 끝나는 대로 연락 부탁드려도 되죠?"

구 형사가 통화를 마치려고 하자 조급해졌다. 용건을 제대로 확인해야 할 것 같았다.

"그런데 어쩐 일이신지…?"

"아, 그게 이광재 씨라고 기억하시죠?"

"…마치면 바로 전화하겠습니다."

전화를 끊고 나자 세경은 갑자기 오한이 밀려왔다. 철컥— 세경의 손목에 차가운 금속이 닿은 것 같아 소스라치며 쳐다보았다. 그러자 눈앞에 광재가 있었다. 광재가 세경의 손목을 움켜잡고 웃고 있었다.

"오랜만이네…."

세경은 기겁하며 손을 뿌리쳤다. 하지만 광재의 손은 떨어지지 않았다.

"세경아, 괜찮아? 무슨 전환데 그래?"

현수가 세경의 어깨를 잡았다. 세경이 흠칫 돌아보자, 현수가 눈이 동그래져서 쳐다보고 있었다.

"드레스에 맞추느라 숨을 너무 참았나 봐."

세경이 애써 웃음을 지었다. 현수는 피식 웃으며 자리로 돌아갔다. 스마트폰에 열중하는 현수를 세경은 착잡하게 쳐다봤다.

9

동서일보 1층 로비에 있는 M카페는 방문객의 접대 장소로 인기가 좋았다. 커다란 통창으로 햇살이 따뜻하게 들어오는 데다 한강이 펼쳐져 있어 뷰 맛집으로도 유명한 곳이다. 구 형사는 안락하게 몸을 감싸는 소파에 몸을 맡긴 채 한강의 일렁이는 윤슬을 바라보았다.

'아, 담배 한 대만 피우면 딱 좋은데….'

실내 흡연이 가능했던 시절도 있었는데 아쉽다. 입맛을 쩝쩝 다시는 구 형사를 향해 김 형사가 눈짓과 함께 '왔다'고 낮게 속삭였다. 테이블 앞으로 검정 슬랙스를 입은 여자가 걸어왔다.

"기다리게 해서 죄송합니다. 윤세경입니다."

세경이 명함을 건넸다.

"저는 명함을 안 갖고 나와서, 죄송합니다. 서대문서 강력1팀 구장서라고 합니다."

구 형사는 받은 명함을 수첩에 끼웠다. 김 형사가 명함을 주고받는 사이 구 형사는 세경을 빠르게 훑었다. 전반적으로 패션과는 상관없이 활동성을 최우선으로 한 스타일이다. 검정 단화는 코끝에 흠집이 많았다. 구 형사는 김 형사의 옆자리로 건너가며 세경의 자리를 만들었다. 머리칼을 단정하게 하나로 묶은 말간 얼굴의 세경을 보자 뜬금없이 헤어진 애인의 얼굴이 담배 연기처럼 피어올랐다. 금단현상이다. 생각을 떨치려 곧바로 질문했다.

"오래전 일이지만 기억나는 건 뭐라도 말씀해주십시오."

"노력은 해볼게요."

"아랫집에 살던 박명신… 아, 동네 사람들은 쓰레기 할매라고 불렀다는데, 혹시 기억하세요?"

김 형사가 스마트폰에 기록할 준비를 하며 물었다.

"…쓰레기 할매요?"

세경이 고개를 갸웃거리며 대답했다.

"제가 기억력이 좋지 않긴 한데, 그런 별명을 가진 사람은 몰라요."

"162-2번지에 사신 거 맞죠? 옛날 전파상 건물 옆집, 1층 사시던 분인데."

"맞아요. 전파상이 폐업하면서 골목이 더 어두워졌어요. 하지만 그때 1층 분은 쓰레기 할매가 아니라 선캡 아줌마였는데…."

야쿠르트 아줌마도 아니고 선캡 아줌마는 또 뭔가 싶어 구 형사의 미간이 저절로 구겨졌다. 스마트폰에 저장된 박명신의 신분증 사진을 세경에게 쓱 들이밀었다.

"이분인데… 모르세요?"

세경은 구 형사가 보여주는 사진을 한참을 뚫어져라 바라보았다.

"죄송하지만 제가 선캡 아줌마 얼굴을 본 적이 없어서요. 오토바이 헬멧처럼 얼굴을 가리는 검정 선캡 있잖아요. 그걸 1년 내내 쓰고 다녔거든요."

세경은 사진을 한참 살펴보다가 엷게 미소를 지었다.

"이분이 그 아줌마라는 거죠? 예쁘네요. 이렇게 예쁜데… 왜 맨날 가리고 다녔을까."

안타깝다는 듯 박명신의 얼굴을 바라보던 세경이 스마트폰을 구 형사에게 돌려줬다. 구 형사는 다시 한번 사진을 들여다봤다. 우울한 눈빛이지만 확실히 미인이긴 했다. 그래봤자 살인 용의자일 뿐이다.

"아래윗집 살긴 했지만 대화를 해본 적은 없어요. 얼굴도 본 적 없고요. 그래서 그분에 관해서는 아는 게 없어요."

"마지막으로 이광재 씨를 만난 게 언제인가요?"

김 형사가 물었다.

"…아마 2011년 여름쯤일 거예요. 입사 시험 바로 뒤였으니까, 여름이었던 것 같은데."

세경의 턱이 오른쪽으로 살짝 기울었다.

"왜 그분이 아랫집 안방에서 발견됐을까요, 혹시 짐작 가는 건 없나요?"

김 형사의 질문에 세경은 눈썹을 찌푸리며 고개를 저었다.

"그럼… 2011년 여름 이후로는 전혀 연락한 적 없으시다?"

혼잣말인지 질문인지 애매한 구 형사의 말에 세경의 눈동자가 왼쪽 위로 구르더니 곧바로 그를 바라보았다.

"그러고 보니 다음 해 여름에 한 번 왔었던 것 같네요. 아, 그래요. 왜 그걸 까먹었지? 그러니까 그게… 드라마 〈추적자〉, 아세요? 그거 막방이라 일찍 퇴근한 날이에요. 그런데 맥주 마시면서 보다가 곯아떨어졌나 봐요. 갑자기 쾅쾅대는 소리에 놀라서 깼어요. 새벽 2시가 넘었는데 쾅쾅쾅. 그 소리에 동네 개들도 같이 짖어대고… 너무 창피해서 문을 열어줄까 잠깐 망설였는데, 역시 이런 관계는 그만 끝내야겠다고 생각했어요. 그래서 112에 신고하려는데… 갑자기 조용해지는 거예요. 내려가는 발소리를 들은 것 같기도 하고요. 그래서 저는, 광재가 돌아간 줄만 알았어요."

구 형사는 막힘없이 10년 전 그날을 얘기하는 세경의 모습을 물끄러미 쳐다보았다. 세경은 두 사람과 번갈아 가며 시선을 맞추며 말했다. 거짓이라고는 없어 보였다. 중간에 한번 시선을 오른쪽 아래로 던지고 한숨을 내쉬긴 했지만, 진술 태도에 수상한 점은 없었다. 하지만 뭔가 묘하게 거슬렸다. 그때 세경의 손이 구 형사의 눈에 들어왔다. 깍지 낀 오른손 집게 손가락이 왼쪽 손등을 문지르고 있었다. 긴장했나? 구 형사의 시선을 느낀 세경이 곧장 손을 풀어 커피를 한 모금 마셨다. 세경의 두 손이 테이블 아래로 모습을 감췄다.

"그 뒤로 연락하신 적은 없고요?"

"안 했어요. 전에도 제가 먼저 전화해서 부른 적은 없어요."

김 형사의 질문에 세경은 망설임 없이 대답했다. 지켜보던 구 형사가 툭 끼어들었다.

"연락이 끊긴 게 이상하진 않았습니까?"

"1년에 한두 번 만나는 관계였어요. 연락이 없어서 내심, 다행이라고 생각했고요."

"아까 이런 관계는 끝내야겠다고 하셨는데, 무슨 뜻입니까?"

세경은 얕게 한숨을 내쉬고 구 형사를 똑바로 쳐다보았다.

"안전한 섹스토이 정도로 생각하는 그런 관계는 끝내야 하지 않겠어요?"

어차피 짐작하면서 뭘 묻느냐는 듯 도전적인 눈빛이었다. 구 형사가 먼저 시선을 피했다.

불편한 공기를 지우려는 듯 톡 알림음이 경쾌하게 울렸다. 세경의 스마트폰이었다. 양해를 구하며 톡을 확인하던 세경은 그만 가봐야 한다며 일어섰다.

"도움이 못 돼서 죄송합니다."

세경이 눈인사를 하고 자리에서 일어섰다. 성큼성큼 거침없는 걸음걸이였다.

구 형사는 세경의 진술이 은근히 거슬렸다. 한때 사귀었던 남자가 난데없이 변사체로 발견됐다는데 저렇게 담담한 게 말이 되나?

"거짓말 같지는 않은데… 왜 뭔가 덜 닦고 나온 것 같냐?"

구장서가 혓바닥으로 이빨을 훑었다. 김 형사는 갸우뚱하더니 슬링백에서 꺼낸 사탕을 입에 넣고 돌돌 굴렸다.

"저였어도 신경 껐을 걸요? 새벽에 문 열라고 난리 치는 전 남친? 소름!"

김 형사가 사탕을 씹으며 말을 이었다.

"아까도 봐요, 연락 없어서 다행이라잖아요. 여자가 끝이면, 진짜 끝인 겁니다, 선배님!"

그런가? 여자기 끝났다고 마음먹으면 지난날의 추억은 개나 줘버리는 건가? 전화나 문자 한 번 하는 것도 안 되는 건가? 그냥 안부라도 묻고 싶고, 가끔은 생각하는지 묻고 싶은데… 그러면 안 된다는 건가. 만나온 시간이 있는데 야박하네. 구 형사는 입맛이 썼다.

"아, 선배님, 그럴 거면 그냥 담배를 다시 피워요! 쩝쩝대지 마시고."

김 형사가 인상을 찌푸리며 타박했다. 그는 잠시 그럴까? 생각했다.

10

구 형사는 다시 병원으로 갔다. 박명신의 상태가 더 안 좋아지기 전에 추가 진술을 받아야 했다. 윤세경의 말에 따르면 이광재가 연천동으로 간 것은 사실이다. 윤세경은 이광재가 '돌아간 줄' 알았다고 했지만 문을 열어줬을 가능성도 있다. 박명신은 이광재 이야기를 하자마자 발작을 일으켰다. 분명 둘 중 한 명이 이광재를 죽였다. 그런데 아무리 생각해도 이해가 되지 않았다. 이웃과의 접촉을 피하고 살았다는 '선캡 아줌마'이자 악취를 풍기는 '쓰레기 할매'인 박명신의 집 안방 냉장고에서 이광재가 죽은 채로 발견된 이유. 답을 말해줄 사람은 박명신뿐이었다.

병실로 들어서니 오늘도 조윤성이 자리를 지키고 있었다. 아들의 돌봄 덕분에 안정을 되찾았는지 박명신의 얼굴이 제 나이를 찾아가고 있었다. 박명신은 구 형사와 김 형사를 향해 고개를 숙였다.

"선처 구할 생각 없어요. 내 사정이야 어쨌든 간에 사람을 둘이나 죽였으니까요."

"저기 박명신 씨. 반복된 가정폭력으로 인한 PTSD. 그러니까 큰 사고 겪고 난 뒤에 생기는 후유증 같은 것으로 인정받을 수도 있어요. 포기하지 마세요."

김 형사가 안타깝다는 듯 말했다. 구 형사가 헛기침으로 주의를 줬다. 형사가 담당 사건에 관해 조언하는 것은 좋지 않다. 사건에 너무 감정이 입하면 수사 방향에서 벗어날 수도 있다.

"두 번째 남자는 어떻게 된 건지 얘기해주셔야죠."

구 형사가 조심스레 물었다.

박명신의 눈꺼풀이 파르르 떨렸다. 잠시 공허한 눈빛이 허공을 맴돌았다. 곧이어 긴 한숨을 내쉬더니 느릿하게 구 형사에게 고개를 돌려 입을 열었다.

"남편을 죽이고 나면 편안해질 줄 알았는데 착각이었어요. 남편한테 잡히면 죽을까 봐 숨어 살았는데, 남편이 없어지고 나니까 이번에는 경찰이 잡으러 오면 어떡하나 겁이 났어요. 자수? 그럴 수 없었어요. 아비라는 인간은 아내에게 주먹이나 휘두르는 놈이고, 어미는 남편을 죽인 살인자. 애들한테 그런 낙인이 찍히게 할 순 없잖아요. 윤성이, 윤진이 볼 면목도 없고 세상 보기 죄스러워서 선캡으로 얼굴을 가리고 다녔어요. 그 바람에 식당에서도 잘렸어. 그래도 먹고는 살아야 하니까 폐지와 고물을 주워 팔았어요. 고됐지만 별수 있나. 내가 자초한 일인데⋯ 위층 여자? 그 여자가 이사 왔을 때 좀 거슬렸어요. 젊은 여자가 연천동 같은 데로 들어왔으니, 쟤도 나처럼 도망쳐 온 인생인가 했거든. 그래서 윗집서 나는 소리에 신경이 쏠리곤 했어요. 다행히 걔는 괜찮았어. 생기가 넘쳐 보이더라고. 어쩌다 외출하는 걸 창밖으로 본 적이 있었는데… 아, 싱그럽구나. 말은 아는데 눈으로도 알게 된 건 그날이 처음이네. 어찌나 싱그러운지 절로 웃음이 났어. 참 곱다 했어요. 우리 윤성이 또래 정도 됐을까….

아니, 말을 섞은 적은 없어요. 언젠가 대문 앞에서 마주쳤는데 걔가 먼저 인사를 건네긴 했지. 근데 그냥 못 본 척 집으로 내뺐어. 왜냐고? 나 같은 년이랑 말 섞어봐야 좋을 게 없잖아…. 이제 그때 얘길 해야겠네.

그날은 소낙비가 시원하게 내렸어요. 오랜만에 열대야가 없는 밤이었어. 그런데 이상하게 신경이 바싹바싹 서더라고. 그래서 초저녁부터 술을 마셨어요. 술 마시고 행패 부리던 인간이 정말 지긋지긋했는데… 세상에, 이제는 술이 없으면 잠을 못 자네, 내가. 윤성아, 물 좀… 갈증 난다.

소주를 마신 덕분인지 잠이 들었나 봐. 그러다 눈이 번쩍 떠졌어요. 캄캄했지. 심장이 벌렁거리는 것이 선뜩선뜩했어. 그때 위층에서 고함치는 소리가 들리는 거야. 화가 잔뜩 난 목소리. 나도 모르게 냉장고… 냉장고를 쳐다봤어. 혹시나 여태 꿈을 꾸고 있었던 건가, 겁이 덜컹 났거든. 그놈을 꿈에서 죽였고, 실은 멀쩡히 살아서 위층에 있는 건 아닐까 너무 무서웠어. 테이프는 그대로 붙어 있는데. 손이 발발 떨렸어. 열어서 확인해보면 되는데… 할 수가 없었어. 안에 없을까 봐. 그래서 이층으로 올라갔지. 확인하고 싶었어. 그 정신에도 선캡을 찾아서 썼어. 계단으로 살금살금 올라갔지. 위층 집 현관문이 살짝 열려 있었어. 조용했어. 그래서 내가 착각했나 보다, 했지. 그런데 봤어. 문틈으로 그 남자가… 그 남자가… 어?"

박명신이 갑자기 진술을 멈추고 병실 문을 뚫어져라 처다보았다. 문을 열고 들어온 것은 둘째 아들 조윤진이었다. 백화점 쇼핑백을 들고 온 조윤진은 구 형사에게 눈인사하고 조용히 의자에 앉았다. 박명신은 둘째 아들의 동선을 쫓아가면서 사시나무처럼 떨었다. 조윤성이 '왜 그러냐'고

물어도 멍하니 시선을 꽂은 채 온몸이 쪼그라들었다. 한눈에 봐도 공포에 질린 모습이었다. 구 형사는 어찌 된 영문인지 몰라 박명신과 조윤진을 번갈아 쳐다보았다. 뒤늦게 엄마의 시선을 알아챈 조윤진이 당황한 기색으로 한걸음 다가왔다.

"엄마. 나야, 윤진이…."

조윤진이 손을 뻗어 엄마를 만지려는 순간이었다.

"으히이익. 오지 마! 저리 가!!"

박명신이 하얗게 질린 채 조윤성에게 매달리며 둘째 아들을 향해 손을 휘이휘이 내저었다.

"내가 죽였잖아. 내가 죽였는데… 왜 자꾸 살아 돌아와! 왜 자꾸 나타나는 거야! 내가 죽였는데! 윤성아, 니 아빠 가라고 해. 가!! 윤성아… 엄마 좀 살려줘…."

박명신은 마치 죽은 조한철이 살아 돌아온 것처럼 침을 튀겨대며 소리를 지르고 발버둥 쳤다. 수염을 말끔하게 면도한 조윤진은 체격만 닮은 게 아니라 이목구비마저도 아버지를 빼다 박았다. 울상이 된 조윤진이 다가오자 박명신은 거의 거품을 물 정도가 되었다. 김 형사가 의사를 부르려고 뛰쳐나갔다. 큰아들이 엄마를 품에 꼭 껴안고 진정시키려고 애썼지만 힘에 부쳤다. 일그러진 얼굴로 주춤주춤 물러나던 조윤진은 결국 상처받은 아이처럼 울음을 터트렸다. 얼빠진 얼굴로 바라보던 구 형사는 의료진이 들어오자 서둘러 병실을 나섰다. 마음이 폭죽이라도 터진 것처럼 시끄러웠다.

11

냉장고 변사체 사건은 부패한 시체 두 구와 증거능력이 부족한 유류품이 전부였다. 쓰레기들로 아수라장인 연천동 현장에서 범행 도구를 찾아보려고 했으나 역부족이었다. 이광재의 몸에 남은 자창은 부패 때문에 흉기의 모양을 제대로 추정하기 힘들었다. 조한철을 살해할 때 사용했다는 주전자는 현장에서 수거됐지만 십수 년이 지나는 동안 남은 것이라고는 녹뿐이었다. 김치냉장고 뚜껑을 꽁꽁 붙여놨던 테이프에서 발견된 지문도 박명신의 것뿐이었다. 서장이 수사 종결을 지시했다. 가정폭력에 시달려온 여자가 전남편을 살해하고, 이후 전 여친 집에서 난동을 피우던 이광재를 남편이 살아 돌아온 것으로 오인해 살해했다고 정리하면 깔끔하지 않느냐는 얘기였다. 미제보다는 종결. 어차피 물증도 없었다.

"아직 뭔가 걸리는 거죠?"

서류 작업을 하던 김 형사가 물었다.

구 형사는 윤세경 역시 사건에 연루되었다고 확신했다. 하지만 증거가 없었다. 2012년 여름, 이광재는 허락 없이 윤세경의 집으로 갔다가 살해당했다. 그 뒤 아랫집 김치냉장고 안에서 조한철과 한방을 쓰는 신세가 된 것이다. 그도 박명신이 죽였을까? 과연 혼자 한 일일까?

"박명신 진술 기억 나? 발작하기 전에 말이야. 열린 문틈으로 그 남자가… 라고 했어. 그렇다는 건 이광재가 집 안에 있었다는 얘기잖아. 윤세경은 문을 열지 않았다고 했거든. 왜 거짓말을 했을까?"

구 형사는 연필을 검지와 중지 사이에 낀 채로 잠시 빙글빙글 돌렸다.

"선배님 말이 사실이라도, 입증할 방법이 없어요."

김 형사가 다시 서류 작성을 위해 모니터로 시선을 돌렸다. 구 형사는 빙글빙글 돌리던 연필을 마치 담배처럼 입으로 가져가다 말고 짜증나는지 내던졌다. 그가 자리에서 일어나자 드디어 담배 사러 가느냐고 김 형사가 물었다. 그는 아무래도 담배를 다시 피워야겠다고 생각했다.

윤세경을 다시 만난 건 구 형사가 동서일보 1층 M카페에서 기다린 지 두 시간 정도 됐을 때였다. 입구가 잘 보이는 자리에 앉아서 커피 한 잔을 아껴 마셔가며 기다렸다. 윤세경은 구 형사를 발견하자 멈칫하는가 싶더니, 동료를 먼저 올려 보냈다. 카페로 들어온 윤세경은 곧장 구 형사 앞으로 성큼성큼 걸어왔다. 안색이 창백해 보였다.

"뉴스 봤어요. 아줌마가… 그랬다고요."

윤세경이 말했다. 어쩐지 안도하는 것 같기도 하고, 안타까운 것 같기도 한 얼굴이었다.

"박명신 씨는, 솔직히 말씀드리자면 진술을 제대로 마친 게 아닙니다. 이광재 씨를 만난 상황을 진술하던 중에 섬망 증세가 나타났거든요. 의사에게 더는 무리라는 주의를 받았습니다. 위에서도 쪼아대니까 뭐 별수 있나요? 종결했습니다."

구 형사가 솔직히 털어놓았다.

윤세경은 의도를 파악하려는 듯 잠시 구 형사의 눈을 쳐다보았다. 구 형사도 피하지 않고 윤세경의 시선을 붙잡으며 말했다.

"하지만 저는 박명신 씨 혼자 저지른 일이라고 생각하지 않습니다. 물론 사체를 냉장고에 넣는 것은 박명신 씨 혼자 했을 수도 있겠죠. 하지만 누가 이광재를 죽였는가, 그건 입증할 방법이 지금은 없네요. 그분, 왜 선캡 아줌마가 된 줄 아세요? 남편을 죽인 살인자라서 세상 보기 죄스러워서랍니다. 선캡 아줌마가 쓰레기 할매가 된 건 언제부터인지 아세요? 2012년 겨울부터랍니다. 쓰레기를 모은 이유가 혹시, 짐작 가세요?"

윤세경의 얼굴은 그저 담담했다. 시선을 피하지도 않고 그저 구 형사의 눈빛에 담긴 많은 질문을 묵묵하게 받아냈다.

"박명신 씨 이번 주 목요일에 치료감호소에 구금됩니다."

"그걸 왜 저한테 알려주는 거죠?"

윤세경의 표정은 고요한 호수처럼 잔잔했다.

그녀의 질문에 구 형사는 마땅히 할 말을 찾지 못했다. 윤세경이 자백하길 바란 건가, 아니면 박명신을 만나러 가는 모습을 상상한 건가. 구 형사는 먼저 시선을 피했다.

"저도 모르겠습니다. 그냥 알고 계셨으면, 했나 봅니다."

그 말을 끝으로 구 형사는 자리에서 일어났다. 오랫동안 앉아 있어 그런지 무릎에서 따닥 소리가 났다. 카페 문을 열고 나가면서 흘깃 뒤돌아본 윤세경은 두 손에 얼굴을 파묻고 있었다. 윤세경의 어깨가 가볍게 떨리는 것처럼 보였다. 울고 있나? 어쩌면 에어컨 냉기 때문에 추워서 떨고 있는 건지도 모르겠다. 구 형사는 건물 밖으로 나갔다.

후덥지근한 한여름 공기가 차갑게 식은 피부를 데웠다. 승용차 안은 한증막이 따로 없어 시동을 켜자마자 에어컨을 한껏 올렸다. 구 형사는 잠시 창밖으로 보이는 풍경을 바라보았다. 한강 변을 오가는 사람들을 물끄러미 바라보다, 생각난 듯 스마트폰을 꺼냈다. 읽지 않은 메시지로 가득 찬 선영과의 대화창을 열었다.

자니? 나한테 어떻게 이럴 수 있냐? 우리의 5년은 뭐냐? 제발 전화 좀 받아봐, 나는 아직 너랑 안 헤어졌다. 기다린다….

읽지 않은 메시지들을 물끄러미 바라보던 구 형사는 메시지 하나를 더 작성해서 보냈다. 그동안 미안했다. 끝. 보내기 버튼을 눌렀지만 숫자 1은 그대로였다. 그는 한숨을 크게 한번 내쉬고 대화창 나가기 버튼을 꾹 눌렀다. '우리 서녕♡'의 연락처를 모두 차단했다. 몇 개월 전에 끊어진 인연인데 함께했던 대화창이 살아 있는 이상 우리 관계도 아직 끝나지 않았다고 믿었다. 창을 나오고 나니 어쩐지 시원섭섭했다. 끝은 끝이다. 갑자기 돌아가신 외할머니가 자주 부르던 노래가 절로 흘러나왔다.

"떠날 땐 말없이 떠나가세요. 날 울리지 말아요오~ 너무합니다아~ 아우, 씨발."

　형사가 다녀간 뒤로 세경은 초조함에 휩싸였다. 사회부 후배에게 들은 바로는 박명신은 목요일 오후 4시에 이송된다고 했다. 독거노인의 냉장고에서 남자 시체 두 구가 발견됐음에도 사건은 금세 다른 뉴스들 뒤에 파묻혔다. 박명신의 두 아들이 가정폭력으로 인한 심신미약을 주장하며 선처를 호소하고 있었으나, 이광재의 유가족에게 용서받지 못했기 때문에 가능성이 희박했다. 이대로 아줌마를 보내도 되는 걸까. 사무실에서 일하는 내내 긴장으로 굳어져 제대로 일을 할 수 없었다. 결혼을 앞두고 광재가 발견된 것이 우연일까. 세경은 기자로서 성취하고 싶은 포부가 있었으며 언젠가 작가가 되겠다는 꿈이 있었다. 그 속에 결혼은 없었다. 현수는 다정한 사람이었지만 자기 형편에 따라서 태도가 바뀌는 사람이었다. 아줌마를 보러 가기 전에 세경은 현수에게 파혼을 알렸다.

　10년 전 그날, 세경은 광재를 칼로 찌른 뒤 제정신이 아니었다. 악에 받친 광재가 죽일 듯 달려들었을 때 갑자기 현관문이 벌컥 열렸고 세경은 뒤로 벌렁 나동그라졌다. 이대로 꼼짝없이 죽었구나 했는데, 검은 얼굴이 불쑥 현관문 안으로 들어왔다. 선캡 아줌마였다. 광재는 선캡 아줌마의 등장에 놀라 멈칫했지만 달려들던 힘을 이기지 못하고 아줌마에게 몸을 부딪쳤다. 그 바람에 광재의 몸에 박힌 칼이 더 깊숙이 들어갔다. 광재가 컥– 짧은 비명을 지르면서 풀썩 주저앉았다. 부딪친 충격으로 아줌마의 선캡이 벗겨졌다.

　세경은 아줌마의 맨얼굴을 볼 수 있었다. 상상했던 것과 달라서 놀랐다. 고생한 티가 났지만, 고운 얼굴이었다. 아줌마는 혼란스러운 듯 끊임없이 입속으로 뭔가 중얼거렸다. 세경이 제대로 들은 말은 "죽였는데…" 였다. 그러다 뒤늦게 세경을 발견한 아줌마가 큰 눈을 몇 번 끔뻑였다. 상황 파악이 제대로 되지 않는 모양이었다. 그때였다.

"씨발년아!" 광재가 세경을 향해 덤벼들었다. 그 말이 신호탄인 것처럼 아줌마 역시 광재에게 달려들었다. 광재가 세경을 붙잡을 찰나 아줌마가 그를 붙잡고 뒤로 벌렁 넘어졌다. 아줌마를 밑에 깐 채로 넘어진 광재가 컥컥거리며 주먹을 마구 휘둘러댔다. 아줌마는 얼굴에 주먹을 맞으면서도 악착같이 광재의 목을 팔뚝으로 휘감고는 힘을 줬다.

얼빠진 채 보고 있던 세경은 버둥거리는 광재를 향해 엉금엉금 기어갔다. 끝내야 했다. 세경은 광재의 가슴에 박힌 칼을 두 손으로 붙잡고 힘주이 눌렀다. 어떻게 그럴 수 있었는지 지금도 모른다. 버둥거리던 광재의 움직임이 점차 사그라지면서 축 늘어졌다. 광재의 눈동자가 천천히 뒤로 넘어가자 정신이 퍼뜩 들었다. 광재를 죽였다는 것을 깨닫자 펄쩍 뒤로 물러났다. 오한이 밀려왔다.

세경이 손에 남은 감각 때문에 부들부들 떨고 있는데, 아줌마가 내뱉듯 중얼거렸다.

"이런 놈은 죽어도 싸. 말귀 못 알아 처먹는 것들. 죽어야지. 하지 말라면 아득바득 더 하고! 썩을 놈들. 처 죽일 놈들."

세경은 아줌마가 광재를 어떻게 했는지 뉴스를 보기 전까지 알지 못했다. 넋이 나간 상태로 아줌마가 시키는 대로 그저 기계처럼 움직였다. 함께 시체를 들고 아래층으로 낑낑대며 내려가 아줌마의 집으로 들어갔다. 처음 들어가 본 집안은 단출했지만, 빈 술병이 많았다. 부엌 겸 거실인 공간에 시체를 내려놓자 아줌마가 세경을 문밖으로 밀었다.

"그만 돌아가. 가서 따뜻한 물에 목욕하고 푹 자. 그리고 잊어."

"아줌마… 어떻게 하시려고 그래요?"

세경은 불안한 얼굴로 아줌마를 쳐다보았다. 시체 처리가 생각보다 쉽지 않다는 걸 경찰서를 출입하면서 알고 있었다.

"이미 오래전에 끝난 인생이야. 넌 이제 시작이잖아. 잊어. 쓰레기 같은 기억은 여기 다 버리고 가. 넌 오늘 기분 나쁜 꿈을 꾼 거야. 알았니?"

이해할 수 없는 말이었다. 아줌마는 무슨 소리냐며 버티는 세경을 현관 밖으로 밀어냈다.

"대신 행복하게 살아. 원하는 대로 살아. 그거면 돼."

그게 마지막이었다. 그 뒤로 집에서나 골목에서 몇 번이나 마주쳤지만 아줌마는 못 본 척 지나쳤다. 아줌마는 평소대로 선캡을 눌러쓰고 폐지를 줍고 고물을 모았지만, 세경의 일상은 이전으로 돌아갈 수 없었다. 무심코 현관문을 열었는데 뜬금없이 광재의 모습이 스치기도 했고, 더 이상 아줌마를 못 본 척하며 살 자신도 없었다. 이 집에 사는 한, 그 일은 없던 일이 될 수 없었다. 세경은 도망치듯 이사했다. 필사적으로 일에 매달린 끝에 아줌마 말대로 그날 밤 일은 오래된 악몽처럼 흐릿해졌다. 하지만 냉장고 안에 있던 그들이 발견되면서 악몽은 다시 현실이 되었다. 내가 행복해질 자격이 있는 걸까, 세경은 생각했다.

목요일 오후 1시. 세경은 아줌마의 병실로 찾아갔다. 병실 앞에 여성 교도관이 대기 중이었으나 동서일보 기자증을 보여주자 의외로 쉽게 문을 열어주었다. 병실 창문 앞에 서 있는 아줌마의 뒷모습이 보였다. 세경은 말문이 막혔다. 준비해온 말이 아득하게 흩어져서 입이 떨어지지 않았다. 아줌마의 머리칼은 10년 세월을 두 배로 맞은 듯 하얗게 세어 있었다. 세경은 가슴팍에 내려앉았던 돌덩이가 묵직하게 구르는 것을 느꼈다. 그때 아줌마가 돌아섰다. 길에서 마주쳤다면 몰라봤을 정도로 변해 있어서 세경은 고개를 떨궜다.

아줌마는 백지 같은 얼굴로 눈을 천천히 깜빡이며 누구인지 모르겠다는 듯 세경을 바라보았다. 세경이 마음을 가다듬고 고개를 들어 아줌마를 다시 쳐다보았다. 순간 흐릿했던 아줌마의 눈빛이 반짝, 빛났다. 세경의 모습을 찬찬히 살펴보던 아줌마의 얼굴에 잔잔하게 미소가 번져나갔다. 그러자 내내 세경을 억누르던 돌덩이가 녹아내렸다. 세경은 울지 않으려 애썼다. 쓰레기 할매, 선캡 아줌마, 살인자로 체포되고 나서야 이름을 되찾은 불행했던 여자, 박명신이 입을 열었다.

"지금, 행복한 거지?"

이용연 한국예술종합학교 시나리오과를 졸업했다. 2000년 영진위 시나리오공모에서 〈롤러코스터〉로 대상을 받았다. 영화 〈여고괴담 3 여우계단〉, 〈7년의 밤〉, 〈그녀의 취미생활〉의 시나리오를 썼으며, 드라마 〈우아하게 거절하는 법〉, 〈닥터 프로스트〉의 각본을 집필했다. 소설 《공주의 남자》가 있다.

심사평

이번 가을호 《계간 미스터리》 신인상에도 많은 분이 응모해주었다. 응모하신 분들께 먼저 감사의 말씀을 올린다.

본선에 올라 마지막까지 치열한 경합을 벌인 작품은 〈핏빛 수조〉, 〈단두대의 마리 앙투아네트〉, 〈냉장고에 들어간 남자들〉 세 작품이다.

〈핏빛 수조〉는 A4 용지 12매(원고지 분량 95매) 정도의 단편소설이고, 〈단두대의 마리 앙투아네트〉와 〈냉장고에 들어간 남자들〉은 A4 용지 25매(원고지 분량 약 200매) 내외의 중편소설이다.

〈핏빛 수조〉는 추리가 장점인 작품이다. 형사가 아닌 일반인과 역시 일반인 조수가 사건을 추리하고 결론에 다다르는 과정이 자연스럽고 흥미로웠다. 단점은 (장점이 곧 단점이기도 하다) 흥미로운 트릭이지만, 하룻밤의 물고기 먹이활동과 횟집 수조의 자동 물갈이 기능으로 과연 시체의 몸과 의류에 묻은 모든 증거가 사라질 수 있을까, 하는 점이었다. 이 부분에 관해 심사위원 대부분이 의문을 가진 것이 감점 요인이 되었다.

또 트릭과 범인을 추리하는 것 이외에 소설에서 말하고자 하는 것, 즉 주제 의식이 약했다. 트릭과 추리 이외의 인물 간의 갈등, 심오한 범죄 동기, 감동 요소 등 소설을 풍성하게 만드는 다른 조건들이 충족되지 못하다 보니 이야기가 너무 단조롭게 느껴졌다. 문제와 답이 전부인 추리 퀴즈와 별 차이점이 보이지 않는다는 의견도 있었다.

단편소설이기에 살인사건 현장으로 넘어가기까지 3분의 1을 차지하는 서두가 장황하게 느껴지는 점도 있었다. 하지만 요즘 경향에 맞는 발랄하고 경쾌한 전개는 나쁘지 않았다. 좀 더 소설적인 구성을 고민하는 방향으로 수정해보는 것도 좋을 것 같다.

〈단두대의 마리 앙투아네트〉 역시 본격 미스터리라는 점이 강점이었다. 제목과 설정, 범죄 동기 등이 흥미롭고, 감탄할 만한 트릭은 아니지만 다양한 트릭이 나오는 점은 칭찬할 만하다. 다만, 사건 규모에 비해 이야기가 너무 장황하다는 것과 배경이나 설정이 현실적이지 않고 무대를 꾸며놓고 연기하는 듯한 작위적인 느낌이 드는 것은 단점이었다. 등장인물이 늘어놓는 장광설을 덜어낸다면 훨씬 더 짜임새 있는 작품이 되었을 것이다. 작가가 앞으로 발전 가능성이 커 보인다는 심사위원 평이 있었다.

〈냉장고에 들어간 남자들〉은 앞의 두 작품과 상반되는 느낌의 작품이다. 추리소설의 기본인 트릭이나 추리가 약한 것은 단점이고 주제 의식이 강한 것은 장점이다. 소재가 가정폭력과 데이트폭력인 것 역시 장점이기도 하고 단점이기도 하다. 뉴스에서 날마다 거론되는 소재는 양면성이 있어서 현실적인 소재이지만 독자들에게 식상한 느낌을 줄 수도 있다.

이 소설은 비문 등 거슬리는 문장이 더러 있었고, 어느 부분은 묘사가 부족해 등장인물들의 외모나 상황 등이 명료하지 않았고, 어느 부분은 필요 이상의 긴 설명이 이어져 속도감이 떨어지는 부분도 있었다. 특히 구 형사의 사연은 주제를 강조하기 위해 억지로 끼워 넣은 것 같은 느낌이 강했다.

이런 단점에도 불구하고 이야기 서사와 명료한 주제 의식이 돋보이는 장점이 있었다. 가정폭력과 데이트폭력을 하나로 잘 묶어서 흥미롭게 이야기를 전개해나간 점이 좋은 평가를 끌어냈다.

심사위원들은 위 세 작품을 놓고 당선작을 정하기 위해 치열한 논쟁을 벌였지만, 의견이 하나로 모이지 않았다. 결국 투표로 결정할 수밖에 없었다. 투표 결과 1위를 차지한 작품은 〈냉장고에 들어간 남자들〉이었다.

당선자에게 축하의 말을 드리며 탈락자들에게는 위로의 말로, 탈락의 반복이 문학 공부의 지름길이고 수작을 쓰는 밑거름이란 점을 강조하고 싶다.

신인상 수상자 이용연

수상자 인터뷰

《계간 미스터리》편집부

글을 읽고 이해하는 능력인 문해력文解力이 논란이 되고 있다. "우천 시 장소 변경"을 "우천시가 어디냐"고 묻는다든지, "중식 제공"을 "왜 한식이 아니라 중국 음식을 주느냐"고 항의했다는 웃지 못할 이야기도 들린다.

SF 작가 옥티비아 버틀러는 소설《킨》에서 노예들의 읽고 쓰는 능력에 대한 갈구와 그 위험한 능력을 숨기려는 기득권의 갈등을 흥미롭게 그려 냈다. 문자 해독의 미래에 관해 묻는 질문에 그녀는 이렇게 대답했다.

"그럼에도, 저는 읽고 쓰기가 특정한 기능을 한다고 생각합니다. 북돋아야 할 좋은 측면들이 있어요. 저는 한 가지 매체를 다른 매체로 대체할 수 있다고 믿지 않습니다. 매체는 대체 불가능하고, '아, 글이야 텔레비전과 영화와 그런 것들 앞에서 죽어가지'라는 주장에 빠지기는 정말 쉽다고 생각해요. 정말 그런지도 모르긴 하지만, 여전히 저는 텔레비전과 영화가 정말 훌륭한 매체이며 정말 흥미롭다고, 매력적인 일들이 그 매체들에서 벌어진다고 생각해요. 하지만 또한 글이라는 매체에서도 매력적인 일들이 계속 일어난다고 생각하고, 문자적 기능을 잃으면 뭔가를 잃게 되리라 생각합니다."*

---

* 옥타비아 버틀러 지음, 콘수엘라 프랜시스 엮음, 이수현 옮김, 《옥타비아 버틀러의 말》, 마음산책, 2023.

최근《계간 미스터리》신인상 수상자를 보면 드라마, 영화, 방송계에서 일한 전력이 있는 경우가 많다. 영상 매체에서 일한 경험이 소설 쓰기에 어떤 도움이 되는 것일까? 매체가 달라질 때 글쓰기는 어떤 변화를 겪게 될까? 문해력을 떨어뜨린다고 알려진 영상 매체에서 장르 소설로 편입하려는 작가들이 많아지는 이유는 무엇일까? 두서없이 떠오르는 질문을 안은 채, 가을호 신인상 당선자와 인터뷰를 했다.

보내주신 프로필을 보니 한국예술종합학교 시나리오과를 졸업하셨던데, 이후 어떤 작품들에 참여하셨나요?

영진위 시나리오 공모전에 당선되면서 작가로서 첫발을 떼게 되었습니다. 당선된 시나리오는 미스터리 스릴러물이었는데 이후 제가 참여했고 개봉된 작품들은 거의 공포영화입니다. 제일 유명한 건 아무래도 〈여고괴담〉 시리즈의 세 번째 작품인 〈여우 계단〉이 되겠네요.

오. 초기부터 전설적인 작품에 참여하셨네요. 송지효, 박한별 배우가 나왔던 작품으로 기억합니다. 시나리오 작업을 쭉 하시다가 소설로 눈을 돌리게 된 계기가 있나요?

어릴 적 꿈을 돌이켜보면 제가 하고 싶었던 일은 (만화를 포함한) 그림 그리는 사람, 글(소설, 희곡, 시)을 쓰는 사람이었습니다. 그러다 우연히 한국예술종합학교 시나리오과에 지원하게 되었어요. 당시 상고를 졸업하고 포항에서 보험회사에 다닌 지 3년 차였거든요. 원래 가고 싶었던 과는 연극원 극작과였는데 어쩌다 보니 시나리오과에 들어갔어요. 영화 일을 하면서 이 일이 내가 하고 싶었던 일의 총합이기도 하구나, 했어요. 그러니 소설로 눈을 돌렸다기보다는 제겐 모두 같은 맥락의 작업입니다. 다만 쓰려고 하는 이야기가 어느 매체에 더 맞는가의 차이일 뿐인데, 지금은 소설에 더 맞았다고 해야 할 것 같아요.

어떻게 보면 영화가 글을 그림으로 변환해서 보여주는 작업(너무 단순한가요? 웃음)이라는 측면에서 작가님의 꿈과 무관하지 않아 보입니다. 당선작인 〈냉장고에 들어간 남자들〉은 어떻게 구상하시게 되었나요?

2022년 겨울에 단편 미스터리 완성을 목표로 한 클래스에 등록했었어요. (아마 편집장님도 잘 아시는 분일 거예요. 웃음) 시놉시스를 제출해야 하는데 아이디어가 떠오르지 않아서 애먹다가, 결국 20대 때 반복적으로 꾸던 악몽을 갖고 왔습니다. 형사가 저를 찾아오는 꿈이었는데, 심증은 있으나 물증이 없어서 저를 잡지 못한 형사가 계속 주변을 어슬렁거리며 압박하는 꿈이었어요. 거의 10년 가까이 꿨던 꿈이라 나중에는 내가 진짜 누굴 죽이고 기억하지 못하는 건 아닌가, 하는 착각이 들 정도였습니다. 하지만 단편에서는 꿈이 아니라 실제여야 하니까, 그럼 누굴 죽여야 하나 고민하게 됐지요. 그 대상을 떠올리기는 어렵지 않았습니다. 내게 처음으로 공포를 안겨준 엑스를 죽여야겠구나. 죽일 대상이 떠오르고 나니 그 뒤는 쉽게 잘 풀렸습니다.

저도 사실 비슷한 꿈을 오랫동안 꿨습니다. 누군가를 죽였는데 아직 잡히지 않은 것 같은. 미스터리 작가들은 다 비슷한 악몽이 있는 건가요? (웃음) 서미애 작가의 〈그녀의 취미생활〉을 원작으로 2023년에 개봉한 동명의 영화 시나리오를 집필하셨는데요. 평소에도 미스터리 영화나 드라마에 관심이 있으셨나요? 〈그녀의 취미생활〉 시나리오를 집필하실 때 특별히 염두에 두었거나 어려움을 겪은 점이 있었나요?

서 작가님의 원작에는 전남편이 등장하지 않아요. 이제 곧 만나게 될 전남편을 두고 어떻게 할 것인가, 흥미로운 상상을 불러일으키며 끝을 맺죠. 하지만 영화는 그 전남편을 어떻게 하는가를 중요하게 다뤄요. 사건의 긴장도를 끌어올리는 인물이기도 하고요. 그래서 원작의 방향성을 해치지 않으면서 원작에 없던 뒷이야기를 새롭게 만들어가야 하는 것이 중요한 지점이었어요. 저예산 영화였던 제작 여건 때문에 할 수 있는 것과 없는 것이 생기니까, 장면을 구성하는 데도 좀 더 머리를 굴려야 하는 어려움이 있었습니다.

그래도 부천국제판타스틱영화제에 소개되어, 장편 배우상과 NH농협 배급지원상을 받는 좋은 결과가 있었죠. 뒤늦게나마 축하드립니다. 평소에 《계간 미스터리》에 관심이 있으셨나요? 《계간 미스터리》에 바라는 점이 있다면 말씀해주세요.

정기구독한 지 3년이 되어가는 것 같은데, 책이 도착할 때마다 신인상 부문을 가장 먼저 살펴봅니다. 이번엔 어떤 작품이 올라왔을까, 하고요. 최근에는 《계간 미스터리》 초반에 게재되고 있는 범죄 논픽션 코너를 무척 반갑게 읽었습니다. 사건 브로커를 다뤘던 〈J의 몰락〉과 최근 또다시 문제가 되고 있는 딥페이크 관련 추적기 〈당신 옆의 가해자-딥페이크 업체 추적기〉가 생각납니다. 이 코너가 계속 이어졌으면 합니다.

《계간 미스터리》에서도 큰 기대와 함께 추진하고 있는 기획물입니다. 아쉽게도 이번 호에는 싣지 못했는데 곧 나올 겨울호를 기다려주시길 바랍니다. 작가님이 선호하는 미스터리 장르가 있나요? 그 장르에서 전범으로 삼고 싶은 작가와 작품이 있다면 소개해주세요. 어떤 장르든 좋습니다.

로맨스물을 제외하면 특별히 가리는 장르는 없습니다. 기리노 나쓰오 작가를 좋아했습니다. 《아웃》을 보고 반해서 그 뒤로 출간되는 작품은 가리지 않고 모두 찾아 읽었던 것 같아요. 그중에 《잔학기》와 《아임 소리 마마》가 기억에 남습니다. 정말 이런 작품 써야 하는데 하고 매번 생각하는 건, 로버트 타운이 시나리오를 쓴 영화 〈차이나타운〉입니다.

저도 기리노 나쓰오 작가의 여성 탐정 무라노 미로 시리즈를 좋아합니다. 《얼굴에 흩날리는 비》, 《다크》 등은 여성이 그려낸 하드보일드 장르의 정점을 보여주는 끝내주는 작품들이죠. 작가님이 생각하시는 미스터리 장르의 매력은 무엇인가요?

어느 날 대문을 열고 나갔더니 보라색 상자가 하나 놓여 있습니다. 택배 송장이 없는 그 상자를 보는 순간, 회색 뇌세포가 맹렬하게 움직이기 시작할 거예요. 저 안에 뭐가 들어 있을까, 누가 보냈지? 좋은 것, 나쁜 것? 혹시 저 안에 목이 잘린 동물 사체? 아니면 사람 머리? 에이, 잘린 손? 누가? 미스터리 장르의 매력은 읽는 내내 끊임없이 머리를 굴리게 한다는 점 같습니다. 작가가 쓴 글을 따라가면서 계속 사건을, 인물의 속내를 혼자 짜 맞춰가는 게임을 하는 거죠. 그러다 결국 불공정한 게임을 했다는 느낌이 들면 화가 날 때도 종종 있습니다.

저 역시 가독성의 비밀은 어떻게 재미의 갈고리를 계속해서 걸어놓느냐에 달려 있다고 생각합니다. 물론 아는 것과 할 수 있는 것은 다르지만요. (웃음) 다음은 신인상 당선자에게 공통으로 드리는 질문인데요, 생존 여부에 상관없이 단 한 명의 작가를 만날 수 있다면 누구를 만나고 싶으신가요? 만나서 무엇을 물어보시겠어요?

음… 교고쿠 나츠히코 작가의 자료실을 가보고 싶습니다. 가봤자 읽을 수도 없는 책들만 가득하겠지만. 요괴 관련한 수집물도 보고 싶고, 직접 작가의 장광설로 귀에 피가 나는 경험을 해보고 싶기도 하고요.

음… 상당히 독특한 취향이시네요. 저는 《망량의 상자》와 《철서의 우리》에서 이미 눈에서 피를 흘려본 경험이 있어서 직접 만나서까지 귀에 피를 흘리고 싶은 생각은 안 드네요. (웃음) 드라마를 집필할 때와 소설을 쓸 때가 다를 것 같은데요, 어떤 방식으로 집필하시나요? 특별한 루틴이 있으신가요?

소설을 이제 겨우 한 편 썼을 뿐이라, 아직 집필의 차이점은 없습니다. 다만 영화와 드라마가 협업이라면 소설은 혼자만의 작업이라는 것. 전자는 쓰는 과정에서 계속 회의와 수정이 들어가지만, 소설은 완성될 때까지 혼자 책임진다는 거겠지요. 작업하는 시간대가 주로 늦은 밤에서 새벽이었는데 나이 먹을수록 체력적인 문제가 있어서 작업시간을 앞으로 당기려고 노력 중입니다.

끝으로 당선 소감 부탁드립니다.

20년이 넘는 영화 쪽 경력을 가지고 있지만 온전히 내 작품이다, 할 수 있는 게 없었습니다. 이번 《계간 미스터리》 신인상을 받으면서 비로소 내 작품이 세상에 나온 것 같은 기분이 들기도 합니다. 무척 신나고 떨립니다. 첫발을 내디뎠으니 머물지 않고 다음 걸음을 이어갈 수 있도록 열심히 쓰겠습니다.

〈냉장고에 들어간 남자들〉은 2022년 겨울에 한겨레문화센터에서 서미애 작가님이 열었던 미스터리 스릴러 강좌에서 완성한 작품입니다. 그 강좌가 아니었다면 저는 아직도 단편을 써내지 못했을 것 같아요. 당시 함께 수업을 들었던 동기들이 너무나 열심히 써내는 바람에 뒤처지면 안 되겠다 싶어서 악착같이 썼던 기억이 납니다. 서미애 작가님과 동기 모두에게 감사드립니다.

중편소설

깊은 산속 풀빌라의 기괴한 살인

✦김범석

깊은 산속 풀빌라의 기괴한 살인

김범석

1

대학생 시절, 친구들과 나는 모두 포커에 미쳐 살았다. 인정하긴 싫지만, 포커 자체는 문제가 아니었다. 내가 문제였다. 친구들은 포커에 미쳐 살았으면서도 돈을 크게 잃지 않았고, 적절한 순간에 도박을 끊을 수 있었다. 반면에 나는 돈을 계속 잃었고, 도박 중독자가 되었다. 그러니 포커는 죄가 없고, 내가 죄 많은 인간인 셈이다.

나는 부끄러웠고, 도박을 치료하는 방법으로 종교를 택했다. 문제는 내가 빠져든 종교가 사이비였다는 것. 얼마 전인 서른 살 생일날, 친구 배은철의 도움으로 간신히 그곳에서 나올 수 있었다.

내 20대를 요약하자면, 전반기는 도박에, 후반기는 사이비 종교에 빠져 살았다는 게 될 것이다.

철없던 20대를 청산하고 30대를 맞이했으니, 삶이 좀 나아졌을까? 당연히 아니었다. 경력이 없으니 제대로 된 회사에 취직할 수도 없었고, 아르바이트로 간신히 먹고사는 신세가 됐을 뿐.

그렇게 의욕 없는 눈으로 구직 사이트를 뒤적거리던 어느 날, 또 다른 친구인 김근호가 연락해왔다. 나 이상으로 도박을 좋아하다가 더 큰 판인 코인 투자판으로 뛰어든 친구다. 녀석은 코인으로 대박이 났다.

"놀러 와라. 깊은 산속에 수영장 딸린 별장을 한 채 샀으니까."

통화하는 중간 중간 녀석의 목소리가 끊겼다. 통화 품질이 안 좋았다.

"별장에서는 전화랑 인터넷 다 안 돼. 지금도 찻길까지 나와서 전화하는 거야. 그런데도 자꾸 전화가 끊기려고 하네."

나는 고개를 갸웃했다. 한국에서 전화랑 인터넷이 안 되는 곳은 매우 드물었다. 대체 얼마나 깊은 산속이기에?

"하여간 와라. 수영도 하고 포커도 한 판 치자고."

순간 손끝이 간질거렸다. 아버지가 주고 가신 용돈이랑 남은 생활비를 다 합치면 50만 원쯤 된다.

"갈게! 주소 불러!"

김근호는 배은철에게도 연락을 해뒀으니, 그 녀석 차를 타고 같이 오면 될 거라고 했다. 배은철은 가장 친한 친구로, 지금도 자주 본다. 도박과 사이비 종교에 빠졌던 나를 가장 많이 혼낸 녀석이었다.

"음, 은철이는 부르지 말지."

"왜? 너랑 가장 친한 친구잖아?"

"내가 다시 도박하는 걸 알면 날 죽이려 들 텐데."

"걱정하지 마. 내가 대신 허락받아뒀어."

"어? 녀석이 괜찮대?"

"남들 없이 우리 멤버끼리만 치는 거라고 하니까 알았다고 하더라. 내일 점심 전까지 같이 와. 아참, 그리고….."

김근호는 할까 말까 망설이는 기색을 보이다가 말했다.

"실은 어제 이 집 지하실에서 좀 수상한 걸 발견했어."

"뭔데?"

"몰라. 하여간 혼자 지하실 내려가긴 좀 쫄리니까 다 같이 오라고. 재밌을 거야. 내일 보자."

2

나는 배은철의 차를 타고 김근호의 별장으로 향했다. 은철은 고등학교 때부터 친구였고, 포커 동아리 멤버 다섯 명 가운데서도 특히 친했다. 여러모로 은인 같은 녀석이지만, 귀찮게 날 야단칠 때도 있었다.

"의외로 화를 안 내는군."

"뭐를?"

"내가 다시 포커 치는 거."

"친구끼리 치는 건데 뭘."

의외로 선선하게 허락해줬다. 막상 이렇게 쉽게 넘어가니 기분이 묘했는데, 불편한 주제라 멤버 이야기로 화제를 돌렸다.

"근호, 엄청 부럽지 않냐? 코인으로 부자가 되다니."

"딱히."

"서른 살에 파이어족으로 은퇴하고 별장까지 갖고 있으면 엄청나게 성공한 거 아니냐?"

"그런 성공에는 별 관심 없어."

퉁명스러움이 가득한 말투였다. 나야 익숙하지만, 모르는 사람이 들으면 시비 거는 건가 싶을 거다. 나는 주제를 바꿨다.

"넌 요새 뭐 하냐?"

은철이 대답했다.

"요즘 공장 왔다 갔다 해."

"투잡?"

"그건 아니고. 일종의 산학협력이야."

은철은 내 무식함을 꾸짖는 듯한 표정으로 조곤조곤 설명했다. 그가 다니는 대학원과 산학협력을 맺은 공장이 있었는데, 공과대학 부속공장 비슷한 역할을 한다고 했다. 은철이 연구실에서 개발 중인 최신형 탄소 와이어를 공장에서 실습 제작하는 것이다. 최근에는 일반에 공개되지 않은,

더 튼튼하고 가느다란 탄소강 와이어의 시제품을 제작했다고 한다.

"그러는 넌 뭐 하냐?"

은철이 물었다.

"알잖아. 사회에 복귀하는 중이지."

"사이비 종교에서 탈출했으니 천천히 복귀해야지."

은철은 비웃듯이 말했지만 발끈하진 않았다. 친구인 내가 들어도 말투에 문제가 많았지만, 은철은 진정한 친구다. 친구가 사이비에 빠졌을 때 멱살 잡고 끌고 나와주는 친구는 드물다.

'지금 생각하면 오싹하군.'

얼마 전 신문에 한 사이비 종교의 단식 기도원이 나왔는데, 굶어 죽은 시체들이 발견되었다는 내용이었다. 그 단식 기도원이 내가 있던 종교 시설이었다. 만약 거기 그대로 남아 있었다면 나 역시 굶어 죽었을지도 모른다.

별장으로 올라가는 산길에서 자꾸 내비게이션 오작동이 일어났다. 깊은 산속이라더니, 산길로 올라가는 도로가 통신이 되는 곳과 안 되는 곳의 경계선인 듯했다.

다행히 산길로 들어서고 나서부터는 외길이어서 별장을 찾는 것은 어렵지 않았다. 별장 앞 주차장으로 진입하자, 먼저 온 황임준과 서연경이 막 차에서 내리고 있었다. 황임준은 스포츠를 좋아하는 유튜버답게 체격도 좋고 신체 비율도 상당히 좋았으며 잘생겼다. 서연경은 키는 작아도 예쁘고 똑똑했으며, 깐깐한 성격이었다. 우리 모두 그녀를 좋아했다.

우리는 주차장에서 서로 인사를 나눴다. 몇 년 만에 보는 얼굴들이라 무척 반가웠다. 다만 임준과 연경이 약혼을 했다는 걸 알고 봐서인지 기분이 조금 이상했다. 친구처럼 지내던 두 사람이 결혼한다니, 왠지 싱숭생숭한 기분으로 다시 보게 된다고 할까. 은철은 나보다 더 심경이 복잡해

보였다. 그는 서연경을 진심으로 좋아했었으니까.

주차장에서 인사를 주고받자니, 별장 문이 활짝 열렸다.

"야, 다들 왔구나! 어서 들어와!"

김근호가 외쳤다. 녀석은 안으로 들어가는 우리를 한 명씩 일일이 끌어 안았는데, 짙은 향수 냄새가 풍겼다.

"꽤 크지?"

근호가 별장을 안내했다. 전체 부지는 100평이 좀 넘었고, 건물이 대부분을 차지했다. 별장 중심을 기준으로, 현관이 남서쪽에 있었고, 동쪽에는 주방이, 북동쪽에는 천장이 열린 형태의 실내 수영장이 있었다. 수영장은 좁고 긴 형태였다.

"더 둘러보기 전에 방부터 배정할게."

침실은 총 세 개였다. 1층에 큰 방과 작은 방이 있었고, 3층 전체가 근호의 방이었다.

"1층 큰 방은 준이랑 연경이가 쓰고, 작은 방은 은철이랑 혁이가 쓰면 될 거야. 특히 1층 큰 방 침대는 트리플 사이즈니까 둘이 편하게 쓰라고, 아주 찐하게. 헤헤."

근호의 질 떨어지는 농담에 웃어주는 건 임준 한 사람뿐이었다. 연경은 미세한 경멸을 담아 코끝으로 차갑게 웃는 반응만 보였다.

나와 은철은 배정된 방으로 향했다.

"작은 방치곤 꽤 크네. 침대도 두 개고."

나는 펜션에 놀러 온 사람처럼 흥분했지만, 은철은 어두운 표정이었다.

"혹시 연경이 때문에 그래?"

은철이 고개를 가로저었다.

"아냐. 마음 정리는 다 했어."

"그럼?"

"그냥, 걔들이 같은 방에서 잔다는 소리를 들으니… 우울해지는군. 머리로는 그런가 보다 하는데 기분이 이상하네."

'정말 좋아했었나 보네.'

나는 서연경을 넘볼 급이 아니란 걸 알기에 진작 빠졌지만, 근호, 은철, 임준은 진심으로 좋아했다. 포커판이 뜨거워졌던 것도 어쩌면 연경에 대한 열망 때문이 아니었을까.

"야, 됐고."

나는 은철의 어깨를 찰싹 때린 뒤 말했다.

"오늘 포커판에서 너 밀어줄게. 내가 왼쪽 눈을 질끈 감으면 노메이드, 오른쪽 눈을 질끈 감으면⋯."

"집어치위, 인마. 신성한 도박판에서 뭔 짜고 치기냐."

은철이 내 뒤통수를 때렸다.

3

우리는 짐을 풀고 다시 거실에 모였다. 근호가 본론으로 들어갔다.

"너희들 〈이블 데드〉라는 영화 봤냐?"

"악마가 봉인된 금서를 열었다가 다 죽는 이야기지."

임준이 말하자 근호가 고개를 끄덕였다.

"지하실에서 위험한 걸 발견한 것 같아. 그래서 너흴 불렀어."

"야이, 그럼 더더욱 우릴 부르면 안 되지. 엑소시스트를 불러, 엑소시스트!"

임준이 농담으로 받아치자, 근호가 낄낄 웃다가 급정색했다.

"따라와."

우리는 호기심을 느끼며 그의 뒤를 따랐다. 가파른 계단을 내려가자, 제법 넓은 지하실이 나왔다.

"여길 봐."

근호가 가리킨 한쪽 벽만 색깔이 달랐다. 빨간 벽돌벽이었고 겉에 시멘트가 얇게 발라져 있었는데, 좀 급하게 바른 모양새였다.

"딱 봐도 수상쩍지? 처음에는 몰랐는데, 얼마 전 보일러 사전 점검하러 내려왔다가 보니까 여기만 벽 색깔이 빨갛더라고. 그래서."

근호는 손으로 벽돌을 빼내는 시늉을 했다.

"손으로 당기니까 위쪽 벽돌 몇 개는 그냥 빠지더라? 보니까 시멘트를 아래쪽 벽돌에만 넉넉히 바르고 위는 모자라서 대충 마감한 모양이야. 아무튼 윗부분 벽돌을 빼고 구멍으로 안을 들여다봤더니…."

"봤더니? 뭔데?"

임준이 물었다.

"직접 봐."

근호가 손전등을 주며 말했고, 임준은 벽돌 틈새로 얼굴을 가까이 대려 했다.

"하지 마!"

연경이 소리를 빽 질렀다.

"갑자기 왜 소릴 질러?"

"느낌이 안 좋아. 그냥 다시 막자. 응?"

연경은 무서운 걸 좋아하지 않았다. 임준이 달래듯이 웃었다.

"겁먹을 거 없어. 사람 사는 집에 별거 있겠냐?"

"그래도 안 돼."

결국 임준은 연경과 같이 물러났고, 대신에 내가 근호에게서 여분의 손전등을 받아서 벽돌 틈새로 얼굴을 갖다 댔다.

컴컴한 복도가 보였는데, 어찌나 공기가 차가운지 눈가가 시렸다. 복도 안쪽에는 철문이 있었다. 옛날 감옥의 독방을 연상시키는 문이었다. 표면이 녹슬어서 살짝 불그스름한 철문의 상단에는 작은 감시창이 있었다. 배식구는 따로 없었고, 잠금장치는 문의 중간 부근에 있었다.

내가 머리를 떼자, 은철이 이어서 살펴봤다.

"어때? 신기하지? 안에 뭐가 있을지 궁금하지?"

근호가 헤헤 웃으며 물었다.

솔직히 궁금했다. 특히 임준은 크게 흥분했는지 스마트폰 카메라를 작동시켰다. 자기 유튜브 채널에 올릴 콘텐츠가 생겼다고 생각하는 모양이었다. 반면에 연경의 얼굴은 창백해져 있었고, 은철도 표정이 좋지 않았다. 은철이 근호에게 물었다.

"저 안에 사람이 갇혀 있을 가능성은?"

"여태 갇혀 있었다면 시체겠지. 그래도 혹시 모르니 같이 열어보자는 거지."

근호가 보일러실 구석을 가리켰다. 곡괭이, 삽, 망치, 쇠지렛대 따위의 공구가 놓여 있었다.

"나, 난 싫어! 난 나가 있을래."

연경이 계단을 뛰어올라갔다. 근호는 연경이 올라가는 걸 보고 아쉬워했다. 그리고 약혼자인 임준이 따라 올라가려고 하자, 계단을 막으며 도발했다.

"어허, 황임준 씨? 혼자 빠지시려고?"

"누가 빠진대? 연경이 혼자 두면 삐칠 테니까 잠깐만 있어봐."

위로 올라간 임준이 잠시 뒤 내려왔다. 그는 우리 눈치를 보며 말했다.

"저기, 그 벽돌 부수는 거 나중에 연경이 몰래 하면 안 될까?"

맥 빠지는 소리였다. 우리가 야유하자 임준은 두 손 모아 비는 시늉을 했다.

"연경이 일찍 재우고, 새벽에 넷이서 다시 내려오면 되잖아. 응? 응?"

나와 은철은 고개를 끄덕여 동의했고, 근호는 "하긴, 이런 건 캄캄할 때 내려와야 더 재밌지. 그렇게 하자"라고 말했다.

나는 계단을 오르다 뒤를 돌아봤다. 벽돌 너머와 비슷한 철문을 본 적이 있었다. 내가 갇혀 있던, 사이비 종교의 단식 기도원 지하실에서.

근호는 별장의 나머지도 안내했다. 2층에는 서재와 화장실, 창고가 있었고, 3층에는 침실 하나와 발코니가 있었다. 우리는 3층 발코니로 나갔다.

"3층도 되게 넓네."

임준이 중얼거렸고, 모두가 동의했다. 특히 3층 발코니에는 칵테일 바가 설치되어 있었는데, 멀리 산이 보였고, 시선을 내리면 천장 뚫린 반실내 수영장이 보였다. 발코니에서 내려다 봤을 때, 수영장은 가로로 긴 형태였다. 파란색 수영장 타일과 반짝거리는 물빛이 매력적이었다.

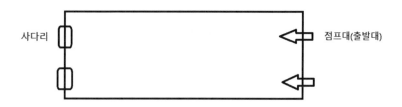

수영장은 좌우로 긴 직사각형 형태였다. 사다리와 점프대가 좌우 양끝에 2개씩 있어서, 얼핏 보면 2개 레인 크기의 수영장처럼 보였다. 하지만 자세히 보면 그만큼 크지는 않고, 실제 크기는 동네 수영장의 1.5 레인 크기보다도 더 작았다. 세로폭도 많이 좁아서, 사다리간 간격과 점프대간 간격은 서로 가까이 붙어 있었다.

"밤중에 내려다보면 더 죽여주겠는데? 수영장에 야간 조명 따악 켜고, 블루 마가리타 같은 거 한 잔 손에 쥐고 내려다보면 끝내주겠어."

임준이 말하자 근호가 쓸쓸한 표정을 지었다.

"처음에 왔을 때는 네 말대로 했었는데, 새벽에 비둘기들이 꼬인 이후로는 잘 안 하게 되더라."

비둘기는 꼭 이른 아침에 몰려들어 수영장을 오염시킨다고 했다.

"처음 날아왔을 때는 비둘기가 귀엽네, 수영장에서 물 마시고 가거라, 하면서 웃었거든? 근데 그게 실수였어. 점차 대담해지더니 똥도 싸고 점프대 밑 틈새에 집을 짓더라고."

"점프대?"

"출발대라고 부르던가? 저기 있잖아."

수영장에는 출발대가 두 개 있었다. 비둘기가 작은 점프대처럼 생긴 출발대 밑 틈새에 집을 지어버린 것이다.

"열 받아서 새집을 다 부숴버렸는데 그래도 계속 집요하게 물 마시러 오더라니까. 그래서 밤에 자기 전에는 반드시 방수포를 완전히 덮어놔야 해."

"무소유가 차라리 속 편하다더니, 실외 수영장 딸린 별장이 있으니 귀찮은 일이 생기나 봐?"

연경이 냉소적으로 말했고, 근호는 뭔가 말하려다 피식 웃었다. 부정할 수 없는 모양이었다.

"근데 인터넷도 없고 전화도 안 되는데, 식재료는 어떻게 조달해?"

"일주일에 한 번 업자가 와. 이번에는 특별히 스테이크용 고기를 잔뜩 보내달라고 했지. 말 나온 김에 마당에 나가서 바비큐나 할까?"

우리는 마당에 나가서 대낮부터 스테이크를 굽고 와인을 땄다. 100만 원이 넘는 와인이라나. 좋은 시간이었지만, 유튜브용 영상 남긴다며 스마트폰 카메라를 여기저기 돌리는 임준의 모습이 조금 거슬렸다.

"야, 임준아. 먹을 땐 좀 안 찍으면 안 되냐?"

내가 짜증스럽게 묻자, 임준은 피식 웃었다.

"조회 수 좀 뽑자. 이런 거 촬영 안 하면 언제 하냐?"

황임준은 고등학교 때부터 유튜버였다. '학교 선생님 몰래 라면 먹기'라는 콘텐츠로 천만 뷰를 달성한 적도 있었다. 뉴스에도 한 번 나왔다. 하지만 고등학교를 졸업하고 난 이후부터는 조회 수가 쭉 내리막길을 탔다. 게임 방송, 익스트림 스포츠 전문 방송, 코인 방송을 거쳐서 헬스 전문 방송으로 갈아탄 상태인데, 결과는 좋지 않았다. 아마 임준도 스트레스를 많이 받고 있을 것이다.

물론 내가 남 걱정할 때는 아니지.

"아직 좀 이르지만, 다 먹고 바로 포커 한 판 칠까?"

못 참고 포커 이야기를 먼저 꺼냈다. 웃으며 포커 이야기를 꺼냈지만, 아마 내 눈에는 독기가 바싹 올라와 있었을 것이다. 나를 보는 친구들 시선에서도 비슷한 것이 느껴졌다. 다들 내가 지금도 포커를 친다는 사실에 만족하는 눈치였다.

'오늘은 크게 따야 한다.'

손끝에 전기가 오르는 듯했다. 그때, 은철이 내 등짝을 한 대 때렸다. 장난 반 진심 반으로 때린 게 느껴진다.

"술 먹더니 대낮부터 도박하자고 하네. 좀 천천히 하자, 혁아. 응?"

"쳇, 알았다."

기분이 나쁘진 않았다. 오늘 밤에는 나뿐만 아니라 다들 포커에 미칠 거라는 예감이 들었다.

5

식사를 마친 뒤 잠시 휴식 시간을 갖기로 했다. 와인을 좀 급하게 마셨던 탓이다. 연경은 약간 어지럽다며 잠깐 자고 일어나겠다고 했다. 임준은 약혼녀를 부축하며 함께 침실로 들어갔고, 은철, 근호, 나는 수영장에 뛰어들었다. 수영복은 근호에게서 빌려 입었는데, 보아하니 여성용 수영복도 잔뜩 있었다.

"칫. 연경이 입는 모습을 봐야 했는데."

지겹지도 않은지, 근호는 약혼자가 있는 걸 빤히 알면서도 실실 웃으며 그런 농담을 해댔다.

"어우, 좋다."

나는 배영 비슷한 것을 하며 즐겼다. 수영을 잘하는 근호는 숨을 깊이 들이쉬고 바닥 깊이 잠수했다가 올라오곤 했다. 수영을 전혀 못하는 은철은 손으로 벽을 잡은 채 둥둥 떠다녔는데, 녀석도 만족스러운 것 같았다. 물 위에 누워 하늘을 보니 구름이 끼어 있었다.

'그러고 보니 밤부터 비가 많이 온다지?'

산속이라 빗발은 더욱 거셀 것 같았다.

"쉿, 애들아."

누가 속삭여서 돌아보니 임준이었다. 너석이 수영장 입구에 서서 씨익 웃었다.

"연경이 잔다. 지하실 탐험 못한 거 지금 우리끼리 하자."

우리는 만장일치로 찬성했다. 밤에는 포커판이 벌어질 예정이니, 하려면 지금 하는 게 나았다.

수건으로 몸을 대충 말린 뒤 옷을 입었다. 근호는 파란색 방수포를 가져와서 수영장을 덮은 뒤, 방수포에 달린 오렌지색 끈 네 개를 점프대와 사다리에 각각 묶었다. 그걸 보며 은철, 임준, 내가 한 마디씩 했다.

"방수포는 원래 물을 다 빼고 수영장을 덮을 때 쓰는 거 아닌가?"

"근데, 비둘기가 이거 쪼아서 뚫진 않냐? 뚫으려면 뚫을 수 있을 것 같은데?"

"수영이 끝날 때마다 비둘기 못 오게 매번 방수포를 덮어야 해? 뭐야, 이게. 수영장 딸린 별장이 이토록 구질구질하다니."

수영장을 소유하지 못한 남자 셋은 각자 아는 척 한 마디씩 던졌다. 근호는 쓸쓸하게 웃으며 혼자 방수포 작업을 마무리했다.

우리는 연경이 깨지 않게 조심하면서 지하실로 내려갔다.

"걱정하지 마. 지하실은 방음이 철저하니까."

근호가 말했고, 내가 되물었다.

"왜?"

"몰라, 부동산업자가 그렇게 말하던데? 흡음재를 써서 지하실 천장이 랑 바닥을 보강했다고."

지하실만 보강한 이유가 뭔지 궁금했지만 그러려니 했다.

지하실로 내려간 넷은 각자 공구를 손에 들었다. 나는 큼직한 쇠지렛대를 택했지만, 한꺼번에 달려들 것도 없었다. 근호가 앞장서서 망치로 빨간 벽돌벽을 후려치자, 벽이 기우뚱하더니 안쪽으로 무너졌다. 생각보다 큰 소리는 나지 않았고, 먼지도 많이 피어오르지 않았다.

우리는 스마트폰으로 손전등을 켠 뒤, 컴컴한 4미터 길이의 복도에 들어섰다. 복도는 두 명이 나란히 걸을 수 있었다. 벽돌 틈새로 봤던 철문 앞에 섰다. 철문의 상단에 달린 감시창을 가까이서 보니 쇠창살이 세로로 촘촘하게 달려 있었다. 한쪽 손이 간신히 통과할 수 있을 정도였다. 감시창 안쪽은 캄캄해서 잘 보이지 않았다. 철문은 이중으로 잠겨 있었는데, 슬라이드 바 형태의 잠금장치와 자물쇠가 달려 있었다.

"이런! 열쇠가 있어야겠네."

"걱정하지 마."

근호가 주머니에서 열쇠 뭉치를 꺼냈다.

"실은 너희들한테 연락하기 전에 업자가 주고 간 열쇠 뭉치를 살펴봤거든. 용도가 뭔지 모를 열쇠가 있더라고."

근호는 열쇠 뭉치에서 황금색 열쇠를 뽑았다.

"내가 연다?"

근호는 거침없이 슬라이드 바 잠금장치를 옆으로 밀고 열쇠로 자물쇠도 해제했다.

근호가 힘껏 문을 당기는 동안, 임준은 공구를 내려놓고 스마트폰 카메라로 촬영했다. 나와 은철은 각자 쇠지렛대와 망치를 들고, 혹시라도 안에서 무언가가 튀어나올 때를 대비했다.

문이 열린 순간 냉기가 훅 끼쳐왔다. 우리는 불빛을 이리저리 비춰봤는데, 안에는 아무것도 없었다.

"어, 여기 스위치 있다."

딸깍 소리와 함께 천장의 꼬마전구에 불이 들어왔다.

"뭐야, 역시 아무것도 없…."

있었다. 문 맞은편의 벽에.

그림이었다.

사람 형상의 그림이었지만 아무리 봐도 사람을 그린 것은 아니었다. 비유하자면 마네킹과 같다. 마네킹은 사람의 형상을 하고 있지만 아무리 봐도 사람으로 착각하긴 어렵다. 사람 형상의 허리 언저리에는 더 작은 사람들이 모여 있었다. 작고 귀엽게 그렸지만 내 눈에는 오히려 그것들이 사람처럼 느껴졌다.

사람을 닮은 거대한 무언가를 열두 명의 작은 사람들이 추종하는 모습이었다.

"기분 나쁜 그림이네."

은철이 중얼거렸고, 근호와 임준은 주춤주춤 다가갔다. 나는 황급히 소리쳤다.

"가까이 가지 마!"

"어?"

"그, 그거, 참회교의 성화야."

참회교는 내가 몸을 담았던 사이비 종교의 이름이다. 단식원에서 생활했기에 나는 저 그림의 의미를 안다. 봐서는 안 되는 그림이다.

근호의 얼굴이 험악하게 일그러졌다.

"내 별장 지하에 이딴 게 왜 있어? 기분 나쁘게."

자기가 먼저 지하실의 비밀을 찾아보자더니 막상 사이비 종교의 성화가 그려져 있다니 기분이 나빠진 모양이었다. 반면에 은철은 분석적으로 접근했다.

"별장의 본래 용도를 알 것 같군."

"용도라니?"

"교회에서 수련회를 할 때 교외의 일반 펜션을 빌려 쓰기도 해. 아예 교회가 통째로 사서 쓰는 경우도 드물게 있고. 이 별장도 원래는 그런 용도로 쓰였던 거 아닐까?"

"원래 그런 용도라니. 지하 감옥이랑 이 기분 나쁜 그림의 원래 용도가 뭔데?"

아무도 대답하지 않았고, 불길한 침묵만 감돌았다.

"젠장, 어쩐지 값이 싸더라니. 지하에 이런 기분 나쁜 게 있었나."

그 와중에도 임준은 스마트폰 카메라로 영상을 찍느라 바빴다. 은철은 임준을 한심하다는 듯이 흘겨본 뒤 내게 물었다.

"야, 남궁혁. 괜찮냐?"

"음."

아마도 내 안색은 무척 안 좋아졌을 것이다. 함부로 성화를 들여다보고 소란을 피운 것 자체가 죄라는 것을 알기 때문이다.

"야, 빨리 나가자."

나는 억눌린 목소리로 말했다. 최대한 태연한 척했지만, 다들 내 목소리에 담긴 심각성을 느낀 것 같았다.

"너 이 그림 안다고 했지? 혹시 무슨 의미인지도 알아?"

근호가 물었다. 나는 대답하지 않기로 했다. 왜냐하면 성화에 그려진 숭배자들의 수가 열두 명이나 되었기 때문이다.

'이 건물에서만 과거에 열두 명이 죽었어.'

나는 뒷걸음질로 물러난 뒤, 쇠지렛대를 보일러실 귀퉁이에 내던지고 계단을 뛰어 올라갔다.

6

내가 먼저 뛰어 올라가자, 나머지 셋도 겁이 났는지 빠른 속도로 튀어나왔다. 우리는 거실에서 숨을 몰아쉬었다.

"기분 나쁘니까 지하실은 아무도 들어가지 말자."

내가 말했고, 다른 애들도 만장일치로 동의했다. 성화의 의미를 모르는 사람이 봐도 찝찝하고 불쾌했다.

"특히 연경이한테는 비밀로."

임준이 덧붙였다.

"뭘 비밀로 하는데?"

어느새 잠에서 깬 연경이 뒤에서 물었다. 우리는 기겁했다가 결국 사실대로 말했다. 연경은 약혼자의 등짝부터 때렸다.

"그런 거 하지 말라니깐!"

임준이 대표로 야단맞았고, 우리는 그런 그녀에게 편승해서 황임준이 나쁜 놈이라며 웃었다. 화내는 연경과 잘못했다고 비는 시늉을 하는 임준 덕분일까? 불길했던 기분은 빠르게 가셨다.

지하실 소동이 있고 난 뒤, 우리는 각자 자유 시간을 보냈다. 나는 저녁에 있을 결전을 위해 미리 낮잠을 잤다. 한참 뒤에 은철이 깨워줬다.

"몇 시야?"

"5시 50분."

"이런, 오래 잤네."

"곧 2층에 모여서 한 판 하기로 했는데, 피곤하면 더 잘래?"

나는 눈이 번쩍 뜨였다. 품 안에 챙겨온 50만 원부터 확인했다. 그걸 본 은철이 중얼거렸다.

"겨우 50이야?"

"응."

낮은 액수로 시작해도 새벽쯤 되면 판돈이 확 올라갈 터였다. 50만 원은 정말 푼돈이었다.

"조금 빌려줄까?"

은철은 500만 원이 넘는 돈을 챙겨왔다. 녀석이 빌려주는 돈을 사양하지 않고 받았다.

"따서 갚을게."

"초장에 확 지르지 마라."

"알았어."

"진심으로 하는 소리야."

은철이 내 눈을 똑바로 보며 말했다.

"확 지르고 딴 데서 빌리고, 또 확 지르고 하면서 도박 중독이 오는 거야. 천천히 놀자고 주는 돈이니까 초장에 오링나면, 그때는 진짜 화낸다."

"걱정하지 마."

아무래도 은철은 이번 포커판에서 내 도박 중독 습성을 길들이려는 모양이었다. 이런 식으로 도박 중독이 치료될 리는 없겠지만, 일단은 알겠다고 했다.

우리는 저녁 6시에 2층 서재에 모였다. 원탁은 큼직했고 창문이 없어서 포커 치기 좋았다. 우리는 한 번 포커를 치기 시작하면 열두 시간 정도 내리 치곤 했다. 내일 아침 6시쯤 끝날 것이다.

"표정 한번 비장하군."

은철이 면면을 돌아보며 평소처럼 냉소적인 말을 날렸고 우리는 킥킥 웃었다. 임준과 연경이 저녁을 겸할 나초와 맥주를 잔뜩 가지고 올라왔다.

"출출하면 말해라. 나중에 라면 끓여줄 테니까."

근호가 말했다. 녀석은 현금다발과 칩을 챙겨왔는데, 현찰로 천만 원이나 들고 왔다. 우리 기준에서는 한 명이 준비한 돈 중 최고 액수였다. 50만 원 들고 온 내가 부끄러웠다.

"텍사스 홀덤 괜찮지?"

근호가 게임명을 말했고, 모두가 고개를 끄덕였다. 준비해온 현찰 다발을 칩으로 바꾸었다.

그리고 행복한 시간이 흘렀다. 만약 누군가가 내게 행복이 무엇이냐고 묻는다면, 몰입이라고 말할 것이다. 카드패와 판돈이 오고 가는 몰입의 순간.

물론 중간 중간 몰입을 깨는 순간들이 있었다. 임준이 스마트폰을 만지작거릴 때였다.

"스마트폰 좀 그만 만지지 그래?"

은철이 짜증을 냈다.

"아, 미안. 근데 파일 전송이 자꾸 실패해서."

"여긴 인터넷 잘 안 된다니깐."

근호가 말하며 마지막 리버 카드를 공개했다. 형편없는 카드였다. 하지만 카드를 공유하는 텍사스 홀덤 특성상, 내게 형편없는 카드라면 나머지 플레이어들 기준에서도 좋지 않은 경우가 많다. 나는 기세를 살려봤다.

"올인."

나는 갖고 온 돈 전부와 은철이 빌려준 돈까지 한 번에 질렀다. 은철이 대놓고 싫은 표정을 지었고, 근호, 임준, 연경은 즉시 폴드를 선언했다. 단 한 명, 은철이만 신중했다.

"야! 이렇게 막 지르지 말랬지?"

"핸드가 좋은데 어쩌겠어?"

"이번 판에 다 잃으면 밤새 혼자 뭐 하려고 그러냐?"

"잃긴 왜 잃어?"

은철은 가만히 나를 노려보다가 한숨을 내쉬었다.

"젠장. 봐준다. 폴드."

결국 은철도 포기했다. 나는 적은 액수나마 판을 먹었다.

"야!"

근호가 시비 거는 말투로 말했다. 나한테 시비 거는 건가 싶어서 움찔했는데, 근호는 임준을 노려보고 있었다.

"스마트폰 좀 그만 만져. 어차피 잘 터지지도 않는데. 딴 사람들 집중력까지 깨지잖아."

"미안. 쏘리."

임준은 스마트폰을 주머니에 넣었다. 그는 오늘따라 유난히 집중하지 못하고 있었다.

한동안 포커판이 이어졌다. 실력이 비슷하다 보니 쉽게 무너지는 사람이 없었다. 다만 임준은 아까부터 집중력을 잃은 듯했다. 만지다가 집어넣은 스마트폰 때문인가?

"아, 나 신경 쓰여서 안 되겠다. 잠깐 나갔다 올게."

"어딜?"

연경이 걱정스럽게 묻자 임준은 애인의 머리를 헝클었다.

"영상 편집자한테 파일 보내고 통화도 좀 하려고."

편집자와 꼭 연락할 일이 있는 모양이었다. 어쩌면 오늘 지하실에서 찍은 영상을 보내려는 것인지도 모른다.

"통화하거나 데이터 전송할 일 있으면 큰길까지 나가야 해."

근호가 말했다.

"알았어. 그럼 나가서 일 좀 보고 올게. 화상 회의할 수도 있으니까 좀 걸릴 거야. 한 시간, 아주 늦어도 두 시간 안에 올 거야. 나 빼고 치고 있어라."

이때가 정확히 저녁 8시였다.

8시 30분쯤, 은철이 화장실에 간다며 자리에서 일어났다. 10분 뒤인 8시 40분에 돌아왔는데, 향수를 뿌리고 왔는지 향기가 진하게 났다. 연경이 은철에게 말을 걸었다.

"오랜만이네? 그 향수."

"지금도 가끔 뿌려."

임준과 사귀기 전에 그녀는 은철과 아주 잠깐 만난 적이 있었다. 두 사람의 눈이 짧게 맞부딪쳤고, 은철은 카드로 시선을 옮겼다.

"요즘 임준이랑 사이는 좀 어때?"

은철이 물었다.

"그냥 좋아."

"아주 좋진 않고?"

연경은 대답하지 않았다. 나와 근호는 뜨악한 표정으로 시선을 교환했다. 임준과 연경은 올해 결혼할 예정이다. 둘이 한방을 쓰는 게 이상하지 않을 정도다. 은철도 이해한다고 했다. 그러면서도 약혼자가 자리를 비운 사이에 저런 노골적인 시선을 보내다니?

"결혼은 미리 축하할게, 서연경."

"고마워."

"사실, 결혼한다고 해서 한 사람이 다른 사람의 소유가 되는 시대도 아니니까."

은철은 자꾸 선을 넘는 말을 했다. 아까는 근호가 이상한 소리를 하더니, 이제는 은철까지. 임준이 자리에 없어서 다행이라는 생각이 들었다.

"나도 잠시만."

이번에는 연경이 자리에서 일어났다. 8시 50분이었다. 그리고 10분 뒤 돌아왔다. 손에는 약혼반지를 끼고 있었다. 아마도 방에 가서 약혼반지를 찾아서 낀 모양이다. 연경의 행동이 은철의 선 넘는 발언에 대한 가장 확실한 답변이었다. 은철은 말을 잃었고, 그녀가 물었다.

"누가 딜러 할 차례지?"

밤 9시가 되었다.

"갑자기 라면 먹고 싶다. 누구 먹을 사람?"

근호가 물었고, 다들 먹겠다고 했다. 라면을 몇 개 끓일지 이야기하다가 문득 임준이 여태 돌아오지 않고 있다는 것을 깨달았다.

"유튜버가 담당 편집자랑 회의를 원래 이렇게까지 오래 하나?"

근호가 중얼거렸다.

"같이 찾으러 나가줄까?"

은철이 물었다. 하지만 연경은 고개를 저었다.

"그럴 정도는 아니야. 아이디어 회의라도 하나 보지. 전에도 오래 걸린 적 있어."

연경이 태연하게 말했다. 어쩌면 그녀는 자신이 예비 남편 걱정하느라 전전긍긍하는 모습을 보여주고 싶지 않았는지도 모른다.

근호는 일단 여기 있는 네 명 분만 끓여오겠다고 했다. 셋은 남아서 계속 포커를 쳤다.

9시 20분쯤에 근호가 돌아왔다. 큰 쟁반에 라면뿐만 아니라 수제 교자까지 잔뜩 가져왔다. 에어 프라이어가 잘 작동하지 않아서 조금 오래 걸렸다고 말했다.

"와, 라면만 끓이는 줄 알았더니?"

"너희 주려고 깜짝 메뉴로 준비했지."

라면과 교자는 무척 맛있었다. 푸짐하게 먹고 나니 9시 40분이었다. 연경이 창밖을 내다보려다가 2층 서재에는 창문이 없다는 걸 깨닫고 포기했다.

"아까 1층에서 라면 끓일 때 보니까 비가 좀 오던데."

근호가 말했다. 그 말이 연경의 불안감을 자극했다.

"미안한데, 잠깐 나가서 임준이 좀 찾아보고 와도 될까?"

연경이 말했고, 우리는 기다렸다는 듯이 카드를 내려놓고 다 함께 밖으로 나갔다. 우르릉 소리가 나더니 비가 더 거세게 내리기 시작했다. 우산을 썼지만 바람이 워낙 거세서 별 소용이 없었다.

주차장에서 임준의 자동차를 발견했다. 이상한 일이었다. 통화가 가능한 큰길까지 걸어서 못 갈 거리는 아니지만, 날도 어두운데 차를 두고 나갔단 말인가?

"다 같이 걸어서 찻길까지 나가보자."

우리는 임준을 찾지 못했고, 20분 만에 돌아왔다. 비바람이 점점 더 거세어졌고, 임준의 흔적은 찾을 수가 없었다. 나는 문득 한 가지 생각이 떠올랐다.

"황임준 이 자식, 이거 몰래카메라 아냐?"

바람 소리 때문에 녀석들은 한 번에 내 말을 알아듣지 못했고, 나는 큰 소리로 다시 반복했다. 그러자 근호가 펄쩍 뛸 만큼 놀랐다.

"뭔 소리야? 몰카라니?"

"우리가 당황하는 모습을 유튜브 영상으로 찍어서 올리려고 하는 거 아니냐고! 일부러 태풍 오는 밤 실종된 척하는 내용으로. 막 별장 곳곳에 카메라를 숨겨놓고 말이야."

"말도 안 돼. 그딴 소린 하지도 마라."

근호가 짜증스럽게 일축했다. 하지만 은철과 연경은 내 말이 그럴듯하다고 여겼다. 임준은 평소에도 유치한 장난을 자주 했고, 유튜브 영상으로 찍어 올릴 만하다 싶으면 무리한 짓도 저지르곤 했으니까.

우리는 밤 10시쯤에 별장으로 돌아온 뒤, 둘씩 나뉘어 별장 곳곳을 수색했다. 그중에는 지하실도 있었다. 근호와 은철이 함께 내려가서 지하실을 확인하고 올라왔다.

그사이 연경과 나는 혹시나 하는 마음에 수영장을 확인했다. 반실내 수영장의 뚫린 천장에서 빗줄기가 쏟아졌고, 파란 방수포로 덮인 풀장 위를 투둑 소리를 내며 두들겼다. 평소라면 운치 있는 소리였을지 모르지만, 오늘 밤은 사람의 심정을 불안하게 만들 뿐이었다.

수영장의 불을 켜고 주위를 둘러봐도 임준의 모습은 보이지 않았다. 하지만 근호가 덮어둔 방수포가 비뚤어져 있었고, 방수포 위에 못 보던 실톱이 하나 얹혀 있었다. 실톱에는 희미한 핏물이 묻어 있었는데, 핏물의 색깔은 방수포의 틈새로 보이는 풀장의 물 색깔이었다. 마치 대량의 피가 풀장의 물과 섞여 탁한 핏물로 변했을 때처럼.

"아니야, 그럴 리 없어…!"

연경이 부정했고, 나는 얼어붙은 채 꼼짝할 수 없었다. 잠시 뒤 근호와 은철이 왔고, 그들도 내가 본 것을 보고 있었다.

둥실둥실. 시체 토막의 일부가, 하필 살짝 걷힌 방수포 밑, 붉그스름한 물속에 떠 있었다.

7

충격을 받아 기절한 연경을 방으로 옮긴 뒤에 근호, 은철, 나는 수영장으로 돌아왔다. 방수포 위에 놓인 실톱을 수건으로 집어서 꺼냈다. 새하얀 수건에 핏물이 번졌고, 일단 대충 덮어서 빗방울이 닿지 않는 구석에 놓았다. 그리고 수영장 양 끝에 서서 하나둘, 하고 방수포를 확 걷었다. 우려했던 참혹한 모습이 드러났다.

하늘에서 떨어지는 빗물이 붉게 변한 풀장 위에서 참방거렸다. 참방거리는 붉은 물 곳곳에 여러 조각으로 토막 난 임준의 시체가 있었다. 일부는 떠 있었고, 일부는 가라앉아 있었다.

"이거 진짜냐…!"

근호가 부들거리며 말했고, 은철 또한 창백한 얼굴로 손을 뻗었다.

"저기."

은철이 가리킨 곳에 유난히 검은 뭔가가 보였다가 가라앉았다. 황임준의 머리통이었다. 거센 빗줄기 때문에 출렁이는 수영장에서 떴다, 가라앉았다, 했다.

나는 "일단 경찰부터 부르자"고 말했다가 뒤늦게 전화가 안 터지는 곳임을 깨달았다. 그래도 혹시나 해서 해봤는데 역시 통화권 이탈이었다. 아마 여기 별장을 이용한 참회교는 통신사 중계탑이 설치되지 않은 곳을 찾아 건물을 지었거나, 인위적으로 중계기를 철거했을 것이다.

"신고하러 큰길까지 나가야 하나."

근호가 중얼거렸다. 빗줄기와 바람이 점점 더 거세지고 있었다. 다시 나가려니 발걸음이 떨어지지 않았고, 차를 타고 나가는 것도 위험할 정도였다.

"확실히 해두자. 이건 살인사건이고, 범인은 우리 중 하나야."

은철의 말 그대로다. 외부인이 있을 가능성은 극도로 희박했다. 설령 외부인이 황임준을 죽였다고 해도, 굳이 시체를 토막 내 수영장에 던져놓고 사라질 이유는 더더욱 없었다.

"외부인이 이런 짓을 했다고 보긴 어려워. 즉 우리 셋 중 하나가 저지른 일이야."

"네 명이 아니고?"

내가 되물었다. 용의자는 나, 근호, 은철, 연경까지 총 네 명, 즉 전원이라고 봐야 하지 않나? 하지만 은철은 고개를 저었다.

"너, 남궁혁은 범인이 아니야."

은철이 강한 어조로 나를 용의자 리스트에서 뺐다.

"임준이는 8시에서 10시 사이에 죽었어. 그리고 너만 그 시간대에 단 1분도 포커판에서 자리를 비운 적이 없고."

듣고 보니 그랬다. 은철은 화장실에 갔다가 향수를 뿌렸고, 연경은 약혼반지를 끼려고 나갔다 왔으며, 근호는 라면을 끓이려고 자리를 비웠다. 은철과 연경은 10분 정도, 근호는 20분 정도 자리를 비웠다. 하지만 나는 포커판을 떠난 적이 없었고, 임준을 수색하러 갈 때는 다 함께 움직였으니 수상한 짓을 할 시간이 전혀 없다.

하지만 내가 볼 때, 이 녀석들도 범행을 저지를 시간은 없다.

"너희 셋도 범인일 가능성은 희박한데? 살인이라는 게 순식간에 벌어지는 일이라고 해도, 이렇게 시체를 여러 토막을 내서 수영장에 버리는데 10분에서 20분 사이에 가능할까?"

"…확실히 그렇군."

은철이 턱을 긁적였다.

"비 맞으면서 있으려니 춥군. 일단 안으로 들어가자."

우리는 풀장에 방수포를 다시 덮었다. 임준의 시체를 저대로 둥둥 떠다니게 두려니 괴롭고 미안했다. 하지만 비바람이 몰아치는 밤에 풀장 외곽에 서서, 뜰채로 핏물을 헤집으며 시체 토막을 건질 용기도 없었다.

흉기로 보이는 실톱을 감싼 수건만 챙겨서 실내로 들어갔다.

빗물에 푹 젖은 뒤라 그런지 몸이 얼어붙는 것 같았다. 깊은 산속이라 일교차가 클 것이라고는 예상했지만 정말 추웠다.

보다 못한 근호가 2층 창고에서 난로를 꺼내왔다. 손잡이 달린 감색 석유난로는 제법 묵직해 보였지만, 캠핑 겸용으로 제작되어서 이동이 쉬운 모델이었다.

근호가 난로를 켠 직후, 연경이 비틀거리며 거실로 나왔다. 우리는 위로의 말을 조심스럽게 건넸지만, 연경이 말했다.

"경찰 신고는 안 된다고 했지? 그러면 다 함께 차를 타고 나가는 게 합리적이겠지만, 태풍이 너무 심하게 불어서 어렵겠지. 그러니 바람이 좀 잠잠해질 때까지 우리끼리 범인을 찾아내는 게 어떨까 싶은데."

말투는 평온했지만, 표독스러운 눈으로 우리 셋을 노려보고 있었다. 무리도 아니다. 우리 중에 범인이 있는 게 확실하다면, 한 명은 살인을 저질러놓고도 가증스럽게 슬프고 힘든 표정을 짓고 있다는 뜻이었다. 연경으로서는 약혼자의 죽음 자체보다 범인이 슬픈 척 위선을 떨고 있다는 사실에 더 분노하고 있었다. 서연경은 그런 여자다.

"그게 흉기야?"

연경이 핏물 묻은 수건을 가리키며 물었다. 나는 수건을 펼치고 실톱을 드러냈다. 근호는 혀를 찼다.

"이 실톱은 범인이 따로 가져온 것 같군. 다들 본 적 있어?"

물론 처음 보는 실톱이었다. 목공소 같은 곳에서 목재 자를 때 쓰기 좋아 보였다.

"의외로 깨끗하네."

연경이 얼음장 같은 목소리로 말했다. 그녀의 말이 맞았다. 비를 맞았다고 해도 사람을 여러 토막 낸 물건이라면 피, 살점, 뼈가 덕지덕지 묻어 있어야 하지 않나? 약간의 핏물 말고는 깨끗했다.

"범인이 씻어냈나 보지. 풀장 물에 씻었거나, 아니면 수영장에 있는 청소용 호스로."

은철이 말했다. 그의 말도 일리가 있지만, 내가 범인이라면 굳이 흉기를 씻을 바에는 아예 안 들키게 숨겼을 것 같다.

그런 생각을 하는데, 연경이 다시 눈빛을 번뜩였다.

"즉 범인은 시간이 촉박했다는 뜻이겠지. 흉기를 안 보이게 처리할 시간이 없어서 그냥 풀장에 버리고 도망쳤다는 뜻일 테니까. 그렇지? 아니면 우릴 도발하려고 흉기를 그대로 현장에 버렸다는 뜻일 테고."

우리 셋을 번갈아 노려보는 연경의 박력에 나는 입을 다물었다.

"흉기에서는 생각보다 단서가 나오지 않는군. 혹시 모르니 알리바이를 조사해볼까?"

은철이 말했지만, 알리바이라고 해봐야 빤하다.

다 함께 저녁 6시부터 2층 서재에서 포커를 쳤다.

밤 8시에 황임준이 나갔다. 그는 한 시간, 늦어도 두 시간 안에 돌아온다고 말했다.

밤 8시 30분에 배은철이 화장실에 갔다가 8시 40분에 돌아왔다.

밤 8시 50분에 자리에서 일어난 서연경이 손에 약혼반지를 끼고 9시에 돌아왔다.

밤 9시에 김근호가 라면을 끓이러 갔다가 9시 20분에 돌아왔다.

라면과 만두를 먹은 9시 40분쯤 다 함께 황임준을 찾으러 나갔다가 10시쯤에 돌아왔다.

밤 10시가 조금 지난 시각, 수영장에서 황임준의 시체를 발견했다.

몇 번을 들여다봐도 달리 착각할 부분은 없었고, 이것만으로는 달리 알아낼 것도 없었다.

"그래도 혹시 추가 단서가 있을지 모르니, 이번에는 각자의 방으로 가서 소지품 검사를 해보면 어떨까?"

연경이 말했고, 나와 은철도 그녀의 기세에 눌려 찬성했다. 하지만 근호가 반대했다.

"흉기는 이미 찾았잖아? 근데 뭐 하러 소지품을 뒤져?"

묘하게 방어적인 태도가 왠지 눈에 거슬렸다. 내가 얼른 말했다.

"그 부분이 더 수상해. 범인은 흉기를 고의로 현장에 떨어뜨리고 갔어. 어쩌면 실톱은 눈속임이고, 진짜 흉기가 있을지도 몰라."

"너무 꼬아서 생각하는 거 아냐? 단순히 시간이 촉박해서 버리고 갔다고 보는 게 더 합리적일 텐데."

"그럴지도 모르지. 하지만 타임라인을 보면 알겠지만, 범행이 가능한 세 사람 모두 범행 가능 시간이 촉박하거든? 그렇다면 트릭이 사용되었을지도 모르는데, 의외의 단서가 별장 어디선가 발견될지도 몰라. 그걸 위해서라도 한 번 조사해볼 필요가 있어."

"트릭? 야, 추리소설도 아니고 갑자기 왜 그 단어가 나와? 그리고 범인이 바보가 아니라면 트릭에 이용될 물건을 자기 방에 가지고 갔을까? 내가 범인이라면 진작 처분했을 거야."

근호의 말도 일리가 있긴 했다. 하지만 연경은 더욱 거세게 밀어붙였다.

"그래도 혹시 모르니까 확인을 해봐야지! 태풍 그칠 때까지 등신처럼 가만히 있을 거야?"

그녀의 히스테릭한 외침에, 근호도 더 반대할 수 없었다.

"그러면 우리 방부터 확인해보자."

은철이 말했다. 나와 은철은 같은 방이었다. 연경은 방에 들어가더니, 우리 가방을 모조리 뒤엎듯이 했고, 화장실 변기까지 싹 다 뒤졌다. 물론 흉기나 수상한 물건은 어디서도 발견되지 않았다.

은철의 가방에서는 갈아입을 옷과 재료공학 관련 책, 신소재공학 관련 논문 인쇄물, 공장에서 챙겨온 듯한 장갑과 와이어 커터 정도가 특이해 보였다.

내 가방에서는 갈아입을 옷과, 중고서점에서 산 주식투자 관련 책, 그리고 참회교에서 준 금속 목걸이가 있었다. 크롬 재질로, 뾰족한 종교 형상물이었다. 사이즈는 엄지 두 개 크기였으며, 85만 원이나 주고 산 물건이었다. 사이비에 시달렸던 기억을 잊지 말자는 의미에서 지니고 있었다.

이어 임준과 연경이 쓰는 방 차례였다. 연경은 방문을 쾅 열어젖혔다.

"자, 배은철! 남궁혁! 너희도 내가 너희 방에서 한 것처럼 해봐! 싹 다 뒤져!"

연경이 독기 가득한 목소리로 소리쳤다. 나와 은철은 내키지 않는 태도로 그녀와 임준이 같이 쓰던 방을 조사했다. 임준의 가방에는 간단한 옷가지와 늘 가지고 다니지만 자주 쓰지는 않는 것 같은 촬영용 장비들이 있었다.

연경의 가방도 조사했다. 수상한 것은 없었다. 생각보다 많은 화장품과, 커다란 고데기가 눈에 띄었다. 도중에 그녀의 짐가방에서 속옷이랑 생리대가 굴러 나왔을 때는 왠지 그만두고 싶어졌다. 근호와 은철도 머뭇거리면서 연경의 짐을 뒤졌고, 그걸 본 그녀가 버럭 화를 냈다.

"그렇게밖에 못해?"

연경은 두 사람을 밀치더니, 침대 시트를 걷어내고 매트리스를 움켜쥐더니 뿌리 뽑듯이 뒤집어엎었다. 그때, 튕겨 오른 매트리스가 침대 머리맡에 있던 액자를 치는 바람에 액자가 떨어져 한 귀퉁이가 쪼개졌다.

"아앗!"

근호가 안타까워하는 비명을 질렀다. 나는 얼른 액자를 주워서 액자 귀 퉁이를 다시 끼워 맞추다가 이상한 걸 발견했다. 액자 끄트머리에 전깃줄 이 튀어나와 있었다. 내가 잠시 멍하니 있자, 은철이 액자를 받아서 전깃 줄을 당겼다. 그러자 얄팍한 SD 카드와 소형 전지, 렌즈로 이뤄진 장치가 나왔다.

"초소형 캠코더인가."

은철이 공과대학원생답게 한눈에 알아봤다.

이게 왜 여기에 있지? 이해할 수 없었다.

우리는 근호를 쳐다봤다.

근호는 허둥거리며 황급히 변명이라고 해댔지만, 절반은 파르르 떠는 손짓발짓일 뿐이었다.

8

근호는 끊어질 듯 말듯 긴 변명을 늘어놓았다. 말이 길어질수록 연경의 얼굴에는 점점 더 경멸이 떠올랐다.

"나를 좋아해서 우리 방에 이걸 설치했다고?"

김근호 또한 배은철이나 황임준과 마찬가지로 서연경을 좋아했다. 그 리고 연경이 결혼하게 되자 지독한 상실감에 빠졌다고 한다. 근호는 연경 의 모습을, 그것도 결혼한 사람만이 보여줄 수 있는 모습을 담아두기로 마음먹었다. 그래서 두 사람에게 큰 침대가 하나 있는 방을 배정하고, 그 들이 한 침대에서 서로….

"그만! 더 듣고 싶지도 않아! 이 역겨운 변태 새끼."

연경이 짓씹듯이 말하자, 근호는 얼른 방바닥에 무릎을 꿇었다.

"미안하다. 입이 열 개라도 할 말이 없어. 반성할게."

우리도 기가 막혀서 말이 안 나왔다. 살인사건의 범인을 찾으려다 몰카범을 잡았으니 말이다. 하지만 지금은 살인범을 찾는 일이 더 중요했다.

"일단 마저 진행해보자."

우리는 이어 3층 근호의 방을 수색했지만, 흉기는 발견되지 않았다. 연경이 컴퓨터에 다른 사람의 몰카 영상도 있는 거 아니냐며 다그쳐서 샅샅이 뒤졌으나 다행히 그런 건 없었다. 범행과 연관 있어 보이는 물건도 없었다.

"소지품 검사까지 해봤지만 별 소득이 없군."

은철이 중얼거렸다. 하지만 연경은 고개를 저었다.

"소득이 없긴 왜 없어? 몰카범을 찾았는데."

근호는 고개만 푹 숙일 뿐이었다.

"다른 곳도 살펴보자. 어서!"

우리는 연경의 지휘에 따라 창고를 수색했다. 그곳에서도 수상한 물건은 발견하지 못했다.

"그러면 지하실도 보고 와!"

연경이 근호와 은철과 나에게 지시했다. 지하실에 무서운 것이 있다고 하니, 직접 가고 싶지는 않은 모양이었다.

우리 셋은 터덜터덜 지하로 내려갔다.

"미안하다."

근호는 우리 눈치를 보며 사과했다. 나는 뭐라 말해야 좋을지 알 수 없었다. '아니야, 김근호. 네가 나쁜 놈이긴 해도, 우리 중에서는 살인범이 제일 나빠'라고 말할 수는 없는 노릇이었다.

"사과는 나중에 연경이한테 해라."

은철이 말했다. 근호는 머리를 쥐어뜯더니, 앞장서서 지하 감옥을 살펴봤다. 소름 끼치는 그림만 있을 뿐, 이전과 달라진 건 없었다. 나는 오늘 오전에 내팽개친 쇠지렛대가 그대로 있다는 것까지 확인한 뒤, 다 함께 올라왔다.

연경은 거실에서 난로 앞에 손을 뻗은 채 수색 결과를 물었고, 나는 소득이 없다고 답했다.

"남궁혁. 너는 누가 범인 같아?"

연경이 불쑥 물었다.

"음, 우린 외부인 범행설을 쉽게 기각했지만, 정말 어쩌면 산속에 누군가가…."

"정신 차려, 남궁혁. 그런 미친놈이 범행을 저질렀을 가능성보다 우리 중 누군가가 범행을 저질렀을 개연성이 훨씬 높잖아? 현실을 직시해!"

나는 입을 다물고 난로 앞에서 손만 비벼댔다. 지하실이 무척 추워서 잠깐 있다가 왔는데도 몸살기가 있는 것처럼 으슬으슬했다. 하지만 연경은 쉴 틈을 주지 않았다.

"의견이나 단서 더 없어? 아무도? 그러면 수영장으로."

"뭐?"

"알리바이를 따져보고 소지품을 뒤져봐도 답이 없잖아? 이제는 시체를 살펴보는 수밖에."

확실히 추리소설에선 그렇게 흘러가곤 했다. 하지만 황임준의 시체는 자세히 보기 어려웠다. 토막 난 일부는 둥둥 떠 있고, 일부는 가라앉은 상태니까. 우리가 연경을 말리려 하자, 그녀가 불을 토해내듯 외쳤다.

"내 예비 남편 시체는 건져야 할 거 아냐! 저대로 둥둥 떠다니게 두고 싶어? 왜 그리 염치들이 없어! 너희들 친구 아니었어?"

연경은 우리에게 화를 냈고, 범인에게 화를 내고 있었다. 범인이 누군지는 알 수 없지만, 나, 배은철, 김근호 중에 범인이 있다고 믿는 것이다.

결국 우리는 수영장으로 가서 방수포를 다시 걷었다. 그리고 역할을 정한 뒤, 긴 뜰채를 이용해 시체 토막을 하나씩 건졌다. 나와 은철은 시체 토막을 수영장 청소용 뜰채로 건져내는 역할, 근호는 주방에서 가져온 고무장갑을 끼고 각 토막을 풀장 옆에 내려놓고 순서를 맞추는 역할이었다. 연경은 분노에 찬 호령으로 지휘하는 역할이었다.

결과부터 말하자면, 시체는 총 아홉 토막이었다. 손목이 절단된 손 두 토막, 손목 없는 팔 두 토막, 목이 잘린 머리통 한 토막, 목과 흉부와 상복부까지 한 토막, 하복부부터 무릎 위쪽까지 한 토막, 무릎 아래로 절단된 다리 두 토막.

이렇게 합쳐서 아홉 토막이었다.

특히 하복부를 건질 때는 너무나 괴로웠는데, 절단 부위에서 내장이 길게 흘러나왔기 때문이다.

"우으."

욕지기가 올라와서 뜰채를 쥔 손이 파르르 떨렸다. 다리가 일부 붙어 있는 하복부는 너무 무거웠다.

"뭐 하는 거야? 내장 흘리지 마!"

악귀처럼 소리치는 연경 덕분에 간신히 정신을 차릴 수 있었다. 근호가 묵묵히 고무장갑 낀 손으로 각 토막을 부위별로 짜맞추었다. 중간에 연경은 근호에게 시체의 주머니를 뒤져보라고 했고, 스마트폰을 꺼냈다. 물에 젖었지만 방수 기능이 있는 임준의 스마트폰은 그대로 있었다.

"이건 나중에 확인할게. 너희는 시체를 마저 건져!"

나는 뜰채를 은철에게 줬고, 은철은 다른 토막 하나를 꺼냈다.

"시체를 토막 내어 수영장에 버린 범인의 목적이 만약 우리의 정신을 괴롭히는 거라면 대단히 성공적이군."

은철이 억눌린 듯한 목소리로 말했다. 그도 구토를 억지로 눌러 참는 것 같았다. 그가 내게 뜰채를 마지막으로 건넸다. 이제 딱 하나 남았다.

'머리.'

우리는 의식적으로 머리를 가장 마지막까지 서로에게 미뤄왔다. 마지막 차례였으니 내가 건져야 했다. 나는 간신히 검은색 머리통의 위치를 찾았고, 어떻게 해야 한 번에 건져낼 수 있을지 고민했다.

"힘들어? 힘들면 이리 줘. 내가 할 테니까."

연경이 깔보듯이 말하더니 내 손에서 뜰채를 뺏으려 했다. 내가 하겠다고 대답하며 상체를 기울인 순간.

미끌! 풀장에 빠지고 말았다. 첨벙 소리, 다른 이들이 기겁하는 소리. 수영장 핏물이 귓구멍 속을 순식간에 가득 채울 때 나는 꼬르륵 소리.

"히이익!"

나는 풀장의 핏물을 잔뜩 먹은 채 몸을 허우적거렸다. 허우적거릴 때마다 바닥에 가라앉아 있던 찌꺼기가 올라왔다. 나는 정신이 반쯤 나간 상태로 허우적거렸고, 본능적으로 첨벙거리며 반대편으로 이동했다. 다행히 멀지 않은 곳에 수영장 사다리가 있었다. 간신히 손끝으로 붙잡았다.

'어?'

이 와중에도 왠지 까끌까끌한 감촉이 손에서 생생했다. 금속 사다리의 손으로 잡는 세로 부분에, 가로로 길게 칼자국 같은 것이 있었다. 무언가에 의해 긁히고 깊이 패어 있는 자국은 두 사다리의 모든 세로 부분, 총 네 군데에 있었다.

"뭐 해! 얼른 나와!"

은철이 외쳤고, 나는 황급히 밖으로 나왔다. 나는 타일 바닥에 옆으로 쓰러진 채 헛구역질을 했고, 은철이 청소용 호스를 들고 와서 내 몸에 물을 뿌려주었다. 고개를 돌려보니 서연경은 내가 놓친 뜰채를 들고, 팔을 길게 뻗어 약혼자의 머리통을 한 번에 건져냈다.

9

우리는 다시 거실로 돌아왔다. 나는 부들부들 떨면서 난로 앞에 앉았고, 다른 이들도 근처에 모여 수영장에서 얻은 단서를 궁리했다.

알아낸 거라곤, 범인이 황임준의 몸을 마구잡이로 토막 낸 것이 아니라, 매우 깔끔하게 일정한 형태로 대칭되게 잘랐다는 것뿐이다. 은철과 연경은 토막 난 시체를 나름 샅샅이 살폈는데, 톱에 잘린 것치고는 절단면이 너무 깔끔하다는 것이 수상했다. 그것 말고 특이점은 보이지 않았다.

"이상한 게 너무 많아."

연경이 중얼거렸다.

"첫째, 통화하러 큰길까지 나갔어야 할 임준이, 다른 곳이 아닌 수영장에서 죽은 채로 발견된 것. 둘째, 짧은 시간 안에 토막 난 시체가 된 것."

특히 두 번째 부분이 말이 안 됐다. 범인이 한 명이라고 가정하면 시간상 불가능했다.

"이렇게 된 이상 범인의 동기를 추론해보는 수밖에 없겠군. 범인은 왜 그를 죽인 건까?"

은철이 의문을 제기하자, 근호가 머뭇머뭇 말을 꺼냈다.

"그야, 연경을 손에 넣은 임준에 대한 질투 아닐까?"

즉시 연경이 근호를 째려봤다. '넌 그냥 좀 닥쳐. 그 논리라면 네가 제일 수상쩍은 놈이니까'라고 말하는 듯했다. 근호는 고개를 푹 숙였다. 하지만 은철은 꽤 일리 있는 동기라는 듯이 고개를 끄덕였다.

"확실히, 그것도 강력한 동기가 될 수 있지. 혁이 네 생각은 어때?"

"그보다 아까 연경이 찾아낸 스마트폰에는 단서가 없어?"

임준이 스마트폰으로 무언가를 찍었을지도 모른다. 가령, 범인으로서는 절대 찍혀서는 안 되는 것을.

"미안. 스마트폰이 잠겨서 확인할 수가 없네."

연경이 임준의 스마트폰 비밀번호를 해제하려다 실패했다.

"네 생일로 해봐."

내가 말했고, 연경은 이미 해봤는데 안 열린다고 짜증을 냈다. 기껏 발견한 스마트폰은 쓸모가 없었다.

"방수폰이건만 찾아낸 보람이 별로 없군."

내가 중얼거리자, 은철이 나름의 동기를 추론하기 시작했다.

"좀 더 생각해보자. 황임준이 나쁜 놈이라거나 원한을 살 놈은 아니었다는 데는 모두 동의할 거야. 유튜버로서 조금 수익이 불안정해지긴 했어도 당장 큰 빚을 지거나 돈에 쪼들리는 수준은 아니었다고 해. 그렇지, 서연경?"

"음… 약간?"

연경은 임준이 돈 때문에 꽤 마음고생 중이었다는 것을 털어놓았다. 결혼하기 이전이라면 몰라도, 막상 결혼을 앞두니 돈에 대한 부담이 대폭 커졌다는 것이었다.

"그래서 앞으로는 더 자극적인 영상을 찍어야 할지도 모르겠다는 식으로 말하긴 했었어."

"그랬구나."

나는 갑자기 녀석이 안됐다는 생각이 들었다. 나는 임준이 웃으며 카메라를 들이밀 때마다 짜증이 났다. 하지만 녀석도 나름 필사적이었다고 생각하니 괜스레 미안한 마음이 들었다. 그런 생각을 하고 있는데, 은철이 스마트폰을 가리켰다.

"그리고 범인에게 곤란한 영상이 찍혀서 죽였다고 보기도 어려워. 그랬다면 반드시 스마트폰을 갖고 가거나 파괴했을 테니까."

"아…!"

듣고 보니 그렇다. 나는 스마트폰이 쓸모없는 단서라고 생각했지만 그렇지 않다. 스마트폰이 멀쩡하게 남았다는 것 자체가 황임준의 스마트폰에 기록된 정보는 범행 동기에 포함되지 않는다는 뜻이었다.

"결국 남는 동기는 하나뿐이야. 임준이가 연경의 약혼자라는 사실. 임준이 연경을 독차지하게 되었다는 것. 이것 말고는 범인이 그를 죽일 이유가 보이지 않아."

은철이 나를 돌아보며 물었다.

"남궁혁. 너는 연경에 대해 어떻게 생각해?"

"그야… 우리 모두 그녀를 좋아했지."

나는 연경의 눈치를 보며 중얼거렸고, 그녀는 긍정도 부정도 하지 않았다. 그녀도 내심 눈치챘을 거다. 남자들 모인 동아리에 미인이 한 명 있으면 다들 좋아하기 마련이다. 더 적극적으로 나서는 놈과 그렇지 못한 놈으로 나뉠 뿐. 나는 분수를 알고 빨리 마음을 접었을 뿐이다.

서연경에 대한 마음이 컸는지 작았는지를 떠나서 다들 그녀를 좋아했고, 결국 그녀를 독차지하게 된 황임준에 대해 조금씩은 질투심을 느끼고 있었다. 지금 시점에서는 가장 큰 살인 동기였다.

"좋아. 이젠 알아볼 만큼 다 알아봤다고 생각해. 이제 평결 시간을 갖자."

은철이 근호를 쳐다봤다.

"나는 근호가 범인일 가능성이 높다고 봐."

"갑자기 뭔 소리야!"

근호가 벌떡 일어났다. 몰카범으로 몰린 건 어쩔 수 없다지만, 살인범으로까지 몰리게 되었으니 벌떡 일어날 수밖에.

"세 가지 조건, 즉 동기, 시간, 수단을 다 충족하는 건 근호 말고는 없어."

은철이 조곤조곤 설명했다.

"나도 연경이를 좋아하지만, 아무리 그래도 몰카를 설치할 정도는 아니지. 하지만 근호는 그랬고."

"그건 사과했잖아! 그것만으로 내가 범인이라고?"

"그리고 범행 가능 시간이 20분으로, 우리 중 가장 길어."

"야! 그건 너희랑 같이 먹을 것 준비하느라 20분이 걸린 거지, 그걸 어떻게 살인 가능 시간이라고 해?"

"현실적인 관점일 뿐이야. 시간상으로도 말이 되지. 아마도 너는 라면을 끓이려고 1층에 내려갔다가, 별장으로 돌아오는 임준을 발견했을 거야. 너는 그를 할 말이 있다는 식으로 수영장으로 유인해서 살해한 뒤, 창고든 어디든 숨겨둔 실톱으로 토막 내서 시체를 풀장에 버리고, 요리를 마무리해서 갖고 올라온 거야. 요리 시간도 문제 될 게 없어. 라면은 인스턴트니까 쉽고 빠르고, 교자도 에어프라이어에 넣기만 하면 되니까, 조리 시간을 조작하기 편리하지."

"야! 그 톱은 내 거 아니라고 했잖아!"

"그거야 네 주장이고, 미리 준비해둔 것일지도 모르지. 그리고 내가 널 의심한 가장 중요한 마지막 이유는, 체격이다."

은철의 말은 결정적이었다. 우리 중 가장 체격이 좋은 건 황임준이었고 그다음이 김근호였다. 나와 은철은 딱 봐도 호리호리한 체형이다. 연경은 말할 것도 없이 가장 키가 작고 체중도 적게 나갔다.

"근육질 체형인 임준을 죽이려면, 그것이 설령 기습이라고 해도 체격 조건이 좋아야 할 거다. 가난한 대학원생인 나는 팔다리가 가늘고 배만 나온 놈이고, 혁이도 약간 마른 체형인데 사이비 종교의 단식 기도원에 들어갔다가 나온 이후로 건강이 좋은 상태는 아니지. 모든 조건을 고려하면 네가 범인일 가능성이 매우 높아."

은철은 고집스럽게 근호를 범인이라고 주장했고, 근호는 그의 주장을 부정했다. 적어도 근호가 느끼기에는 변호였을 테지만, 실제 내용은 그렇지 못했다. 이럴 줄 알았으면 라면 끓이러 가지 말 걸 그랬다, 너희를 초대하지 말아야 했다, 혹시 너희 전부가 범인이고 나를 범인으로 몰아가려는 거 아니냐 등등의 소리였다.

"충분히 들었어."

연경이 차갑게 말을 잘랐다. 그리고 주방으로 가더니, 크기가 서로 다른 식칼 네 자루를 가져왔다.

"각자 하나씩 받아."

그녀는 공평하게도 남자 셋에게 먼저 고르게 했다. 마지막 남은 식칼을 쥔 연경은 시선을 한 번씩 맞춘 뒤 말했다.

"투표를 시작하자. 내가 셋을 셀 테니까, 범인이라고 생각하는 사람을 식칼로 겨누는 거야."

"잠깐! 의심되는 사람을 이 자리에서 찔러 죽이자고?"

내가 묻자, 연경은 고개를 저었다.

"마음 같아서는 그러고 싶지. 만약 범인이 100퍼센트 확실하다면 그렇게 하겠지만 그것도 아니고. 그러니 내일 경찰을 부를 때까지, 범인을 안전하게 가둬뒀으면 좋겠어. 가령."

연경의 눈이 지하실 계단을 향했다.

"너희가 발견한 지하 감옥에 가둬둔다던가."

"내일까지 밤새 거기에 가둬둔다고?"

상상만 해도 끔찍했다. 그토록 춥고 어둡고 무서운 곳에는 갇히고 싶지 않다. 뭐라 말하려 했지만, 연경의 말이 더 빨랐다.

"참고로 식칼 투표에는 기권도 없고 잠깐만도 없어. 만약 2 대 2로 무승부가 나온다면, 다시 셋을 센 다음 재투표. 한 명이 선정될 때까지 반복할 거야. 만약 셋을 센 시점에서 아무도 겨누지 않는 자가 있다면? 나는 그 착한 척하는 새끼를 범인으로 간주하고 바로 찔러 죽이겠어. 반드시!"

연경의 말은 명백히 비이성적이었다.

"자, 잠깐만."

"잠깐만은 없어. 셋 센다? 하나, 둘, 셋!"

연경은 빠르게 셋을 셌고, 나는 황급히 한 명을 지목했다. 무의식중에 골랐다… 라고 하고 싶지만, 사실은 의식적이었다. 내가 범인으로 지목한 사람은 근호였다.

근호 본인을 제외한 모두가 그를 골랐다. 근호는 애매하게 연경을 겨누고 있었다.

"홋. 결정됐네?"

연경이 희미한 분노의 웃음을 지었다. 은철은 얼른 그녀 곁에 붙어 섰고, 나도 주춤주춤 따라 했다. 근호만 혼자 남았다.

"아, 아니야."

근호가 허둥거리다가, 자신의 식칼을 주방 쪽을 향해 내던졌다. 주방 바닥에서 찰그랑 소리가 났다.

"얘들아. 나 진짜 아니야. 식칼도 버렸어. 봤지? 응? 응?"

연경은 칼끝으로 근호의 목젖을 가볍게 찔렀다.

"손 들어."

10

우리는 근호를 지하 감옥에 가뒀다. 연경은 1층에 남겨두고, 나와 은철이 그 일을 맡았다. 그녀는 자신이 직접 근호의 목덜미를 움켜쥔 채 끌고 가서 가두길 원했지만, 나와 은철이 말렸다. 지하 감옥에 그려진 무서운 그림을 연경이 보지 않기를 바랐기 때문이었다.

"꼭 이렇게 해야겠냐?"

근호가 눈치를 보며 물었다. 큰 저항은 없었다. 지하로 내려갈 때 조금이라도 반항하거나 하면 어쩔 수 없이 죽이겠다고, 은철이 조용한 어조로 엄포를 놓았기 때문이었다.

그렇게 나와 은철은 식칼을 겨눈 채 근호를 지하 감옥에 집어넣었다. 근호는 흐느껴 울었다. 자기 별장 감옥에 갇히게 되었으니 억울하고 어이가 없어서 울음이 나오는 모양이었다.

내가 문을 닫고, 슬라이딩 록을 당겨 잠갔다. 추가 자물쇠를 근호에게서 뺏어둔 열쇠로 잠갔다. 그리고 열쇠를 문 상단의 쇠창살 달린 구멍으로 넣어줬다. 놀란 은철이 무슨 짓이냐고 물었지만, 나는 근호에게 말했다.

"김근호. 이 열쇠는 네가 가지고 있어. 우리 셋 중 누구도 열 수 없도록."

자물쇠와 슬라이딩 록은 감옥 안에서는 손이 닿지 않는 곳에 있었다. 안쪽에서는 쇠창살 때문에 철문 상단의 감시창 너머로 손을 뻗을 수도 없었고, 만에 하나 뻗더라도 자물쇠까지는 손이 닿지 않으니, 그냥 열쇠를 감옥 안에 넣어준 것이다.

"굳이 근호에게 줄 필요가 있나?"

은철이 물었고, 나는 고개를 끄덕였다.

"만에 하나 근호가 범인이 아닐 수도 있잖아."

그럴 경우, 근호는 '보호' 받는 상황인 셈이다. 단단히 잠긴 곳에 갇혔는데, 그곳 열쇠를 자기가 갖고 있는 셈이므로.

감옥은 밖에서 열 수도, 안에서 열 수도 없는 밀실이 되었다.

근호는 처량한 표정으로 바지 주머니에 열쇠를 챙긴 뒤 물었다.

"경찰은 내일 오는 거지?"

"아마도."

"그래."

"가자."

은철이 나를 잡아끌었다. 내 얼굴에 동정심이 드러났기 때문일 것이다. 우리가 근호가 갇힌 감옥에서 멀어진 순간.

"으아악! 열어줘! 열어줘! 여기 있기 싫어!"

근호가 한 박자 늦게 발광하기 시작했다. 춥고 적막한 감옥 안에서, 무서운 주신의 그림과 단둘이 갇히려니, 뒤늦게 공포가 몰려온 모양이다.

"얌전히 있어!"

은철이 소리쳤다. 이미 친구가 아니라 죄수를 다루는 목소리였다. 나는 귀를 틀어막고 위로 올라갔다. 은철이 지하실로 내려가는 문을 닫자, 근호의 비명이 더는 들리지 않았다. 과연 방음이 잘되는 별장이었다.

"잘 가뒀어?"

연경이 물었다. 나와 은철은 그렇다고 대답했다. 나는 감옥 열쇠를 근호에게 줬다고 말했다.

"왜?"

"어차피 손이 안 닿아서, 안쪽에서는 감옥 문을 못 열어."

"그래도 굳이 열쇠를 왜 줘?"

"우리 중에 범인이 있을지도 모르니까. 우리 손에 열쇠가 있고, 범인이 그걸 손에 쥐고 살인 기회를 얻게 되면 근호만 억울하잖아?"

연경이 화를 냈다.

"우린 김근호가 범인이라고 믿어서 그를 가둔 거잖아!"

"그렇지 않아. 네가 식칼을 나눠주면서 범인 찾기를 강요했고, 엉겁결에 근호가 범인으로 몰린 거지. 가장 수상쩍고 몰카범이라는 문제가 있지만, 그게 살인범의 증거가 되는 건 아니야. 즉 네가 진범일 수도 있고, 나나 은철이가 범인일 가능성은 여전히 존재해. 이 상황에서 우리가 굳이 근호를 감옥에 가둬야 한다면, 적어도 녀석이 어이없이 감옥 문이 열려서 죽지 않도록, 열쇠를 줘서 최소한의 안전은 보장해줘야 한다고 판단했다."

나는 스스로 놀랄 정도로 강경하게 연경에게 맞섰다. 하지만 내 주장은 전부 사실에 기반하고 있었다. 나와 연경은 잠시 눈싸움을 벌였고, 거의 동시에 시선을 돌렸다. 은철이 헛기침을 몇 번 한 뒤, 앞으로의 일을 정리했다.

"자, 다들 진정하고. 좀 쉬다가 내일 해가 뜨자마자 차를 타고 통화가 가능한 곳까지 나가자."

둘 다 동의했다. 너무나 힘든 하루였기에 휴식이 절실했다.

"혁이랑 연경이는 본래 쓰던 방에서 자. 나는 3층 근호 방에서 잘게. 물론 문은 각자 철저히 잠가야겠지."

은철이 부연했다.

"실은 나도 혁이랑 비슷한 생각이야. 우리는 근호가 범인일 확률이 높다고 판단해서 가뒀지만, 정말로 어쩌면 우리 셋 중에 하나가 진범일 수도 있어. 그러니 경찰을 부를 때까지는 서로가 조심해야겠지."

은철까지 그렇게 말하자 연경도 수긍했다. 우리는 식칼을 한 자루씩 챙긴 채로 각자 방으로 향했다. 은철은 계단을 오르기 직전에 말했다.

"내일 아침 6시에 거실에서 모이자. 그전에는 누가 찾아와도 절대 방문을 열지 않기로 하고."

모두 동의했다. 거기에 나는 한 가지를 덧붙였다.

"너희들, 거실 소파를 옮겨서 내 방 문 앞을 막아줄래?"

두 가지 이유 때문이었다. 첫째, 소파로 문 앞을 막으면 혹시 모를 범인이 내 방에 들어오는 것을 어렵게 만들 수 있다. 둘째, 내가 밖으로 나가는 것을 막음으로써, 내가 범인이라고 의심받을 가능성을 더더욱 줄일 수 있다.

"어어, 그렇게 해도 창밖으로 나갈 수 있지 않나? 그런 다음 다시 1층 현관이나 창문으로 들어올 수 있잖아?"

은철이 물었지만, 나는 고개를 저었다.

"현관문과 다른 창문을 전부 잠가두면 되지."

귀찮을 수도 있었지만, 만약을 위해 철저히 하자는 내 제안을 거절할 이유가 없었다. 우리 셋은 창문을 모두 잠그고 현관문도 잠갔다.

"서연경. 네 방 앞도 소파로 막는 건 어떨까?"

내가 물었다.

"싫어. 수상한 놈이 내 방에 찾아오면 더 좋지. 범인으로 간주하고 바로 칼로 쑤셔 죽일 테니까."

나와 은철은 연경의 공격성에 완전히 질려버렸다.

"잘 자. 내일 직접 문을 열고 나오기 전에 함부로 내 방에 들어오려는 자가 있다면 범인으로 간주하겠어."

연경은 그렇게 말하고 방에 들어갔다. 은철은 내 방 문 앞을 막을 소파를 가져왔다.

"이거면 되겠지?"

"음. 테스트해보자."

안에 들어간 뒤 은철이 소파로 문을 막을 때까지 기다렸다. 안쪽에서 문을 바깥으로 밀어보려 했지만, 소파가 문과 벽 사이에 꽉 끼인 탓에 10도 정도만 간신히 열렸다. 내가 마른 체형이기는 해도 결코 통과할 수 없었다.

"좋아. 이거면 됐어. 고마워, 배은철."

"그래. 내일 보자, 남궁혁. 아침 6시에 내려오자마자 소파 치워줄게."

은철은 떠났고, 나는 문을 잠갔다. 몸은 피곤하고 머리는 지끈거렸다. 챙겨온 아스피린을 한 알 먹고 침대에 걸터앉았으나, 두통은 쉽게 사라지지 않았다. 결국 가방을 열고, 참회교의 목걸이를 손에 쥐었다. 삐죽삐죽한 상징물이 손바닥을 기분 좋게 찌르자 머리의 고통이 분산되었고, 나는 간신히 잠이 들었다.

11

밤새 옛날 꿈을 꿨다. 사이비 종교인 참회교에 빠져서, 이 별장 못지않은 깊은 산속에 있는 단식 기도원에 들어갔을 때였다. 나는 얼마 되지도 않는 전 재산을 바친 지 오래였고, 대출을 받아 추가로 기부하려고 알아볼 생각이었다. 나는 대출 상담을 위해, 숙소에 들어갈 때 반납했던 스마트폰을 돌려받았다. 사감의 감시를 받으며 스마트폰을 켰더니, 그동안 쌓인 메시지들이 우르르 쏟아졌다.

김근호, 배은철, 황임준, 서연경… 포커 동아리의 친구들이 보낸 것이었다. 특히 은철이 보낸 메시지가 많았다. 이 메시지들을 어떻게 해야 하나 곤혹스러워하는 그때 은철이 전화를 걸어왔다. 엉겁결에 받았더니 그는 자신이 이미 단식원 앞까지 쳐들어왔다고, 당장 몸만 나오라고 고래고래 소리를 쳤다. 은철의 목소리는 스마트폰과 숙소 담장 밖, 양쪽에서 울려 퍼졌다.

은철의 고성과 사감이 야단치는 소리 사이에서 망설이고 있는데, 은철이 문짝을 부수고 들어왔다. 사감이 은철을 준엄한 어조로 꾸짖다가 코가 깨져서 쓰러졌다. 은철은 주먹싸움을 피하는 성격이 아니었다. 쓰러진 채 코를 감싸 쥐고 우는 사감을 본 순간 나는 묘한 깨달음을 얻었다.

'참회교가 무적은 아니구나.'

그런 웃긴 깨달음 속에서, 나는 호들갑 떠는 다른 성도들을 무시한 채 짐을 챙겨서 숙소를 나왔다. 은철은 그런 내 멱살을 잡아끌며 빠르게 자기 차로 데리고 갔다. 나는 녀석의 차에 탄 뒤 투덜거렸다. 어련히 알아서 탈출할 수 있었는데, 네가 일을 키웠다는 식으로. 은철은 반박하지 않았다.

하지만 나와 그 녀석 모두 알고 있었다. 친구가 잘못된 길로 가면, 때로는 멱살 잡고 올바른 길로 끌어주어야 한다는 것. 사람을 정말로 올바른 길로 인도하는 것은 도박의 일확천금 가능성이나, 사이비 종교의 구원 가능성이 아닌, 우정이라는 것.

누군가가 문 앞에서 다급하게 소파를 치우는 소리가 나서 꿈에서 깼다. 급기야 문을 쾅쾅 두드리고 있었다.

"남궁혁! 일어나!"

6시 5분이었다. 나는 식칼을 손에 쥔 채 문의 잠금만 해제하고 뒤로 물러났다.

"열려 있으니 들어와."

그러자 은철이 조심스럽게 문을 열고 들어왔다. 손에 무기는 없었다.

"남궁혁. 서연경이 범인이었어."

"뭐?"

"근호가 죽었어."

믿을 수 없었다. 다른 곳도 아니고 감옥에 가둬둔 근호가 죽다니.

"자세히 말해봐."

"새벽 5시쯤 눈을 떴어. 그때, 누군가가 별장 밖으로 나가는 듯한 발소리가 들리더라고. 발코니로 나가서 보니까 연경이 황급히 밖으로 나가는 모습이 보였어. 놀란 나는 쫓아가려다가 생각을 바꿨어. 그녀가 범인이라면 아예 도망치게 두는 것이 너랑 나, 그리고 근호의 생존에 도움이 될 것 같았거든."

"그래서?"

"바로 너를 깨울까 했는데, 우선 근호가 제대로 갇혀 있는지를 확인하고 싶었어. 어쩌면 연경이 도망친 이유가, 근호가 지하 감옥에서 탈출해서일지도 모르겠다는 생각이 들었거든."

"뭐? 그게 말이 되냐?"

"근호는 이 집 주인이잖아. 우리가 모르는 내부 탈출 장치가 있었을지도 모르지."

"젠장! 그런 불안 요소가 있으면 어제 진작 말했어야지!"

"설마 그럴 줄 알았겠냐? 그리고 어제, 연경이 무조건 감옥에 처넣으라고 소리치던 거 기억 안 나냐?"

"젠장. 그래서? 정말 탈출했어? 정말 비밀 탈출 장치가 있었어?"

"아니. 더 최악이야. 혼자 지하 감옥으로 확인하러 내려갔더니, 근호가 안에서 죽어 있었어."

"아니, 어떻게!"

근호는 밀실에 갇혀 있었다. 근호도 못 나오지만, 우리 중 누구도 그가 있는 곳에 들어갈 수 없다. 자물쇠가 잠겨 있었고, 열쇠는 밀실 안에 있는 근호가 갖고 있었으니까.

"직접 가서 보는 게 좋겠군."

우리는 지하실로 뛰어 내려갔다. 나는 감옥 상단의 감시창을 통해 안을 들여다봤다. 처음에는 시체가 잘 보이지 않았다. 얼굴을 감시창에 붙인 채 눈을 아래로 내리깔았더니 시체가 보였다.

"이게 뭔."

감옥 안의 근호는 쪼그려 앉은 자세로, 양손을 철문에 갖다 댄 채로 죽어 있었다. 목과 뒤통수가 만나는 지점, 안쪽에 연수가 있는 부위에 식칼이 깊이 꽂혀 있었다. 그것은 어젯밤 근호가 주방에 내던졌던 식칼로 보였다.

"내 생각을 먼저 말해볼까?"

배은철이 입을 열었다.

"서연경은 밤중에 몰래 이곳에 와서 근호를 심문했을 거야. 그녀는 혼자서 그를 심문할 기회를 얻고 싶었을 테니까. 근호는 문에 매달리다시피 한 자세로 자신은 절대 범인이 아니라고 애원했을 거고."

"그런 식으로 말했다면 연경이는 더 화가 났겠군."

"맞아. 연경은 근호에게, 열어줄 테니 열쇠를 달라고 했겠지? 그리고 감시창의 쇠창살 너머로 열쇠를 받은 뒤, 근호에게는 안전을 위해 문 앞에 무릎을 꿇고 있으라고 지시하는 거야. 근호가 문 바로 앞에 무릎을 꿇으려는 순간, 범인은 기습적으로 철문을 확 열면서 그의 목덜미에 칼을 꽂았던 거야. 근호는 즉사했겠지."

은철의 말대로라면, 근호의 시체가 쪼그려 앉은 듯한 자세로 양손을 문에 대고 있던 것이 어느 정도 설명된다.

"칼을 꽂자마자 바로 다시 문을 닫았고, 긴장한 자세로 있다가 죽은 근호는 그대로 사후경직이 시작되어, 쪼그려 앉고 문에 기댄 듯한 자세로 남은 거고."

나는 은철의 설명이 말이 된다고 생각하면서도 뭔가 석연치 않았다. 재빨리 하면 살인이 불가능하진 않겠지만, 두 가지 의문점이 생긴다.

첫째, 연경이 문을 확 연 다음 근호를 살해했다면 핏자국은 문 바깥, 우리가 선 지하실에도 조금은 튀었어야 한다. 그런데 감옥 바깥에는 핏방울 하나 튀지 않았다.

둘째, 연경이 근호를 죽이고 도망쳤다면, 굳이 시체를 다시 지하 감옥에 넣고 문을 잠글 필요가 있을까?

나는 이런 의문을 속으로 삼키고 은철에게 물었다.

"범인이 서연경이라고 단정하는 이유는?"

"나 빼고 너 빼면 연경이겠지. 연경이 범인이 아니면 네가 범인이냐?"

"나는 범인이 아니야. 자고 있었으니까. 알리바이는 따로 없지만 내 방문은 소파로 막혀 있었어."

"그래. 그래서 내가 널 믿는 거야."

"너는?"

"나?"

"그래. 내 기준에서, 표현이 좀 이상하지만, 최선의 가능성은 연경이 범인이고 네가 범인이 아닌 경우지. 사실 네가 범인일 가능성이 아예 없진 않잖아?"

이렇게 말하며, 나는 내심 주춤했다. 어쩌면 은철이 먼저 연경을 죽인 뒤 시체를 어딘가에 숨겨뒀고, 이제 날 죽일 차례라고 한다면? 내가 경계 자세를 취하자, 은철이 말했다.

"경계하지 마라. 나는 두 가지 이유에서 범인이 아니니까. 첫째로, 내가 밤중에 혼자 근호를 보러 갔다면, 그 녀석은 나를 경계하느라 문가로 오지 않았을 거야. 오직 연경이었기에 근호가 문가로 온 거야. 이해가 가?"

근호가 임준을 죽인 범인이건 아니건, 한밤중에 혼자 지하 감옥으로 내려오는 이가 있다면 당연히 경계할 터. 유일하게 근호가 경계하지 않고 문가에 딱 붙어 쪼그려 앉을 만한 상대는 연경뿐일 것이다.

"둘째로, 내가 범인이라면, 네가 쇠창살을 통해 김근호의 시체를 들여다보느라 정신이 팔려 있는 사이에 너를 죽였겠지? 네가 무방비 상태로 등을 보일 때 널 공격하지 않았다는 거. 그게 네가 날 경계할 필요 없다는 증거야."

그 말도 맞다. 그뿐 아니라 아침에 일어난 이후로 내가 방심한 순간이 한두 번이 아니다. 그러나 은철은 방심한 나를 공격하지 않았다.

"좋아. 연경이 범인이고 도망쳤다고 해보자. 그렇다면 그녀는 왜 임준이와 근호를 죽인 걸까?"

"그거야말로 전혀 알 수 없어. 경찰이 연경을 붙잡아 답을 알아내길 바라는 수밖에."

다소 석연치 않았다. 그래서 나는 은철에게 제안했다.

"일단 이 문을 따보자."

"어째서?"

"지하 감옥이 밀실이었다는 걸 확실히 하고 싶어. 안에서 열쇠가 발견되는지를 확인하고, 다른 트릭이나 장치가 사용되지 않았다는 걸 확인하고 싶어."

"경찰이 오기 전까지는 그냥 두는 게 낫지 않아?"

"그 말도 맞지만, 그렇게 따지면 토막 난 시체도 그대로 뒀어야 했겠지. 이건 그냥 내 감이지만, 석연치 않은 부분들을 해체해보고 싶어."

내가 고집 부리자 은철이 당황했다.

"열쇠가 없는데 어떻게 열자는 거야?"

"문을 부수는 한이 있어도 열어야 돼. 경첩을 공구로 따면 어떻게든 열릴 거야."

"공구가 많이 있긴 하다만….."

"잠시만."

나는 그렇게 말하며 보일러실 구석으로 갔다. 어제 쇠지렛대를 그곳에 내던졌기 때문이다. 하지만 지렛대는 보이지 않았다.

"이거 찾아?"

은철이 쇠지렛대를 들어 보였다. 내가 던진 곳이 아닌 다른 곳이었다. 내가 그 점이 이상하다고 말하자, 은철이 코웃음을 쳤다.

"네가 이걸 던진 건 어제 오전이지? 자유 시간 때 근호가 정리했나 보지 뭐."

그건 아마 아닐 것이다. 임준의 죽음 직후 단서를 찾아 지하실을 탐색했을 때에도 쇠지렛대는 그대로 있었으니까.

지금은 문을 따는 것이 중요했기에, 의심은 일단 넣어두었다. 나는 지렛대를 문 틈새에 낑낑거리며 끼워 넣으려 애썼고, 은철은 팔짱 낀 채 구경하다가 마지못해 힘을 보태줬다.

잠시 뒤, 빠각 소리와 함께 철문이 열렸다. 문이 열리자마자 양손을 철문에 대고 있던 근호의 시체가 기우뚱하며 앞으로 쓰러졌다. 우리 둘은 얼른 뒤로 물러났다.

"후우, 철문은 틀림없이 잠겨 있었어. 밀실이라는 건 이제 확실하지?"

"응. 그리고."

나는 심호흡을 한 뒤 김근호의 주머니를 뒤졌다. 그의 주머니에서 감옥 열쇠가 나왔다. 나는 열쇠를 배은철에게 보여주며 말했다.

"배은철. 네가 한 추리는 틀린 모양이야. 열쇠가 주머니 속에 있으니까. 이 문은 어제 이후로 열린 적이 없어."

기존 추리는, 연경이 범인이고, 감옥 안의 근호로부터 열쇠를 받았으며, 김근호를 문 바로 앞에 쪼그려 앉게 한 뒤, 문을 열자마자 그의 목덜미를 칼로 찔러 살해하고 다시 문을 닫고 잠갔다는 것이었다.

하지만 열쇠가 김근호의 바지 주머니 안에서 발견되었다. 기존 추리와 실제 상황을 종합해 말이 되게 하려면, 연경이 근호를 살해하고 문을 닫아 잠근 뒤, 쪼그려 앉은 자세로 죽은 근호의 바지 주머니에 다시 열쇠를 넣었어야 한다. 감옥 문 너머로, 감시창의 쇠창살 너머로 팔을 뻗는 것도 쉽지 않다. 무엇보다 쪼그려 앉은 남자 바지에 열쇠를 넣는 것은 더더욱 힘들다.

"흠, 그렇군."

은철은 아무래도 좋다는 듯한 태도였다.

"뭔가 트릭을 썼나 보지. 긴 막대기나 낚싯대 같은 걸 이용해서."

"낚싯대로 주머니 속 열쇠를 꺼내는 건 가능하겠지. 하지만 쪼그려 앉은 남자의 바지 주머니에 열쇠를 집어넣는 건 불가능에 가까울 텐데."

"평소에 연습했나 보지."

"서연경이?"

"어쩌면."

"낚싯대가 이 집에 있기는 하고?"

"낚싯대 트릭은 한 가지 예시일 뿐이야. 다른 트릭이 있을지도 모르지."

"좋아. 일단 감옥 안쪽부터 더 살펴보자고."

우리는 근호의 시체를 그대로 둔 뒤, 밟지 않고 넘어서 감옥 안으로 들어갔다.

'춥다. 너무 추워.'

어제 들어왔을 때보다 더 추웠다. 밤중에 비가 내려 기온이 더 떨어진 탓이었다. 이곳에 혼자 갇혀 추위에 옹송그리다 살해당했을 근호를 생각하니 죄책감이 몰려들었다. 아무리 의심스럽고, 잘못을 저질렀어도 이렇게 가둬서 죽게 해서는 안 되는 일이었는데.

"달리 수상한 건 보이지 않는군."

은철이 말했고, 나도 동의했다. 근호의 죽음을 제외하면, 지하 감옥은 처음 봤을 때 그대로였다. 다만 눈에 띄는 다른 흔적이 있었다.

"이게 뭐지?"

자세히 보니 근호의 뒤통수가 찢어져 있었다. 연수 위에 박힌 식칼에 가려져 잘 보이지 않았지만, 세로로 긴 열창이 하나 보였다. 은철도 자세히 들여다보더니 이렇게 말했다.

"딱딱한 둔기에 맞을 때 길게 째진 건지, 아니면 범인이 식칼로 김근호를 죽이려다 실수한 자국인지 애매하군."

"그렇지?"

둘 중 하나인 건 확실했으나 어느 쪽인지는 눈으로만 봐서는 애매했다.

거기까지 확인한 뒤, 우리는 감옥 밖으로 나왔다. 감옥의 부서진 문과 근호의 시체도 그대로 두기로 했다.

계단을 올라온 뒤 내가 물었다.

"애초에 서연경은 왜 살인을 저지른 걸까?"

"범행 동기는 경찰에게 맡기기로 했잖아?"

"바로 그게 문제야."

"무슨 뜻이야?"

"연경이가 범인이라고 치자. 우리가 모르는 원한이든 뭐든 특수한 동기로 살인을 저질렀다 치자고. 그런데 어떤 이유건 살인을 저지르면 경찰에 잡힐 것이 뻔하잖아? 그 뻔한 사실을 연경이가 모를 리가 없단 말이지. 그런데도 이렇게까지 사람을 죽이는 이유를 모르겠어."

은철의 얼굴에 괴로운 표정이 스쳐 지나갔다.

"잡히지 않을 자신이 있거나, 잡혀도 상관없다는 마음가짐이겠지."

은철의 말에 잠시 고민해봤다.

'그녀가 정말로 그런 성격이었나?'

알 수 없었다.

"정말로 모르겠군. 배은철, 같이 차를 타고 떠나자. 찻길까지 나가서, 휴대폰으로 경찰에 신고하자."

"아니. 난 연경이를 찾으러 가볼 생각이야."

은철이 북쪽 산이 있는 곳을 노려보며 말했다.

"무슨 소리야?"

"남궁혁. 열쇠를 줄 테니 너는 내 차를 타고 큰길까지 가서 경찰을 불러줘. 그리고 돌아오지 말고 그대로 탈출해. 너까지 위험을 무릅쓸 필요는 없으니까."

"너는?"

"난 서연경을 찾은 다음 자수를 권할 거야."

나는 기가 막혔다.

"연경이가 임준이와 근호를 모두 죽였는데 자수하겠냐?"

"설득해야지."

"그러다 너까지 죽어!"

"그 애를 그냥 둘 수는 없어. 사실 널 깨우기 전부터 이렇게 하기로 결정했다."

경찰을 부르는 일은 내게 맡기고, 자신은 서연경을 찾겠다는 것이었다.

"연경이 정말로 북쪽 산으로 도망쳤는지, 아예 큰길로 도망쳤는지는 알 수 없지. 어쩌면 남궁혁, 네가 연경이를 먼저 만날 수도 있어. 만약 만나면 상대하지 말고 그냥 도망쳐. 네 말빨로는 연경이를 설득하기 어려울 테니까."

은철은 모든 게 결정되었다는 듯이 말했다. 나는 녀석에게 같이 차 타고 도망치자고 간곡히 권했으나 받아들이지 않았다.

내 머릿속이 끊임없이 추론을 거듭했다.

'둘 다 수상쩍다. 서연경과 배은철 중에 누가 범인일까?'

〈독자에게 도전〉

범인은 서연경 또는 배은철이다. 범인은 둘 중 한 명이며, 공범자는 없다. 범인은 누구이며, 어떻게, 왜 살인을 저질렀는가?

12

나는 은철을 둔 채, 그의 차를 타고 큰길가까지 나갔다. 산속의 빗줄기는 여전히 억셌기에 시야 확보가 어려웠다. 돌풍이 예상치 못하게 불어올 때마다 차가 밀리는 느낌이 들었다. 춥고 겁이 나 히터를 최대로 튼 채로 차를 몰았다. 중간 중간 통화권 이탈 표시가 사라지는지 확인했다. 큰길까지 나가고 한참 뒤에야 통화권 이탈 표시가 사라졌다.

나는 112에 신고했다. 경찰 상황실은 즉시 출동하겠다고 했지만, 태풍 때문에 경찰차가 조금 늦게 도착할 수 있겠다는 생각이 들었다. 그래도 일단 한숨 돌렸다. 나는 차를 갓길에 댔다.

'범인의 동기는 정말로 뭐였을까?'

범인이 배은철과 서연경 중에 누구이건 간에, 내가 경찰에 신고한 시점에서 게임 끝이다. 그 사실을 범인이 몰랐을까?

'범인은 반드시 잡힐 것이다.'

살인 동기가 무엇이건, 범인이 얻을 수 있는 건 아무것도 없다. 폭풍 때문에 경찰이 늦게 도착한다는 것 말고는 이득이 전혀 없다.

"…"

히터 열기 속에서 나는 한 가지 깨달았다.

'이게 동기였나. 시간을 버는 것.'

나는 범인의 동기를 알아차렸다. 차를 돌려 다시 별장으로 향했다. 차를 주차하고 별장 현관문을 열려고 했다. 현관문은 잠겨 있었다.

"배은철! 나야! 문 열어줘!"

대답은 없었고, 나는 부술 기세로 현관문을 마구 걷어찼다. 그러자 잠금장치가 달칵 풀리는 소리가 났다.

나는 현관문을 열고 들어가진 않았다. 그러자 예상대로 공격이 날아왔고, 나는 뒤로 굴러서 피했다. 일어나면서 식칼로 괴한을 겨눴다. 괴한은 은철이었다.

"이런, 너였냐."

은철은 그렇게 말하며 식칼을 거뒀다. 하지만 나는 여전히 은철에게 식칼을 겨눴다. 그가 주춤했다.

"왜 그래?"

"네가 범인이니까."

"야, 방금 식칼 휘두른 것 때문에 그래? 누가 현관문을 거칠게 두들겨서 놀라서 그랬을 뿐이야."

"그것뿐만이 아니라, 네가 범인일 수밖에 없다는 결론에 도달했어."

"허, 무슨 추리라도 했냐?"

"그래."

은철은 시계를 한 번 쳐다본 뒤 내게 말했다.

"일단 들어나 보지. 읊어봐."

"소거법으로 가자. 우선, 죽은 황임준과 김근호는 자살하지 않았어."

"그건 당연한 거 아닌가?"

"확실한 것부터 지우는 거야."

"흠, 일단 말해봐."

은철은 여유로운 척했지만 내심 시간이 흐르는 게 초조한 것 같았다. 그 모습을 보자, 나는 내가 예상한 놈의 범행 동기가 사실이었구나, 싶었다.

"우선, 임준은 스스로를 토막 낼 수 없어. 자기 자신을 토막 내 죽이는 특수 장치를 설치해뒀다고 해도, 죽은 이후에 장치를 치울 수는 없을 테니 그는 자살하지 않았어."

"그야 당연하지."

"이어서 김근호도 자살하지 않았어. 밀실에 들어갈 때 식칼이 없었고, 쪼그려 앉아 양손을 철문에 딱 붙인 상태에서 자기 목덜미에 식칼을 박는 건 불가능하니까."

"그것도 당연하지. 너는 당연한 소리만 하려고 다시 온 거냐?"

녀석이 시간이 아깝다는 듯이 말했다.

"꼭 필요한 수순이니까 일단 들어봐. 이어서 내가 범인이 아닌 이유도 설명할게. 임준이 죽은 시각에, 나는 포커판을 떠난 적이 없으니 당연히 범인이 아니야. 다음 날 밀실에서 죽은 근호 사건도 내가 범인일 수 없는 이유는 문밖에 소파를 옮겨달라고 부탁했기 때문이야. 나는 방 밖으로 나갈 수 없었어. 창문으로 나갈 수는 있어도 다시 별장 안에 들어올 수는 없지. 별장의 나머지 창문과 현관은 완전히 잠긴 상태였으니까."

"그래그래, 너도 범인이 아니야. 됐냐?"

은철이 재촉했지만, 나는 당연한 사실들부터 차근차근 이어나갔다.

"너와 연경이 공범일 가능성도 희박해. 왜냐하면 내가 간파한 범행 동기의 측면에서 봤을 때, 연경 처지에서 협력의 성과가 크지 않고, 굳이 여기서 범행을 저질러야 할 극단적인 이유가 보이지 않아. 또 만약 너와 그녀의 목적이 별장의 나머지 인원을 다 죽이는 것이었다면, 우리 셋이 남아서 소파로 내 방문을 막느니 어쩌느니 할 때 둘이 날 기습해서 죽이는 게 최선이었을 거야. 그렇게 하지 않았다는 건 범인은 둘 중 하나라고 봐야겠지."

"당연한 소리는 언제 끝나냐?"

"너와 연경이 중에 범인은 단 한 명이라는 것을 확실히 하지 않고서는 추리를 더 진행하기 불가능하기 때문이야."

"아하, 본격적인 추리를 하기에 앞서 바닥을 단단히 다지겠다? 그렇게 논리의 기초를 탄탄히 다지시는 분이 사이비에는 왜 빠지셨대?"

비아냥거렸지만 나는 피식 웃었다. 왜냐하면 친구의 비아냥이 꽤 좋은 지적이라고 생각했기 때문이다.

"사실, 이 모든 게 주님의 저주가 아닐까 하는 생각도 했다. 우리 모두 단체로 홀렸다고 보지 않으면 이렇게까지 극단적인 일이 일어날까 싶거든."

"뭐?"

"아니, 아무것도 아니야. 안에 들어가도 될까?"

은철은 주춤주춤 뒤로 물러났고, 나는 별장 안으로 들어갔다. 별장 1층은 조금 전과 달라진 점이 없다.

"지금부터 네가 범인인 이유를 설명하지. 임준이 죽은 것을 제1사건, 근호가 죽은 것을 제2사건이라 하자. 네가 범인일 가능성이 높다고 처음 생각한 것은 제2사건이 끝나고, 날 별장 밖으로 내보낸 이후였어."

"그때 갑자기 트릭을 간파하셨다?"

"그래. 차 안에서 훈훈한 히터 열기를 받다 보니, 근호가 갇혀 있던 지하 감옥이 지독하게 추웠다는 것을 다시금 떠올렸지. 범인도 거기서 힌트를 얻었을 거야."

은철의 표정이 움찔했고, 나는 거실의 난로를 봤다.

"모두가 잠든 새벽에도, 아마 근호는 잠들지 못했을 거야. 왜냐하면 너무, 지독하게 추웠을 테니까."

말하면서 나는 근호를 지하 감옥에 가둔 것을 다시 한번 후회했다. 범인을 꼭 한 명 지목해야 하는 상황이었다지만, 그렇게 쉽게 우리 중 한 명을 범인으로 몰아서 가두다니. 모두가 제정신이 아니었다.

"그래서 너는 저 난로를 들고 지하 감옥으로 내려갔을 거야."

손잡이 달린 캠핑 겸용 난로였기에, 좀 무겁긴 해도 들고 내려가는 것은 어렵지 않다.

"너는 근호에게, 너무 추울 것 같아서 불쌍하다며 난로를 가지고 갔을 거야. 추위에 떨고 있었을 근호로서는 사실 네가 어떤 의도로 왔건 난로를 반길 수밖에 없지."

"착각하는 것 같은데, 난로가 있어도 지하 감옥 안쪽에 넣어줄 수는 없어. 그렇다고 근호가 자진해서 열쇠를 내게 넘겼을 것 같지도 않아. 즉 철문은 그대로 잠긴 채 닫혀 있었으므로 나는 근호를 죽일 수 없어."

"굳이 밀실을 깰 필요도 없어. 밀실 너머로 죽일 수 있으니까."

"어떻게?"

"우선, 근호를 문짝에 최대한 바싹 붙게 만드는 거지. 난로의 따스함으로 말이지."

철문이니까 당연히 열이 잘 전도된다. 은철은 난로를 들고 가서 철문 바깥쪽에 바싹 붙인 채로 난로를 켜줬을 것이다. 근호는 당연히 온기를 더 가까이 느끼기 위해 철문 안쪽에 바싹 붙었을 것이다. 자연스럽게 두 손을 철문에 붙이고 쪼그려 앉은 자세를 취했을 것이다.

"너는 근호를 그 자세로 철문 앞으로 유도한 뒤, 등 뒤에 숨겨온 둔기를 꺼냈을 거야."

"그 둔기란?"

"손잡이가 긴 쇠지렛대나 망치였겠지. 아마 쇠지렛대였을 거야."

감시창 너머로 집어넣기 좋은 흉기는 쇠지렛대일 테니까. 은철은 난로를 들고 내려가던 도중에, 내가 내팽개쳤던 쇠지렛대를 슬쩍 뒤춤에 숨겨서 감옥 앞으로 갔을 것이다.

"근호가 난로의 온기를 쐬느라 방심한 순간, 너는 쇠지렛대를 손에 쥔 다음 철문 상단의 쇠창살 안으로 손을 뻗어, 근호의 머리통을 가격했을 거야. 그렇게 근호는 즉사하거나 기절했겠지. 참고로 우리가 오늘 아침 발견한 근호 뒤통수 쪽에 생긴 열창은 바로 이때 생긴 흔적이지. 근호는 철문에 몸을 기댄 상태였기에 뒤통수에 충격이 가해지자, 철문에 바싹 붙어서 기울어진 자세를 유지했지. 그런 뒤 너는 주방에서 챙겨온 근호의 식칼을, 목덜미에 살짝 찔러. 깊게 찌르지 못한 이유는 팔과 식칼의 길이 때문이겠지. 감시창은 철문의 상단 쪽에 있었으니까. 그래서 너는 그 상태에서 다른 손에 쥔 쇠지렛대로, 살짝 박은 식칼을 내리쳐서 깊이 박아넣었을 거고. 식칼이 살짝 꽂힌 못이었다면 다른 손에 쥔 쇠지렛대가 망치 역할을 했던 셈이지. 그렇게 식칼이 깊숙이 박히면서 근호는 완전히 절명해. 이것이 제2사건의 진실이야."

"이론상 가능하다는 건 인정하지. 하지만 내가 그랬다는 증거는? 너는 아니라 쳐도, 연경이 했을 수도 있잖아?"

"그건 불가능해. 제2사건을 저지르려면 최소한 세 가지 조건이 필요해."

"세 가지 조건?"

"큰 키, 그리고 현장과 공구에 대한 이해."

연경은 우리 다섯 중 유일하게 지하 감옥을 직접 본 적이 없었다. 즉흥적으로라도 범행을 계획하려면 결행 이전에 미리 지하 감옥에 한 번 들어가 보는 과정이 필요한데, 연경은 그런 적이 없다. 현장을 모르는 그녀가 이런 범행을 생각할 수는 없을 터였다.

"그리고 쪼그려 앉은 김근호를 철문 상단의 감시창 안으로 손을 뻗어 죽여야 하는데, 연경의 키에 비하면 제법 높아. 우리 중에 키가 가장 작은 그녀로서는 불가능해."

"흠, 두 가지 부분은 반박할 수 있을 것 같은데?"

"해봐."

"가령, 우리 몰래 지하 감옥을 사전에 봤을 가능성도 있잖아? 그리고 키 문제는, 발판 같은 걸 밟고 올라갔을 수도 있고."

"전자의 가능성은 그렇다 쳐도 후자는 어려워. 왜냐하면 난로를 이미 철문에 바싹 붙여둔 상태니까."

"아."

"키가 큰 사람도 난로가 거치적거리는 것을 감수하고 둔기를 휘두르는 게 불편할 정도인데, 키가 작은 연경이 난로 옆이나 뒤에 발판을 두고 그걸 밟고 올라갔다면 자세가 더 불안정해질 거고, 쇠지렛대를 휘두를 각도가 여의치가 않게 돼. 과연 범인이 그런 불안정한 자세와 각도로 살인을 시도할까? 한 번이라도 빗나가면 근호는 감옥 안쪽으로 달아날 테니까 기회는 한 번뿐인데? 그러므로 서연경은 범인이 될 수 없어. 그리고 내가 눈치챈 범행 동기까지 합치면, 네가 범인일 가능성은 더 늘어나."

은철은 반발하지 않았다.

"뭐, 그렇다고 치던가. 그러면 제1사건은 어떻게 설명할 생각이지?"

"90퍼센트쯤 추론을 했지만, 아예 보면서 설명하고 싶군. 수영장으로 같이 가도 될까?"

"그러지."

빗물에 희석된 핏물의 수영장. 토막 난 시체는 풀장 옆에 그대로 있었다.

"경황이 없어서 대보진 않았지만. 우리가 발견한 실톱의 굵기와 시체 절단면의…."

"일일이 짚고 넘어가는 건 됐고, 트릭이나 말해."

배은철이 짜증을 냈다. 나는 고개를 끄덕인 뒤, 점프대를 살펴봤다.

'역시 있군.'

점프대의 하단 부분에, 무언가에 가로로 긁힌 흔적이 있었다. 건너편 사다리에 있는 가로 흔적과 동일했다.

"제2사건과 제1사건의 범인이 같다고 가정한다면 오히려 쉬워. 이상함을 깨달은 건 시체 토막을 건지다가 물에 빠졌을 때였어."

지금 생각해도 괴롭다. 그냥 수영장 물을 왈칵 삼켜도 기분이 안 좋은데, 황임준의 핏물로 된 수영장 물을 들이켰으니.

"허우적거리다가 수영장 사다리를 붙잡고 빠져나올 때, 급한 마음에 사다리의 세로대를 붙잡았다가, 가로로 긴 홈집을 만지게 됐어. 그건 분명 낮에 수영할 때는 없던 흔적이었지. 흔적들은 두 개의 사다리에 모두 있어서, 총 네 개의 흔적이었어."

"…"

"그때는 그냥 넘어갔지만, 가로로 난 가는 흔적은 아무리 봐도 인위적이었어. 그래서 사건과 관련이 있다고 판단하고 고민해봤지. 나는 그것이 와이어 같은 걸 아주 세게 묶었을 때 생기는 흔적일 가능성을 떠올렸어. 그 가능성이 맞는지 확인하려면, 각 사다리의 반대편, 즉 점프대 쪽을 살펴봐야 했어. 같은 흔적이 일정한 간격으로 있는지 확인해봤지."

"그 흔적을 지금 발견한 거군."

"맞아. 그리고 지금 막 모든 추리가 완성됐어. 너는 전공을 살려서 살인을 저지른 거였어."

나는 심호흡을 한 뒤 선언했다.

"어제, 너는 산학협력 중인 공장에서 새로운 탄소강 와이어를 개발했다고 했지. 아마 그건 매우 예리하고 가늘고 튼튼한 것이겠지. 너는 사전에 그걸 챙겨온 거야."

프로토타입으로 제작한 탄소강 와이어 일부를 몰래 훔치거나, 실험용이라는 명목으로 적당히 받아왔을 수도 있다. 그것을 몸에 숨긴 채 가지고 온 것이다.

"너는 우리가 포커를 치러 2층으로 모이기 이전의 자유 시간 때, 임준을 만났을 거야. 그리고 그를 부추겨서 좋은 유튜브용 영상을 몰래 찍어주겠다고 꼬드겼지. 그것은 3층 발코니에서 1층 수영장으로 뛰어내리는 것이었어."

임준은 스포츠에 능했다. 지금도 헬스 유튜브 채널을 운영 중이고, 한때는 익스트림 스포츠를 즐겼으며, 위험한 장난도 곧잘 했다.

물론 그런 임준의 기준에서도 3층 발코니에서 수영장으로 뛰어내리는 것은 위험한 일이었다. 그럼에도 은철의 제안을 의심 없이 받아들인 이유는, 자극적인 영상을 찍어야 하는 절박함 때문이었다. 결혼을 앞둔 그는 돈이 꼭 필요했다.

"내가 임준에게 그런 제안을 했다면, 그는 왜 너희들에게 비밀로 했을까?"

"아마 두 가지 이유였겠지. 첫 번째는, 그 편이 더 재밌으니까. 몰래 기행을 벌이는 장면을 영상으로 올린 뒤, 친구들 반응을 보는 게 임준 성격에 더 맞았으니까. 두 번째는 연경이 때문이었어. 임준은 연경에게 붙잡혀 사는 정도는 아니었지만, 당연히 약혼자가 위험한 다이빙 영상을 찍는 걸 허락할 리가 없겠지? 그래서 너와 임준은 다른 사람들에게는 알리지 않고 몰래 하기로 했던 거고."

"흠, 그렇다 치고, 구체적으로 어떻게 했는지도 설명할 수 있나?"

"그래. 임준을 속인 너는, 저녁 이전의 자유 시간에 혼자서 수영장으로 갔어. 산속이라 저녁 무렵에는 쌀쌀했으니까, 수영장에 사람이 오지 않을 거라는 걸 예상했겠지? 너는 그곳에서 아까 말한 탄소강 와이어를 총 네 줄로 연결했어. 각각 사다리의 세로대에 두 개씩 총 네 개. 마찬가지로 점프대의 하단부에 두 개씩 총 네 개. 수영장의 양쪽 끝을 길게 가로지르는, 잘 보이지 않는 팽팽한 네 개의 와이어 함정이 만들어진 거지."

"아무리 그래도 낮에는 눈에 띄지 않나?"

"감추기 좋은 게 있지. 방수포. 아예 통째로 덮어두는 거지. 마침 근호가 미리 방수포를 쳐뒀으니, 너는 그걸 살짝 걷었다가 와이어 함정을 설치한 뒤 다시 덮으면 그만이지. 그리고 밤이 오면, 임준과 너는 차례로 포커 판에서 일어나. 동시에 떠나면 연경이 의심할지도 모른다고 그를 속였겠지. 임준은 오후 8시에 통화를 하러 멀리 나간다고 둘러대며 떠났어. 하지만 바깥으로 나간 게 아니라, 너와의 촬영 약속을 진행하기 위해 살금살금 3층 발코니로 이동해 대기한 거야. 너는 8시 30분쯤, 화장실에 다녀온다고 거짓말을 한 뒤 수영장으로 이동해서 방수포를 걷었어. 물론 방수포 아래에는 미리 설치해둔 살인 와이어 함정이 그대로 남아 있었고. 임준은 3층에 있고, 수영장의 야간 조명은 어두운 편이라서 가느다란 와이어는 눈에 보이지 않았을 거야. 너는 스마트폰으로 그를 촬영하는 척하고, 뛰어내려도 좋다는 손짓 신호를 보내지. 임준은 그걸 믿고, 양팔을 높이 뻗은 채…."

나는 이 살인에 담긴 참혹함 때문에 말을 멈췄다. 이 살인이 정말로 참혹한 이유는 시체가 여러 토막이 났기 때문만이 아니다. 친구의 믿음을 이용한 살인이기 때문에, 피해자인 임준이 친구의 말을 그대로 믿었기에 성립할 수 있었던 트릭 때문에 참혹한 사건이었다.

　"…임준은 네 신호를 믿고 뛰어내렸어. 그냥 뛰는 게 아니라, 팔을 머리 위로 쭉 뻗은 채, 최대한 과감하고 멋있는 포즈로 뛰어들었지. 그리고 와이어는 그런 황임준의 몸을 여러 토막 냈고, 토막 난 시체는 수영장에 그대로 빠지게 되는 거야."

　발코니에서 내려다 봤을 때 가장 위에 설치된 와이어를 제1와이어라 하고, 위에서 아래 순서대로 제2, 제3, 제4와이어라고 할 때, 제1와이어는 양쪽 손목을 절단하고, 제2와이어는 목과 양쪽 어깨를 절단하고, 제3와이어는 상복부와 하복부 사이를 절단하고, 제4와이어는 양쪽 무릎 쪽을 절단했다.

　이것이 시체가 기괴하게도 몸 곳곳이 대칭 형태로 토막이 난 이유다. 임준이 친구를 믿고 손을 위로 뻗은 채 풀장으로 똑바로 뛰어내렸기 때문이다.

　"임준이 토막 나서 물에 빠지는 걸 확인한 너는 즉시 와이어를 수거하고, 미리 준비한 돌 따위의 적당한 무게추에 잘 감은 뒤 수영장 한 귀퉁이에 빠뜨렸을 거야. 핏물로 변한 수영장 밑바닥에 숨겨두면, 경찰이 본격적으로 조사하기 전에는 쉽게 발견되지 않을 테니까. 우리를 속이는 건 쉬운 일이었겠지. 그렇게 한 뒤, 너는 재빨리 네 방으로 돌아와 몸에 향수를 뿌리고 즉시 포커판으로 복귀했지. 빠듯하지만 이 모든 건 10분 안에 가능해."

　"거기에는 오류가 있어."

　"또 거짓말이야?"

　"아냐. 와이어를 수영장 바닥에 가라앉혔다는 부분 말이야. 나는 그걸 회수해서 계속 숨겨두고 있었어."

"어디에?"

"몸에 지니고 있었어."

"계속 지니고 있었다고?"

"그래. 소지품 검사를 제안한 것은, 몸 수색을 막으려는 선제적 조치였지."

"만약 연경이 일일이 옷을 벗고 신체검사까지 하자고 했다면?"

"그랬다면 곤란했겠지만, 다행히 근호가 몰카범이라는 게 먼저 들켰지."

"설마 그것도 이미 알고 있었다고?"

"아니. 그 부분은 우연이었지만, 나는 어떻게든 근호를 범인으로 몰 자신이 있었어. 그리고 근호를 범인으로 몰면 너는 당연히 가장 친한 친구인 내 편을 들 테고."

"엄청 계산적이군."

"그래. 뭐, 네 추리는 다 맞았다고 치자. 다음은?"

"네 말대로 굳이 유도할 것도 없었어. 연경은 마음속으로, 몰카범인 근호를 범인으로 점찍은 듯했으니까. 그리고 다 함께 그를 범인으로 몰아서 지하 감옥에 가뒀지. 감옥에서 근호를 죽이는 트릭은 이미 설명했으니 생략하지. 문제는 이 뒷부분인데."

나는 심호흡을 했다. 내 짐작이 맞다면, 이제 범인의 추악한 범행 동기를 말해야 한다.

"그런 다음 너는 깊은 새벽에 몰래 연경의 방으로 가. 그녀는 함부로 들어오는 자를 죽이겠다고 했지만, '근호가 감옥에서 자살한 것 같아!'라는 식으로 속이면 나오지 않을 수 없겠지. 연경이 방 밖으로 나오고 조금이라도 등을 보이면, 너는 그녀를 제압하고 별장 어딘가에 숨겨두는 거야. 그런 다음 나를 깨웠어. 네가 오늘 아침부터 이 귀찮은 연극을 펼친 이유는, 단 한 가지 이유 때문이었어. 나를 죽이지 않고 별장에서 내보내는 것."

"흠. 그 이유는?"

"나, 남궁혁은 너의 가장 소중한 친구니까."

그랬다. 은철이 근호를 죽인 이유는, 아마도 세 가지였을 것이다. 첫째, 자신의 최종적인 범행 동기를 충족시키기 위해 불필요한 존재인 근호를 죽이려고. 둘째, 몰카 행위가 괘씸해서. 은철은 정말로 연경을 좋아했으니까. 셋째, 내게 시체를 보여주고, 충격과 혼란을 줘서 떠나게 만들려고.

특히 세 번째 이유가 내게 적중했다. 근호가 기묘한 밀실에서 살해된 장면을 보면 나로서는 '은철 아니면 연경이 범인이다. 위험하다'라고 생각할 수밖에 없고, 최대한 빨리 별장을 떠나야 한다고 믿게 된다. 은철은 연경이 범인이라고 몰아갔고, 실제로 나는 그가 시키는 대로 혼자 탈출했다.

"…그 이후는 우리가 다 아는 그대로지. 진실을 깨달은 나는 돌아왔고."

"훌륭하군. 다 맞아. 사실 너를 죽이지 않고, 상처만 입혀서 제압할까, 생각도 했었어. 하지만 너도 성깔이 있는 놈이라 안 죽이고 절묘하게 제압할 자신이 없더군. 그래서 널 내보내기 위해 이 모든 귀찮은 짓거리를 한 거다."

다시 말해, 날 내보내겠다는 이유가 없었다면, 감옥에 갇혀 있는 근호를 반드시 죽이진 않아도 됐다는 소리였다.

"네 살인 동기, 최종 목적에 대해 말해야겠군."

"그 부분은 짧게 하지. 나는, 나와 연경. 이렇게 둘만 별장에 남기를 원했다. 아주 잠깐이라도 좋으니까."

더 자세하게 풀어서 말할 수도 있었지만, 일단 넘어가기로 했다. 정말 물어봐야 할 건 따로 있었으니까.

"연경이는 살아 있겠지?"

"그래. 새벽에 기절시키고 팔다리를 묶어서 3층 내 침대 밑에 숨겨뒀다가 네가 떠난 직후에 침대 위에 올려뒀어."

"네 침대가 아니라 김근호의 침대겠지."

"아니, 내 침대야. 김근호는 죽었고, 나는 정당하게 그걸 빼앗은 거니까."

"친구를 속이고 죽이는 걸 정당하다고 하냐?"

"친구는 두 종류가 있지. 찐친과 그렇지 않은 친구."

"개소리 말고."

말은 이렇게 했지만, 녀석이 나를 그냥 친구가 아니라 진짜 친구라고 해준 게 아주 조금 기분이 좋았다. 녀석은 피식 웃으며 자신을 정당화했다.

"내 살인은 법적으로 정당하지 않지만, 근호와 임준의 것을 빼앗은 나는 정당한 권리를 얻었다고 본다."

"어떤 논리로?"

"ㄱ야, 나는 처벌을 각오했잖아."

은철은 내게 강의하듯 말했다.

"너도 경찰에 체포되지 않는 것이 내 최우선 목표가 아니었다는 걸 알 거다."

나는 이해했다. 은철이 두 사람을 몰래 죽인 건 경찰에게 잡히지 않기 위해서가 아니라, 최종 목적, 즉 자신과 연경만 남을 수 있도록 환경을 조성하기 위해서였다. 경찰에 영영 잡히지 않는 것이 최우선 목적이라면 용의자가 한정된 별장에서 살인을 저지를 이유가 없고, 입을 막으려면 나까지 이미 죽였어야 했다.

"나는 경찰에 붙잡혀서 사형당해도 상관없어. 단, 나중에. 네 말대로 내 최종적인 범행 동기는 연경과 단둘이 남는 것. 그리고."

은철은 막상 자기 입으로 말하려니 창피한지 잠시 머뭇거렸다. 그리고 이어서 말했다.

"동침하기 위해서였어."

은철은 기괴할 정도로 수줍은 말투로 말했다. 도저히 믿고 싶지 않은 추악하고 광기에 찬 살인 동기였다. 황임준을 죽인 건 연경의 약혼자이니까 방해가 되어 살해한 것이었다. 김근호를 죽인 것도 별장의 소유주이니 방해가 되는 데다, 다음 날 아침 밀실 살인으로 나를 놀라게 하는 데 쓸모가 있기 때문이었다. 나는 그나마 은철의 진짜 친구니까 안 죽이고 내보낸 것일 뿐. 그렇게 훼방꾼을 다 죽이거나 내보낸 뒤, 연경과 단둘이 남아 동침하는 것. 이것이 은철의 목적이었다.

"동침 같은 소리하네. 살인 강간범 새끼. 진심으로 하는 소리냐? 처음부터 이걸 다 계획한 거라고?"

"그래. 네 말대로야. 다 진심이고, 미리 계획했어. 너라면 이해할 텐데."

"내가? 역겨운 범행 동기를 이해한다고?"

"너도 한때 미쳤었잖아. 도박에, 종교에."

은철은 딱히 날 비난하려는 기색 없이 설명했다.

"상식적으로 도박에서 자꾸 지면 중독에서 해방되어야 하지. 하지만 실제로는 그렇지 않아. 잃으면 잃을수록 더더욱 매달리게 돼. 종교도 마찬가지고. 아무리 질문해도 답변하지 않는 주님일수록, 신도는 더더욱 간절하게 매달리곤 하잖아? 그런 주님을 위해서라면 현세의 상식이나 가치는 의미를 잃어버려. 오직 주님에게만 매달리게 되지. 내게는 서연경이 도박이었고, 한 번이라도 좋으니 그녀를 안아보는 게 구원이었어. 그러니 연경과 동침한 뒤에는 아무래도 상관없어. 경찰에 체포되고 사형수가 되어 죽어도 상관없어."

허세가 아니라는 건 분명했다. 하지만 그냥 떠들게 둘 수도 없었다.

"아니. 너는 지금 합리화하고 있어. 모든 토막살인, 밀실 살인범은 죄다 미쳤지만, 자기만의 논리를 가지고 있었지. 지금의 너처럼."

은철은 화내지 않았다. 이미 자신이 미쳤다는 것을 인정하는 놈을 도발하는 것도, 설득하는 것도 쉽지 않았다. 나는 방향을 틀었다.

"하여간, 네 말대로라면 연경을 죽이진 않겠군?"

"그래. 내 여자니까 죽일 생각도 없다. 말했듯이 내 소원만 끝나면…."

"그러면 그녀를 보여줘. 살아 있다는 걸 확인하지 못한 이상 네 말이 진실인지 알 수 없지."

은철은 잠시 망설이다가 수긍했다.

"좋아. 따라와."

연경은 3층 침대에 누워 있었다. 입은 테이프로 막혀 있었고, 손등과 발등을 탄소강 와이어가 꿰뚫고 있었다. 손목 발목을 묶는 것보다 더 잔혹하고 확실한 방식이다. 그녀는 입을 틀어막힌 채로 울부짖고 몸을 뒤틀었지만, 그때마다 손과 발의 구멍만 찢어질 뿐이었다.

"꼭 저렇게 해야 했나?"

"내게도 시간이 많지 않으니까. 아닌 게 아니라 네 탐정 놀이에 맞춰주느라 시간을 너무 많이 지체했군. 연경이 확실히 살아 있는 걸 봤으니 됐지? 이제 마지막 제안이다."

은철이 칼로 계단을 겨눴다.

"지금 즉시 떠나라. 멀리 떠나도 좋고, 싫다면 별장 밖에서 기다려. 경찰이 오면 네가 안내하던가."

"연경을 풀어줘."

"안 죽였잖아. 지금은 저항 중이지만 곧 내 마음을 받아줄 거다."

"저런 식으로 구속하는 것 자체가 비정상이고, 그녀가 널 좋아하게 되는 건 더 비정상이지."

"비정상이라도 상관없어."

"아니, 상관있어. 그럼 넌 날 왜 구했냐?"

"어?"

"사이비 종교에 심취한다고 다 죽는 건 아니야. 몸과 정신이 속박된 상태가 될 뿐이지. 하지만 너는 그런 나를 구하러 단식원까지 찾아왔었지. 정말 비정상이라도 상관없다면, 왜 그때 날 구하러 왔었냐고!"

은철은 당황했다. 나는 연경을 가리켰다.

"네가 미친 종교로부터 나를 구했듯이, 나는 지금의 연경을 미친 너로부터 구하겠다."

"…말이 안 통하는군. 죽지 않을 정도로만 제압하겠다."

은철이 내게 달려들었다. 예상은 했지만, 막상 싸우려니 몸이 굳어버렸다. 바로 어깨에 칼을 맞았고, 칼을 떨어뜨리며 한쪽 무릎을 꿇었다.

"멍청한 자식. 네가 날 이길 수 있겠냐?"

놈이 날 비웃었지만, 나는 어느 정도 예상, 아니 믿음을 가지고 있었다. 은철이 날 깊게 찌르진 못할 거라는. 찔리면 그대로 쓰러지는 척하면서 자세를 낮게 깔고 기습하기로 마음먹고 있었다.

쉬익! 내가 던진 참회교의 목걸이가 놈의 얼굴에 꽂혔다. 사람의 눈은 좌우에 달려 있어 밑에서 위로 갑자기 올려 치는 기습에 약하다던가? 참회교의 삐죽삐죽한 목걸이에 맞은 놈이 움찔하며 눈을 감았다. 그 틈에 나는 놈의 하복부를 향해 몸통 박치기를 먹이며 끌어안고 밀어붙였다.

계획대로 성공했다. 나 자신도 믿지 못할 힘으로 놈을 계속 밀어붙였고, 우리는 발코니로 가는 창문을 깨고, 난간을 부수고, 아래로, 수영장으로 함께 떨어졌다. 떨어지면서 주마등처럼, 첫날의 기억이 떠올랐다. 블루 마가리타 어쩌고 하며 떠들던 즐거웠던 순간.

우리가 함께 내지른 비명은 수영장의 첨벙 소리와 꾸르륵 소리에 덮였다. 안 죽고 풀장 속에 함께 떨어진 모양이다.

핏물 속에서 몸싸움을 벌였다. 놀랍게도 내가 더 유리했는데, 핏물에 한 번 빠진 경험이 있기 때문이었다. 은철은 처음 빠져보는 핏물 풀장 속에서 기겁했고, 나는 놈을 물밑으로 자꾸 끌어내렸다. 핏물을 잔뜩 삼킨 녀석은 맥을 못 췄다. 나는 기회를 틈타 위로 올라가 크게 숨을 한 번 쉬고, 다시 놈을 위에서 찍어 눌렀다. 놈의 저항은 점점 더 약해졌다.

부옇게 분비물이 깔린 수영장 바닥에서, 나는 은철을 죽였다. 내 가장 친한 친구, 내 멱살을 잡고 꺼내줬던 은인, 그리고 다른 친구들을 죽인 살인자의 시체를 그대로 둔 채 혼자 수영장 밖으로 나왔다.

타일 바닥에 쓰러져 울다가, 은철의 칼에 찔린 어깨의 상처가 벌어지고 피가 콸콸 쏟아지고 있다는 것을 깨달았다. 나는 대충 손으로 틀어막은 채 움직이기 시작했다. 3층까지 올라가서 연경을 구해야 했다.

기력이 모자라서 도저히 해낼 수 없겠다고 생각한 순간, 경찰이 도착해 문을 두드리는 소리가 들려왔다.

나는 안심하고 눈을 감았다.

에필로그

경찰이 출동했다. 별장 3층에서 한 여성을 구조했다. 그리고 남자 네 명의 시체를 발견했다. 한 명은 지하실의 감옥에서, 나머지 셋은 수영장에서 발견되었다. 수영장에서 발견된 시체 중 하나는 하루 전쯤에 일정한 크기로 토막 난 상태였고, 한 명은 익사했으며, 마지막 한 명은 과다 출혈로 죽은 지 얼마 안 된 상태였다.

지하의 감옥에는 그림이 있었는데 커다란 거인 한 명과 거인을 숭배하는 열두 명의 작은 인간들의 모습이었다.

김범석 2012년 《계간 미스터리》 여름호에 실린 〈찰리 채플린 죽이기〉로 신인상을 받았다. 10편 이상의 단편 추리소설을 발표했다. 발표한 주요 작품으로는 〈역할분담살인의 진실〉, 〈일각관의 악몽〉, 〈오스트랄로의 가을〉, 〈휴릴라 사태〉 등이 있으며, 오디오북으로 제작된 〈범인은 한 명이다〉, 오디오 드라마로 각색된 〈고한읍에서의 일박이일〉, 〈시골 재수 학원의 살인〉, 〈드라이버에 40번 찔린 시체에 관하여〉가 있다. 현재 웹소설과 추리소설을 동시에 준비 중이다.

단편소설

망 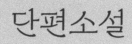 무경

살인자의 냄새 ✦ 홍선주

망

무경

나라가 망했네.

기별도 없이 찾아온 박 공이 대뜸 말했다.

할 말부터 던지는 게 지극히 그다웠다. 늘 용모 단정하게 가다듬는 수수하고 고루한 선비처럼 꾸몄지만, 깊은 흉중엔 마른 섶에 덤벼드는 불꽃처럼 격렬한 성정이 끓는 걸 나는 알고 있었다.

제기랄. 기어이 그리되고 만 겁니까?

흙바닥에 쓴 언문 낙서를 발로 지우며 대답했다.

박 공이 입은 평복 도포가 눈에 설었다. 일로 불려갔을 때는 둥근 깃의 단령을 입은 걸 보았고, 그가 간혹 찾아올 때는 양복 차림이었다.

사내정의* 놈이 가져온 병합 조약 문서에 일당**이 서명했네.

그가 입에 올리는 드문 말은 이미 귀에 익다 못해 박혀버린 뒤였다.

거기 곧 황제 폐하의 인장이 찍히겠지. 길어야 일주일일까.

머뭇거리던 박 공이 결국 씹어뱉듯 말을 이었다.

이제 대한국은 없네. 근역강토가 모두 일본 것이 되었어.

---

* 寺内正毅, 당시 조선 통감 데라우치 마사타케.
** 一堂, 이완용의 호.

귀가 먹먹했다. 꼼짝도 할 수 없었다. 구석진 골목 위 하늘이 흐리고 허했다. 비가 올 것 같지도 청명하게 갤 것 같지도 않았다. 8월의 더위는 구름 아래 꽉 막혀 헛되이 맴돌았다.

박 공이 허리를 굽히고 장죽을 주워 내게 내밀었다.

잠깐 사이 손에서 장죽이 떨어져버린 줄 미처 몰랐다. 연통에 갓 담아 겨우 불붙인 담뱃잎이 바닥에 흩어져 흙투성이가 된 채였다. 이파리에 머금었던 불그스름한 불기운은 죄 사그라지고 희끄무레한 재만 남았다.

쌈지를 끌러 썬 담뱃잎을 집었다. 이파리 누르는 손가락이 여러 차례 미끄러지고 나서야 겨우 연통을 채울 수 있었다. 부싯돌을 꺼내 부시를 쳤지만, 몇 번을 부딪쳐도 돌 소리만 성마르게 튀었다. 결국 거친 입소리를 내고야 말았다.

이완용이 놈이 칼 맞고도 정신을 못 차렸군요. 천지신명은 대체 어디 자빠져 있는 건지. 그딴 놈에게 재깍 벼락 내리지 않고.

누르고 또 눌렀다 꺼낸 말인데도 날이 선 채였다. 말을 삼가라는 불호령이 떨어질 터였다. 나는 기다렸다.

하지만 박 공은 나를 꾸짖는 대신, 비쩍 마른 오른손으로 왼 소매를 뒤적여 종이 성냥을 꺼낼 뿐이었다. 성냥갑 겉에 왜국 문자가 쓰여 있었다.

왜놈 걸 왜 쓰십니까? 꼴도 보기 싫습니다.

다시 싫은 소리가 나왔다.

일본 놈들이 패악한 짓을 한 거지, 일본 성냥에 뭔 잘못이 있겠나.

결국 그놈들이 만든 거잖습니까. 패악한 성정이 거기에도 묻어 있겠지요. 자.

박 공이 성냥을 불붙여 내밀었다. 나는 장죽을 마주 내밀었다. 성냥에 맺힌 불이 담뱃잎으로 옮겨 붙어 연기를 파르르 피웠다. 손에 쥔 부싯돌이 그렇게 쓸모를 잃었다.

다시 부시 집어넣는 손놀림이 갑갑하고 애매했다. 내 처지가 이 돌멩이나 쇳조각과 같아지고 만 참이었다. 이제 내가 뭘 할 수 있나? 아무것도 하지 않느니 담배라도 입에 대야 했다.

이놈의 연초, 꼭 대한국 꼬락서니 같군요. 왜놈 불이 제 몸 살라 집어삼키는 줄도 모르고 연기만 풀풀 피우다 잿더미만 남았으니.

거친 말이 계속 치밀어 올랐다. 박 공은 나를 지켜볼 뿐이었다.

불퉁거리는 소리를 낼 때마다 곧장 야단치는 사람이었다. 이런저런 궂은일을 해오면서도 선비로 남으려던 이였고, 오래 물들인 습 때문에 거느린 자가 거친 소리 뱉는 걸 두고 보지 못하는 사람이었다.

그런 이의 타박이 사라졌다.

심상치 않은 조짐이었다.

자네 좋아하는 진안초인가?

우두커니 서 있던 박 공이 한참 뒤에 물은 게 고작 그것이었다.

오늘은 금광초입니다. 시전에 좋은 잎이 없어서요.

그 장죽, 참 오래 쓰는군. 부산죽이었지?

이놈에게 이걸 주신 게 나리셨잖습니까?

변죽만 울릴 뿐인 물음을 받으니, 대답도 퉁명스러워졌다.

7년 전 겨울에, 왜놈들이 곧 아라사 군대와 들이받을 것 같으니 사정 살피겠다며 왜국에 가셨잖습니까? 그 길 돌아오실 때 부산에서 산 거라며 주셨지요.

그랬었지. 맞아, 그랬었어.

박 공의 맞장구가 공허하게 울렸다.

게다가 죽통은 몇 번이나 갈았지요. 대나무가 부산 건지 담양 건지 강릉 건지 알 게 뭐랍니까?

불퉁거리는 대답을 마저 뱉고 담배를 빨아들였다. 진득한 한 모금을 삼키자 버릇처럼 한숨이 나왔다. 나는 내 한숨 소리를 듣기 싫었고 남이 듣는 걸 더 싫어했다. 뿜어내는 연기로 한스러운 소리 숨기려 담배를 더욱 가까이 두었던 걸까?

이놈이 담배 피우는 모양새가 궁금해서 오신 건 아닐 테지요.

괜한 생각을 흘리려 객쩍은 말이 흘러나왔다.

구중궁궐의 온갖 일 놔둔 채 왜 홀로 여기 오신 겁니까? 이놈에게 나라 망했다는 소식 전하려요?

그렇지.

농이 지나치십니다.

자욱한 담배 연기가 박 공의 모습을 흐릿하게 가렸다.

말을 듣고자 오신 게 아닙니까? 이놈이 앞으로 어떻게 처신할지를요.

때 아닌 빛이 드리워졌다.

갑작스러운 여름 햇빛에 일굴을 찌푸렸다. 여름은 싫었고 햇빛은 더욱 싫었다. 그늘진 아래에 있기 편한 몸이 된 지 오래였다. 구름이 걷히고 해가 다시 보이려는 건가?

하지만 정작 해는 드러나지 않았다. 빛은 다시 구름에 가려졌다. 박 공의 얼굴에도 짙고 어두운 그림자가 졌다. 나는 툭 말을 던졌다.

소매에 무슨 무거운 걸 넣으셨습니까? 보아하니 양놈 물건이 든 거 같습니다만.

거참, 자네 눈썰미는 여전히 무섭구먼.

박 공의 오른손이 다시 왼 소매로 움직였다.

앞으로 자네가 어떻게 할지 듣고 싶어서 가져왔네.

짐작한 대로였다.

풀 먹여 빳빳하게 다렸지만 허름함을 숨기지 못하는 저 도포 소매 안에는 박 공과 어울리면서 길게 보아온 물건이 감춰져 있었다. 박 공과 오래 일하던 와중 그것이 돌연 나를 향할지도 모른다고 생각 지어본 적도 있었다. 하지만 장난처럼 떠올렸던 몽상이 이렇게 사실이 될 줄은 몰랐다.

박 공은 어떤 대답을 기다리고 있을까?

내가 낼 답은 박 공도 알 터였다. 내가 가늠하지 못하는 건 단 하나, 그것이 마지막 말이 될지였다.

나리가 품은 뜻부터 알려주시지요.

말이 거침없이 나왔다.

박 공은 놀라지 않았다. 윗사람에게도 조심스레 말 내뱉는 성미가 아닌 걸 알기 때문일 것이다.

복벽. 황제 폐하께서 다시 이 나라 다스리길 바라는 마음이지.

참으로 천연덕스레 거짓말을 하십니다.

거짓말이라고?

박 공이 되물었다.

이놈이 책쾌*로 산 게 벌써 십수 년입니다. 온 조선 천지 쏘다니며 먹은 눈칫밥이 어디 가지 않으니, 나리가 흉중에 뭘 품고 있는지 모를 만큼 아둔하진 않습니다. 2년 전 이놈과 뭘 했는지 기억하시지요?

대답은 없었다.

이놈이 나리를 의병들 무리 한가운데로 안내했던 거 말입니다.

나는 괜한 말을 덧붙였다. 하지만 박 공이 그날을 잊을 리 만무했다.

태황제 폐하의 어심이 대한국 13도에서 모였다는 의병에게 기울여질 만한지, 그들에 기대어 황실의 무궁함을 바랄 수 있을지 가늠해야 했지요. 총알 오가는 위험한 곳까지 직접 가셨던 게 그 때문이었잖습니까.

말을 멈추고 담배를 한 모금 빨아들였다.

아직도 떠오릅니다. 의병 대장과 말 나누던 나리가 별안간 언성을 높였던 것을요.

일부러 덧붙인 말이었다. 나는 대꾸가 돌아오길 기다렸다.

묵묵부답이었다.

입에 고인 침을 흙바닥에 뱉었다. 입속이 떫기만 했다. 담뱃잎에 꿀물을 덜 적셔서일까? 쓰고 떫은 입에 머금은 말은 당연히 달짝지근하게 나오지 않았다.

대장이 부친의 삼년상을 치르러 가겠다고 말해서였지요. 나리는 대뜸,

---

* 冊儈, 조선 후기 상업적 목적으로 책을 유통하던 전문 서적상.

나라의 존망이 경각에 달린 중차대한 때에 나라를 버리려는 거냐고, 그러고도 네놈 무리가 '의義'라는 글자를 내걸 수 있냐고 일갈하셨더랬죠.

기억도 잘하는군.

뒤늦은 대꾸가 나왔다.

잘할 수밖에 없습죠. 이놈이 기억 잘하는 재주로 여태 무슨 짓을 해왔는지 이놈보다 더 잘 아시잖습니까? 그 덕에 나리가 오늘 수고로이 여기까지 찾아오신 거지요.

입이 자꾸 말랐다. 당신이 품은 어둠을 나도 알고 있다고 에둘러 말하기 쉽지 않았다.

말하지 않았다면 곧 정해질 생사길이 혹 달라질지도 몰랐다. 하지만 이놈의 성미는 도대체 느직이 말 묵히거나 듣기 좋도록 곱게 뱉어낼 줄 몰랐다.

바보천치라도 나리가 품은 답답함을 알아차렸을 겁니다. 물론 의병 대장의 마음도 마찬가지로 알았을 거고요.

그자의 마음?

딴에는 명망 높은 이에게 자리 주고 뒤를 맡기는 게 더 낫겠다고 여겼을 겁니다. 합류하기로 한 자들은 왜놈 총에 패퇴해 쓰러지고, 지위는 아래이나 명망은 저보다 높은 이들을 제 뜻 아래로 모으기 난감하였으니, 대장이 보기엔 능력 부족한 자신보다 남은 그들이 더 큰 공을 세울 수 있다고 보았을 테니까요. 나리는 그가 비겁하게 도망치는 걸로만 봤겠습니다만.

그때는 나도 절박했으니까.

박 공의 말에 처음으로 삼엄한 기운이 빠졌다. 힘 빠진 말은 탄식을 닮았다. 하지만 왼 소매 안 무언가를 거머쥔 마른 오른손에는 오히려 힘이 들어갔다. 긴 세월 꾸며온 거짓 치장을 모두 버리고 남은 뜻은 그처럼 단단할 터였다.

그 병력이 희망이었네. 하늘의 뜻이 우리에게 있다면, 충무공이 바다에서 했던 것처럼 산더미 같은 저들의 군대를 일거에 몰아낼 수 있을 거라고, 다시 황제의 위엄을 세울 잠깐을 벌 수 있을 거라고 여겼지.

나리답지 않습니다. 그런 막연한 기대를 다 하셨다니요.

나도 사람이야. 오장육부 속 희로애락에 휘둘린다네. 여태 내색하지 않았을 뿐이지.

담담한 대답이었다.

박 공은 궁내부에서 이런저런 관직을 전전하는 이였다. 아랫사람에게 지시 내리기만 할 뿐 공들여 친교를 다지려 하지 않아, 우리 눈에는 그저 황제 폐하의 옥음을 전하는 덕률풍*으로만 보였다. 하지만 나는 박 공이 처음 사람 모습을 보인 순간을 보고 말았다. 의병 대장과 만난 뒤였다.

한양으로 돌아가는 허망한 귀로 도중 묵은 어느 주막에서 박 공은 한마디 말도 꺼내지 않고 진탕 술만 마셨다. 평소 취한 모습을 보이지 않던 사람이 그날은 한시라도 빠르게 취하려 애썼다. 토하지도 소리치지도 다른 객에게 시비 걸지도 않고 그저 한구석에 몸 누이고 잠을 잤다. 그 눈가에 계속 눈물이 흐르는 걸 나는 못 본 척했다.

다음 날 퉁퉁 부은 눈을 만지작거리던 박 공이 문득 혼잣말했다.

끝났다.

냉담한 중얼거림은 아라사에서 마주했던 적의 총칼에 서린 한기보다 차가웠다. 겨울바람과 함께 그 말을 들어버린 후 섬뜩한 오한에 시달렸다. 몸에 스며든 송곳 같은 시림 때문에 나는 겨울조차 싫어하게 되었다.

자네, 오늘 중으로 몇 명이나 모을 수 있나?

문득 박 공이 물었다.

등골이 차가워졌다.

이건 분명 내 삶과 죽음을 가늠하는 물음이었다.

나는 대통에 반 넘게 남은 담배를 바닥에 버렸다. 흙바닥에 남은 낙서

---

* 德律風, 당시 전화기를 칭하던 말.

지운 흔적을 보며 꺼낼 말을 신중하게 골랐다.

정규인 자 중 오늘 모을 수 있는 이는 스물 남짓입니다.

그 외에는?

그 외. 그것이 정규가 아닌 자를 가리키는 것인지 오늘이 아닌 때를 가리키는 것인지 알 수 없었다.

담뱃잎 든 주머니를 풀며 다시 말했다.

정규가 아닌 자들이면 부보상 백수십 남짓은 부를 수 있습니다. 사흘 말미가 주어진다면, 어디 보자, 어떻게든 천은 모을 수 있겠군요. 무장까지 갖춰야 한다면 또 다르겠습니다만.

그렇군.

중얼거림이 나온 순간, 나는 주머니째 박 공 얼굴에 집어던졌다. 담뱃잎 흩뿌려지는 때를 노려 허리춤에 숨긴 비수를 잡았다.

하지만 뽑을 수 없었다.

시커먼 총구가 내 머리로 들이밀어진 게 먼저였다.

백이의* 병기창의 나강이란 이름의 육혈포. 박 공을 가로막는 적을 여럿 처치한 흉흉한 물건이 나를 겨누고 있었다.

거친 숨이 토해져 나왔다.

박 공이 뒤늦게 얼굴에 붙은 담뱃잎을 왼손으로 훔쳐내었다. 오른손의 총구는 꼼짝도 하지 않았다.

역시 자네는 위험해.

이놈도 이토록 위험한 놈이 되고 싶진 않았습니다.

내 입에서 허튼소리가 나왔다.

박 공이 웃었다. 감정을 드러내지 않는 사람이 처음 보이는 낯선 모습에서, 내 목숨이 경각에 달렸음을 알 수 있었다.

여러 공을 세우면서 죽지도 쇠하지도 않다 보니, 어느새 나는 많은 사람

* 白耳義, '벨기에'의 음역어.

164

을 잇는 그물의 벼릿줄이 되어 있었다. 한편 박 공은 비밀리에 황제 폐하와 우리 사이에 서서 커다란 그물 꼭지에 이어진 벼릿줄을 잡은 채, 폐하의 뜻에 따라 그물을 던지고 휘두르고 거두었다. 그리고 지금 박 공은 그 벼릿줄의 처분을 고심하고 있었다.

나는 물었다.

많은 자들을 엮어 붙드는 게 한가운데 선 이놈이니, 이놈 대가리 하나 날리는 것만으로도 그물을 헤쳐 풀어버릴 수 있을 겁니다. 그래서, 왜놈이 윗사람이 되면 이놈이 대가리 조아리고 하이하이 아리가또 중얼거릴 거 같습니까?

자네는 아니지. 하지만….

박 공이 머뭇거렸다. 나는 박 공이 말하고 싶은 걸 대신 입에 올렸다.

황제 폐하는 그러실 수도 있다는 거지요?

…그렇지. 자네는 황명을 거역할 사람은 아니니까.

박 공이 여기 온 속내가 온전히 드러났다.

박 공은 내가 황실에 품은 충정을 잘 알았다. 만약 나라가 망하고도 내가 황제 폐하의 은밀한 손발로 남으려 한다면, 그전에 나를 도려내어 우리를 와해시켜 영원히 어둠 속에 묻어버릴 심산이었다. 우리가 모조리 왜놈들 손아귀에 쥐어진다면 그 이후의 일은 차마 떠올릴 수도 없을 만큼 참담할 터였다.

차라리 아둔했더라면.

뒤늦은 후회가 스쳤다.

아둔했더라면 나라가 망해가는 것도 이렇게 남들보다 먼저 알지 못했을 터였다. 어떻게든 망해가는 나라 되살려보겠다고 아우성칠 일도 없었을 것이고, 나라 망하는 날 박 공이 육혈포 품고 명줄 끊으러 찾아오지도 않았을 것이다.

나는 늘 어리석고 무지한 이들을 비웃었다. 어리석음이 오래 살아남는 길이라는 걸 깨달았지만 이미 늦었다.

언제부터 역심을 품으셨습니까?

내 입에서 나온 말이었지만 참으로 위험천만했다.

광무 2년, 서력으로는 1898년인가.

독립협회 놈들이 수작질 부리던 때 말입니까? 미처 몰랐습니다. 그토록 오래 품은 역심이었다니요.

빈정거리는 말이 튀어나왔다. 박 공은 답하지 않았다.

쓰라린 기억이었다.

독립협회에서 만민공동회를 열어 백성들을 연단에 올려 제 하고픈 말다 하도록 할 때, 덜 여문 풋내기였던 나는 그들이 나라를 새로이 이끌 수 있다는 희망을 품었었다. 나 닮은 자들이 저 닮은 자들 앞에서 무지렁이 또한 나라의 백성이라고 당당하게 외치는 모습을 보며 눈물 흘렸다. 무지렁이인 하찮은 놈 가슴이 설레었다.

하지만 독립협회의 우두머리는 이내 '자유민권'이라는 구호 뒤로 왜놈들과 손잡으려는 기색을 보였고, 윤치호나 박영효 같은 난신적자를 새로운 왕으로 만들려고 수작을 부렸다. 참람한 꼴을 보며 나는 그들이 애국하는 이가 아니라 황제 폐하를 망치는 자임을 깨달았다. 속았다는 자책은 분노로 바뀌었다.

처음 박 공과 만난 것도 그때였다. 은밀히 황제 폐하의 명을 가져온 박 공은 내게 부보상을 모아 저들의 역심을 분쇄하라는 지시를 내렸다. 나는 지시를 따랐다. 나 닮은 무지렁이들을 모아 독립협회 놈들이 모은 무지렁이들을 몽둥이질로 쫓아내는 일이었다. 쓰리고 아팠다. 하지만 끓어오르는 분노가 아픔을 속여 숨기기에는 충분할 만큼 컸다.

오로지 황제 폐하를 위한 길이다.

속으로 몇 번을 중얼거리며 일을 처리했다.

그때 모든 일을 지시한 게 나리셨지요. 부보상 놈들을 모아 공동회 판을 박살내는 것부터 황제 폐하께서 특별히 궁을 열어 그들의 노고를 위무하실 때 술과 안주를 내는 것까지 전부. 그러니 제가 얼마나 힘들여 부보상

놈들을 움직였는지 모를 리 없을 테지요.

자네 솜씨는 놀라웠네.

박 공의 평은 건조했다.

그런데 그때부터 역심을 품으셨다는 겁니까? 이거 참, 이놈이 늙어서 눈이 침침해진 줄로만 알았는데, 오래전에 이미 장님이 되어 있었군요.

몸이 절로 떨려왔다. 뜨겁고 습한 바람이 불쾌했다. 죽음을 목전에 두었어도 곪은 상처는 여전히 아팠다.

자조할 필요 없네. 그때 마음 흔들렸다는 걸 나도 불과 몇 년 전에야 알아차렸으니까.

설마하니 나리도 그놈들이 내세운 말에 혹하셨습니까? '자유민권'이니 '공화'니 하는 게 다 역적 놈들 사탕발림 아니었습니까? 회장이랍시고 앞에 섰던 안경수는 뒤로 왜놈 돈 받아 폐하의 통치를 흔들어댔고, 윤치호나 박영효 같은 놈들은 말할 것도 없는 데다, 이완용 놈은 결국 오늘 나라 팔아먹기까지 했는데….

나오는 말에 독기가 빠지지 않았다.

박 공이 한숨을 쉬었다. 육혈포 겨눈 손은 꼼짝도 하지 않았다.

맹자께서 말씀하셨네. 무뢰배 도적놈 주를 잡았다는 이야기는 들어봤어도 임금을 시해했다는 이야기는 듣지 못했다고. 임금은 하늘의 뜻을 따르는 이네. 하늘의 뜻은 나라 백성의 뜻이야. 하지만 태황제 폐하는, 이런 말을 신하로서 입에 담기 참람하지만, 나라가 하늘이 아닌 자기 것이라고 여기셨네.

그게 무슨 말입니까?

잠시 말을 고르던 박 공이 목소리를 냈다.

폐하께서 헤이그로 보낼 사람을 고민하실 때, 그분 흉중을 엿보았었지.

3년 전, 우리는 일을 꾸몄다. 황제 폐하의 밀명 받은 자를 만국회의가 열리는 해아*로 무사히 보내는 계획이었다. 을사년의 흉참한 일을 되돌릴 마지막 기회였다.

온 힘을 기울인 덕에 왜놈들조차 폐하의 진짜 밀사가 누구인지 파악하지 못할 만큼 일이 그럴듯하게 진행되었다. 삼엄한 감시를 뚫고 밀사들이 해아 땅을 무사히 밟았다는 보고를 받은 순간, 나와 박 공은 눈물 흘리며 서로 얼싸안았다.

하지만 우리는 밀사들이 회담장에 들어가는 마지막 한 발을 디디게 하는 데 실패했다.

희망이 절망으로 곤두박질쳤다.

앞으로 이보다 힘든 일은 없을 테니 모두 충국할 생각 단단히 하라고, 앞으로는 더 빠르고 은밀하게 움직이라고, 우리가 성총보좌聖聰補佐 새겨진 인장 찍는 뜻을 망각하지 말라고, 나는 통곡하거나 한숨 길게 뱉는 아랫사람들에게 야단쳤다. 하지만 정작 내가 연기로 날려버리는 담배가 세 곱절 늘었다.

그때 박 공은 내가 보지 못한 것도 보았을 터였다. 역심이 단단히 굳어지는 사이 박 공은 무엇을 눈에 담아야만 했을까?

태황제 폐하는 밀사로 보낼 자를 몰래 만나셨어야 했네. 사사로이 사람 만나는 일조차 일본이 감시했으니까. 그분은 그런 처지가 된 걸 비통해하셨지. 하지만 그건 그분과 황실 뜻대로 할 수 있는 게 점점 없어져서 부린 성화였을 뿐, 백성 또한 그처럼 곤궁하리라 여겨 그런 게 아니었네. 내가 지켜보니, 저잣거리 아이가 장난감을 제 손아귀에 쥐고 놀고 싶은데 다른 이들이 놀음에 훈수 두고 빼앗으려 드니 참지 못해 벌인 일과 별반 다를 바 없었지.

황제 폐하의 녹봉을 받아먹었던 이가 할 말은 아니지 않습니까?

나라 잘될 계책 내어보라고 쌀 준 것이지. 모자란 내가 여태 쌀 축낸 값 치르려면 마지막으로 궁리한 바를 행해야 할 터.

그렇게 박 공의 말이 끝났다.

---

* 海牙. '헤이그'의 음역어.

나는 길게 한숨을 내쉬었다.

담배 한 대 피우겠습니다.

박 공은 대답하지 않았다. 육혈포로 나를 겨눈 채 움직이지 않았다. 나는 다시 중얼거렸다.

이제 더 할 수작도 없습니다.

수작이 있어도 더는 할 기력이 없었다.

나는 바닥에 떨어진 연통을 느리게 주웠다. 앞에 떨어진 담배쌈지도 주웠다. 박 공은 그저 우두커니 서 있었다. 육혈포는 묵묵히 나를 겨눌 뿐이었다.

문득 안중근이라는 이름이 떠올랐다. 할빈역에서 밉살스러운 이등박문을 총으로 쏴 죽인 사내. 그가 이등박문 죽인 걸 황제 폐하께서 직접 사죄해야 한다는 매국노들 목소리가 들끓는 사이, 박 공과 우리는 재판을 왜놈이 아닌 아라사가 맡게 하려고 획책했었다. 시도는 실패로 돌아가 안중근은 여순 감옥에서 처형당했다.

할빈역에서 이등박문 쏠 때를 기다리며 안중근도 박 공처럼 서 있었을까? 품 안의 육혈포를 쥔 채, 저렇게 외로이?

허튼 생각이었다.

우리들이 어떻게 연결되어 있는지가 이놈 머릿속에만 담겨 있지는 않습니다. 그걸 기록한 장부도 남아 있지요. 왜놈들이 그걸 찾으면 이놈이 없어져도 소용없지요.

마지막 남은 세 치 혀를 놀려보았다. 목숨 아까워서 하는 짓이 아니었다. 돌아가는 꼴이 마음에 들지 않아 해보는 버둥거림일 뿐이었다.

그것들이 어디에 있는지 알고 있네.

박 공의 대답은 빨랐다.

조만간 모처의 창고에 큰불이 날 걸세. 제국익문사*라는 이름의 통신사

---

* 帝國益聞社. 대한제국의 황제 직속 정보기관. 대외적으로는 신보를 발행하는 기관이었지만 비밀리에 정보활동을 했다.

가 작년에 닫게 된 뒤로 여태 주인 없이 방치된 창고인데, 건물이 완전히 다 타서 안에 쌓아둔 옛 사보는 물론이거니와 다른 온갖 종이쪽들도 잿더미가 될 거네.

박 공은 관복 입은 사람이면서도 손속 빠르기는 투전꾼보다 잽쌌다. 그런 이가 저리 말했다면 그곳에 있던 우리 사람들 엮인 바를 기록한 것들은 곧 사라질 게 분명했다. 아니, 어쩌면 이미 그곳에 불길이 높이 치솟아 모두 잿더미로 변한 뒤일지도 몰랐다.

익문사에 엮인 사람들의 이름과 그들을 동원할 방법은 이제 내 머릿속에만 남았다. 잘 외운다고 평판 좋던 재주가 그렇게, 박 공이 목숨을 육혈포로 날릴 이유로 변해 있었다.

각오가 섰다.

나 또한 더는 속내를 감춰야 할 이유가 없었다.

연통을 눕혀 흙먼지 날리는 맨바닥에 대었다. 박 공의 총이 움직였지만 개의치 않았다. 천천히, 곧은 선 여섯 개와 원 하나를 그렸다. 박 공이 오기 전부터 계속 새기고 지우기를 반복하던 것이었다.

망.

박 공이 소리 내어 읽었다.

나라가 망했다고 쓴 건가? 왜 굳이 언문으로 썼나?

진서는 오묘한 뜻을 함축하고 있기에 언문이 비할 수 없다고들 하지 않습니까? 그런데 이놈이 책쾌 짓 하면서 보니, 뜻밖에 언문 글자 또한 진서처럼 여러 뜻 품더란 말입니다.

그런가?

보십시오. 망이라는 한 글자에.

나는 다시 장죽을 움직여 진서를 끼적였다.

亡.

나라가 망했다는 뜻도 담을 수 있고.

그 아래 女를 붙여 썼다.

妾.

그래서 허망한 이놈 마음도 담고.

발로 女를 문질러 지우고 다시 心을 붙였다.

忘.

술이건 담배건 뭐로든 좋으니 치욕 잊고 싶단 생각도 흘려 넣고.

다시 발로 글자를 지운 뒤 새로이 한 자를 썼다.

望.

그래도 바라는 것 있어 망설이는 이놈 마음도 끼적일 수 있지요. 보십시오, 언문도 참 신통하지 않습니까?

바라는 것 있다고 했나.

육혈포를 겨눈 채 나를 응시하던 박 공이 문득 중얼거렸다.

자네는 뭘 바라나?

책쾌를 하며 모은 돈으로 겨우 이곳을 세웠으니, 여기서 더 큰 돈 만지길 바라지요.

책 냄새 지독한 가게를 가리키며 답했다. 쌓인 책들은 위장이었지만 어느새 나의 실질 또한 되어 있었다. 나는 겉과 속 다른 듯 꾸미려다 결국 같아진 꼴 쪽으로 고개 돌리지 않으려 했다. 박 공이 다시 물었다.

자네는 뭘 바라나?

복벽이지요.

거짓말해도 되지 않나?

이놈이 거짓말한다고 나리가 모를 것 같진 않아서요.

하긴 그렇지.

박 공이 웃었다.

드디어 마지막이 찾아왔다.

연통에 묻은 흙을 툭툭 털어내고 담배쌈지 안을 몽땅 털었다. 향기로운 마른 담뱃잎 냄새가 풍겼다. 조금 전 실패한 수작 탓에 몇 모금 피울 가루만 겨우 남아 있었다.

이럴 줄 알았으면 금광초 대신 몇 푼 더 주고 상등품 진안초를 살 걸 그랬다 싶었다. 마지막 담배를 입에 맞는 걸로 머금지 못하는 게 안타까웠다. 몸에 밴 수전노 기질이 세상에 후회 남기는 화근이 될 줄이야. 없는 담뱃잎 어떻게든 채워 넣으려 손가락 굼질거리니 입에서 푸념이 소리꾼 사설처럼 흘렀다.

복벽이라는 거, 솔직히 이놈도 잘 모르겠습디다.

좀 전에는 잘만 말하지 않았나.

입에 주워섬기기야 누군들 못하겠습니까? 아무리 재주 부려도 꾀하던 바는 어그러지고 나라는 점점 쇠해만 가니, 환장할 노릇이었습니다. 내가 하늘의 뜻한 바를 어겨서일지도 모른다, 복벽의 뜻을 잘못 안 탓인지도 모른다, 이런 생각마저 하고 말았지요.

복벽을 잘못 알았다?

복벽이라는 게 나라를 다시 되돌린다는 뜻 아닙니까? 하지만 그게 참으로 뭣이었을까요? 여태 이놈 알던 대로 황제 폐하께서 다시 대한국 군주로 만방에 위엄 떨치는 게 복벽이었을까요? 아니면 이놈 앎이 틀려 공화 같은 걸 외치던 자들 뜻대로 했어야 진정 나라가 온전하게 되돌려지고 바르게 섰을까요?

박 공은 침묵했다.

아직도 눈에 선합니다. 이놈보다 더 미천한 놈들이 당당히 사람들 앞에 서서 제 목소리 크게 내는 모습이요. 그걸 보는 이놈 가슴도 영문 모르게 마구 고동치고, 주책 맞게 눈물도 흐르더군요. 그렇지요. 무리 앞에 선 놈이 역도인지를 따지기 전에, 겨우 무리 이룬 무지렁이 놈들이 더 크게 제 뜻 외치도록 도와야 했을지도 모르겠습니다. 그게 진짜 복벽을 이루는 길이었는지도 모르지요. 아니, 이제는 아무것도 모르겠습니다.

나는 중얼거렸다.

왜놈들의 흉참한 짓은 걷어내지 못한 주제에 복벽의 뜻 모르는 어리석음을 남기고 말았으니, 이를 어찌하면 좋겠습니까? 어리석었다는 걸 미처 알기도 전에 나라가 망하고 말았으니, 이따위 말이나 할 뿐인 게 원망스럽습니다.

중얼거림이 어느새 한탄이 되었다. 입에서 욕지기가 절로 치밀었다.

제기랄.

이승을 떠나며 남기는 마지막 말이 욕이라니, 참으로 우습기만 했다.

박 공이 육혈포 든 오른손을 소매에 넣었다. 다시 나온 손엔 종이 성냥이 들려 있었다. 박 공은 성냥불을 붙여 내밀었다.

자.

성냥에 연통을 갖다 대었다. 성냥갑에 남은 성냥은 없었다. 왜놈 글씨만 남은 채 더는 쓸모가 없어진 성냥갑을 박 공은 바닥에 던졌다.

내가 담배를 다시 입에 머금는 동안 박 공의 오른손은 소매로 향하지 않았다. 그것만으로는 담배 한 대만큼 목숨이 유예된 것인지, 그보다 조금 더 명줄이 이어질지를 알 수 없었다.

하늘은 흐려서 도무지 갤 것 같지 않았다.

무경 부산에서 태어나 부산에서 살고 있다. 고려대학교 국어교육과를 졸업했다. 좋은 이야기는 세상을 좋은 방향으로 움직이고, 이야기 한 줄에 무한한 가능성이 담겨 있다고 믿는다. 다른 이에게 재미있는 이야기를 전하고 싶어 하며, '작가'라는 호칭 못지않게 '이야기꾼'이라는 말을 듣고 싶어 한다. 《1929년 은일당 사건 기록》 시리즈를 썼으며, 올해 초 연작 단편집 《마담 흑조는 곤란한 이야기를 청한다》를 펴냈다.

살인자의 냄새

홍선주

1

놈의 냄새다. 죽은 식물의 냄새.

상큼한 귤과 촉촉한 이슬을 머금은 인공 향수로 그걸 가리기 위해 애를 썼지만, 나는 단박에 알아차렸다. 자연을 흉내 낸 향들이 드리운 막을 한 꺼풀 걷어내고 코를 들이밀면 흙냄새 같으면서도 묘하게 화학약품에 내려앉은 먼지와도 같은 냄새 아래로 느껴지는 역겨운 지린내. 이건 분명 누나를 죽인 살인자의 냄새다.

나는 눈을 감고 냄새의 시작점을 찾는다. 이번만큼은 절대 놓칠 수 없다. 놓쳐선 안 된다.

놈의 냄새가 점점 진해진다. 10미터, 8미터, 5미터….

마침내 놈이 보인다. 누나의 복수가 몇 걸음 남지 않았다.

2

나는 날 때부터 코가 예민했다.

냄새란 냄새는 모두 귀신같이 알아채고 구분해서, 내가 보는 세상이 냄새로 이루어졌다고 느낄 정도였다. 모든 냄새는 색깔이나 모양, 온도로 대치할 수 있었다. 내가 좋아하는 푸른 사과는 연두색의 세모난, 봄의 시냇물 향이, 내가 싫어하는 오이는 분홍색의 기다란 사각형, 가을의 계곡물 냄새가 났다.

사람도 마찬가지였다. 상대를 마주할 때 눈으로 먼저 보더라도 내가 정확하게 그 사람을 인지할 수 있고 기억하는 건 냄새를 통해서였다. 모두 자신만의 체취를 풍겼고 나는 그걸 누구보다도 잘 구분했다.

세상을 구성하고 있는 수없이 많고 다양한 냄새는 언제나 나를 자극하고 흥미를 돋웠다. 맡아본 적 없는 새로운 향을 발견한 날이면 그 향을 쫓느라 하루를 다 보내기도 했다. 그러나 아무리 신기로운 냄새에 취하더라도 내가 가장 좋아하는 건 우리 누나의 냄새였다. 누나는 시원시원한 성격에 걸맞게 여름의 초록이 뿜어내는 생기발랄한 바람 같은 체취를 풍겼다. 그게 어떨 땐 다정하게 나를 감싸주기도 하고, 정신이 번쩍 들게 활기를 불어넣기도 했다. 그래서 누군가 내 눈을 가려도, 어쩌면 빼앗아가더라도, 누나만큼은 냄새로 찾을 수 있을 거라고 믿었다.

나는 걷는 것도 좋아했다. 누나도 마찬가지여서 우린 함께 산책하는 일이 잦았다. 밖에선 새로운 냄새를 발견하는 일도 많으니 내겐 더욱 즐거운 일이었다. 우리가 주로 다니는 산책길은 정해져 있었지만 그렇다고 매일 같은 풍경을 보는 건 아니었다. 냄새로 세상을 보는 내게는 하루하루가 다를 수밖에 없으니까. 냄새는 특히 계절과 날씨의 영향을 많이 받았다. 기온과 습도가 바뀌는 절기에 따라 식물의 싹과 꽃에서 나온 각양각색의 향기가 공기의 색깔과 모양까지 바꿨다. 날이 맑으면 맑은 대로, 흐리면 흐린 대로 영향을 받아 바뀌는 것이다. 습습한 날은 습습한 대로, 비가 쏟아지는 날은 빗방울이 바닥에 튕겨 퍼트리는 또 다른 냄새가 더해져 세상의 모양이 바뀌었다.

비옷까지 입고 나섰다 돌아온 날, 나보다 더 신이 난 누나가 친구와 통화하며 말했다.

"하루에 한 번이라도 밖에 나오지 않으면 이상하게 답답한 기분이 든 단 말이지. 5분이라도 나와서 걷다가 들어가면 그런 기분이 사라져. 다른 애들은 옷 갈아입기 귀찮아서 밖에 나가는 거 싫다던데, 난 비가 와도 잠깐 나갔다 오고 싶더라? 그래서 내가 E인가 보지! 뭐? 나 E로는 안 보인다고? 야아, 너도 I로는 안 보이십니다요, 친구!"

장난스럽게 근엄한 말투를 흉내 내곤 누나가 웃음을 터트렸다. 전화를 끊고선 내게 그랬다.

"같이 산책 갈 동생이 있어서 누나가 얼마나 좋은지 몰라. 너도 그렇지? 그렇다고 해주라!"

"응응!"

내가 신이 난 소리로 답하자, 누나가 활짝 미소를 지으며 내 머리를 쓰다듬었다. 누나에게서 밝고 따뜻하면서도 동글동글한 향이 뿜어져 나왔다. 나는 얇게 공기를 들이쉬어 콧속에 그 향을 가득 담았다. 웃는 누나의 냄새는 머리가 몽롱해질 정도로 좋았다.

우리 식구는 아빠, 누나, 나까지 셋으로 단출했다. 다른 가족에겐 있는 엄마가 우리에겐 없는 게 의아할 때쯤, 미처 묻기도 전에 누나가 내게 설명해줬다.

"엄마는 내가 아주 어릴 때 돌아가셨어. 그래서 나도 기억이 거의 없어. 그래도 아빠가 잘 키워주셨잖아. 그러니까 우리는 괜찮아. 우리 셋만으로도 충분히 행복하니까. 그렇지?"

누나가 어릴 때였으니 아마 나는 더더욱 어렸을 거다. 그러니 내가 엄마를 기억하지 못하는 게 이상한 일은 아니었다. 그런데 누나의 숨결에서 은빛 물방울의 향이 났다. 나는 걱정스러운 마음에 누나에게로 조심스럽게 고개를 기울였다.

누나는 그새 촉촉해진 눈으로 내 머리를 쓰다듬었다.

"우리 길동이 다 컸네? 누나 위로할 줄도 알고."

원래 이름은 따로 있었지만 우리 가족은 자주 나를 그렇게 불렀다. 아빠의 성이 홍 씨인 데다, 까불까불한 내 성격이 '홍길동'을 떠올리게 해서라고 했다. 나도 길동이라고 불릴 때가 더 좋았다. 그 이름을 부를 때 두 사람에게서 따뜻한 주황색 향이 더 많이 뿜어져 나왔으니까.

"고마워, 길동아."

"나도!"

"으앗, 놀랐잖아!"

기운을 북돋우려 조금 크게 답했더니 누나가 깜짝 놀라 소리쳤다. 누나는 내가 화라도 낸 것처럼 당황한 얼굴이었지만, 이내 그게 아니란 걸 깨닫곤 방긋 웃었다.

"아우, 요 장난꾸러기! 우리 동생, 어쩜 이렇게 귀여워? 응?"

누나가 한쪽 팔로 내 목을 조르더니 다른 손으로는 이마에 알밤을 먹였다. 하나도 아프지 않아서 그냥 웃고 있었는데, 연이어 뽀뽀까지 하려고 해서 나는 급히 고개를 돌렸다. 누나가 예뻐해주는 건 고맙지만, 다 큰 내가 누나에게 뽀뽀를 받을 때면 몸이 달아오르면서 축축한 산딸기 향이 뿜어져 나오는 게 싫었다. 그러나 누나는 재빨리 두 손으로 내 양 볼을 붙들어 마주 보게 한 후 소리까지 내며 입을 맞췄다.

"누, 누나! 그만, 그만해! 아, 진짜…!"

어쩔 수 없이 그대로 당하고 말았다. 누나는 질릴 때까지 뽀뽀를 한 후에야 나를 놓아줬다. 나는 어딘지 분해서 숨을 몰아쉬다가, 나도 누나가 귀찮아하는 행동으로 괴롭혀주기로 맘먹었다. 곧바로 생생하고 뽀송한 살 냄새가 가장 풍부한 누나의 팔오금에 얼굴을 묻었다.

"이봐요, 홍길동 씨! 그러고 있으면 누나 간지러워."

"그건 난 모르겠고. 누나가 나한테 뽀뽀했으니까 이러고 잘 거야."

"하하, 너 뭐라니?"

누나는 말도 안 되는 소리라는 듯 타박했지만 나를 밀어내지는 않았다.

오히려 내게 묶이지 않은 다른 손으로 내 얼굴을 가볍게 쓸어줬다. 나는 이내 잠에 빠져들었고, 꿈에서는 누나와 함께 푸른 잔디 향이 가득한 너른 들을 맘껏 뛰어놀았다.

　어느 밤, 아빠는 평소와 달리 늦게 집에 돌아왔다. 내가 처음 맡아보는 날카로운 회색 냄새를 풍기며, 비틀거리느라 현관에서 신발도 제대로 벗지 못했다. 누나는 그런 아빠를 부축하며 걱정스럽게 물었다.
　"아빠, 무슨 술을 이렇게 많이 마신 거야? 무슨 일 있었어?"
　칼날 같은 회색 냄새는 술 때문인 모양이었다. 강한 냄새에 머리가 지끈거렸다. 내가 괴로워하는 걸 본 누나는 내게 방으로 들어가 있으라고 했다. 나도 아빠를 함께 돌보고 싶었지만 누나는 괜찮다며 문까지 닫았다. 나는 어쩔 수 없이 방문 너머 소리만으로 누나와 아빠의 상태를 가늠했다. 아빠는 정확하지 않은 발음으로 한탄하듯 누나에게 뭔가를 말하다가, 미안해하며 울다가, 어느 순간엔 화장실로 달려가 게우는 소리를 내기도 했다. 시큼하고 느끼한 냄새가 문 틈새로 흘러들어와 내 주변에까지 깔렸다. 그 냄새가 가시지 않은 채 밤이 샜다. 그리고 며칠 후, 하루아침에 우리 가족의 터전이 바뀌었다.
　원래 살던 동네는 건물이 높고 사람도 많이 보이고 도로에 차도 많았다. 딱딱한 흰색의 건조한 냄새가 넘쳐나는 동네였는데, 바뀐 동네는 전혀 다른 냄새로 가득했다. 하늘색과 노란색, 빨간색, 초록색, 물색의 동그랗고 길쭉한 냄새들로 온 세상이 꽉 차 있었다. 누나는 친구와 통화할 때면 바뀐 동네를 장난스러운 말투로 '촌'이라고 불렀다.
　"야아, 친구. 그래도 여기가 촌이어서 공기 하나는 끝내줘! 너도 한 번만 놀러 와보면 마냥 좋아서 눌러살고 싶을걸? …응? 아, 우리 집이 좁아서 재워주긴 힘들고, 하하!"
　누나 말대로 집 크기가 줄면서 가구와 물건이 줄고, 빛도, 냄새도 바뀌었다. 예전 집은 방이 네 개로 아빠 방, 누나 방, 내 방에 옷방까지 있었지만, 이번 집은 방이 하나뿐이었다. 처음엔 좁아진 공간에 조금 어리둥절했지만 적응하니 오히려 좋았다. 가족이 한방을 쓴다는 건 얼굴을 더 자주 보고 이야기할 수 있다는 거였으니까.

아빠가 누나와 눈이 마주칠 때마다 미안하다고 하면, 누나는 고개를 마구 저으며 답했다.

"아니야, 아빠. 우리 이렇게 가까이서 서로를 볼 수 있으니까 좋잖아. 난 우리 가족이 더 단란해진 것 같은데?"

역시 누나는 니와 생각이 같았다. 나도 목소리를 높여 거들었다.

"맞아, 아빠! 나도 좋아!"

"뭐? 너도 좋다고? 허허, 아빠가 인생 잘 살았구나, 잘 살았어…. 사업은 실패했어도 자식 농사는 잘 지었어…."

아빠가 함박웃음을 지으면서 볼을 타고 흐른 물을 손등으로 훔치자, 햇살을 받아 빛날 때의 이끼 냄새가 났다. 그 냄새가 전염이라도 된 것처럼 누나에게서도 풍겼다. 그리고 신기하게도 내 몸에서도 뿜어져 공기 중에서 어우러졌다. 그게 우리 가족의 작은 방을 온통 채우자, 누가 먼저랄 것도 없이 웃음이 터졌다. 셋 모두 소리 높여 웃고선 서로를 껴안은 채 잠이들었다. 난 아빠와 누나 사이에 낀 채 익숙한 두 사람의 체취를 번갈아 들이쉬었다. 평온한 가족에게서만 나는 달콤한 향내가 콧속에서 맴돌았다. 나도 모르게 입꼬리가 올라갔다. 그렇게 우리는 각자의 자리에서 바뀐 삶에 차츰 적응했다. 아빠도 시간은 걸렸지만 이윽고 예전의 모습으로 돌아왔다.

그러나 되찾았다고 믿은 우리의 행복은 그리 오래가지 못했다. 내가 사고를 당한 것이다.

정신을 잃기 전 기억하는 마지막 장면은 골목길 모퉁이에서 튀어나온 오토바이가 나를 향해 달려드는 모습이었다.

3

병원에서의 기억은 잘 나지 않는다.

다리를 짓누르는 듯한 통증과 그 다리가 어딘가에 묶인 불편함, 그리고 자도 자도 계속 몰려드는 졸음으로 힘든 기억뿐이다. 그러나 그곳의 냄새는 강렬하게 뇌리에 남았다. 누나가 술 냄새라고 부르던 아빠의 회색 냄새와 비슷했지만, 훨씬 더 뾰족해서 머릿속까지 아리게 만들 만큼 독했다. 그런데 그게 병원의 공기에서만이 아니라 내 몸에서도 스멀스멀 흘러나왔다. 그게 진저리가 날 정도로 싫어서 몸을 흔들어봤지만 어떻게 해도 날아가지 않았다.

그런 끔찍한 게 또 있었다. 내 몸에 꽂힌 거대한 바늘. 거기에서도 처음 맡아본 냄새가 났다. 너무도 검고 어둡고… 차가웠다. 바늘을 통해 정체를 알 수 없는 액체가 몸 안으로 흘러들어오는 게 너무나 싫었다. 나는 낮은 신음으로 참아내다 결국엔 폭발하고 말았다.

"싫어! 이 냄새 싫다고! 누나… 누나 어디 있는 거야? 누나-!"

흐려진 시야로 주위를 두리번거렸다. 바로 유리창 너머에 서 있는 누나가 보였다. 누나는 잔뜩 일그러진 얼굴로 눈물을 펑펑 쏟으며 소리쳤다.

"많이 아파? 길동아, 미안해! 누나가, 누나가 잘 챙겼어야 했는데…! 미안…!"

누나가 그렇게 우는 건 처음 봤다. 내겐 항상 행복한 미소만 보이던 누나였는데, 지금 그 미소는 온데간데없이 울기만 했다. 그게 마음이 아플 법도 했건만, 그때의 나는 어린 데다 극심한 통증으로 고통받고 있었다. 그래서 누나가 슬픔에 휩싸여 있는데도 위로는커녕 내가 싫고 불편한 것만 말하고 싶었다. 나 이렇게 아프다고, 누나가 빨리 나를 구해줘야 한다고 다시 크게 울부짖었다. 그러다 기절해버렸다. 까무룩해지던 순간, 어렴풋이 누나의 비명이 들렸던 것도 같다.

그 후로는 자다 깨다를 반복했다. 그러다 하루는 유리창 너머에서 누나가 하얀 옷을 입은 사람들에게 하는 얘기를 들었다.

"수술해주세요! 제가 지금은… 지금은 수술비를 반 정도밖에 드릴 수 없지만, 나머지도 조만간 마련해서 드릴게요! 제가 알바를 해서 갚을게요, 갚을 수 있어요! 제발 부탁드려요, 선생님들!"

사람들은 고약한 냄새를 맡기라도 한 것 같은 표정으로 누나를 보고 있었다. 그들이 뭐라고 할지 궁금했지만 나는 무거운 눈꺼풀을 버티지 못하고 다시 잠들어버렸다.

나중에 온전히 정신을 차렸을 땐 집이었다, 우리 가족의 집! 나는 어느새 좁지만 아늑한 보금자리로 돌아와 있었다. 그걸 깨닫자 지난 고통은 순식간에 잊히는 것 같았다.

누나와 아빠는 누워 있는 나를 사랑스러운 눈으로 내려다보며 말했다.

"길동아, 이제 괜찮아, 괜찮을 거야. 어서 나아서 누나랑 다시 나가자, 알았지?"

"그래, 우리 길동이는 금방 나을 거야. 워낙 건강했잖아. 감기 한 번 앓은 적 없지! 자, 빨리 나아서 하나 누나랑 다시 사이좋게 지내야지, 홍길동?"

"네…. 빨리 나을게요."

목이 멘 탓에 목소리를 간신히 끌어올려 답했다. 누나가 나를 끌어안고, 아빠는 그런 누나를 포개 안았다. 햇살을 받은 이끼 냄새가 우리 주위를 빙빙 돌았다.

그러나 나는 기대만큼 빨리 회복하지 못했다. 한참이나 하릴없이 집에 누워 있어야 했고, 아빠와 누나는 매일 일을 나갔다. 누나는 일하느라 힘들 텐데도 여전히 내 걱정만 했다.

"되게 불편하지? 그래도 너 다리 다 나을 즈음엔 내 아르바이트도 끝날 거니까, 그땐 어디 좋은 데 놀러 가자. 알았지?"

"정말? 그 말 정말이지, 누나?"

"홍하나 동생 홍길동 군! 그때까지 잘 참고 기다릴 거지?"

"응. 그럴게!"

내 대답에 누나가 기쁜 미소를 지었다. 누나가 힘냈으면 하는 마음에 난 생처음으로 누나 볼에 뽀뽀를 했다.

"어머! 웬일이야? 길동이가 뽀뽀를 먼저 하는 날이 다 있네?"

그 말에 쑥스러워져서 일부러 뽀뽀를 더 해댔다.

"뭐야, 너 아프더니 갑자기 애교가 늘었어? …야아, 그만, 그만! 알바 가야 하는데 선크림 다 지워지겠어, 길동아! 그마안-!"

그리고 누나는 약속을 지켰다. 내가 일어설 수 있게 된 날, 누나는 이제 매일 일하러 가지 않아도 된다고 했다.

아빠가 누나의 어깨를 토닥이며 말했다.

"우리 딸, 그동안 정말 수고했어. 아빠가 해결했어야 했는데… 학생인 너한테 그런 짐을 지워서 미안해."

"에이, 아빠는 무슨 말을 그렇게 해? 내 동생 수술비를 내가 마련하는 게 뭐가 어때서? 다행히 금방 해결했잖아. 난 오히려 일도 배우고 돈도 벌어서 좋았는걸? 아빠, 그래서 말인데… 나 주말에는 아르바이트 계속하려고. 레스토랑 사장님이 주말엔 손님이 많아서 좀 도와달라고 하셨어. 나 그래도 돼?"

"네가 공부하는 데 방해가 안 된다면야 반대할 이유는 없지. 근데 정말 괜찮겠어? 힘들면 언제든 얘기해야 된다?"

"아빠도 참, 물론이지! 힘들면 우는소리 하면서 당장 그만둘 거야. 헤헤, 사실 나 정말로 재미있어서 알바 하는 거거든. 고작 한 학기 다녔지만 학교에서 배운 거 실습하는 거 같아서. 혹시 또 알아? 이번에 잘 배워두면 나중에 백종원 아저씨처럼 엄청난 프랜차이즈 사장이 될지?"

"우리 하나, 정말 다 컸구나!"

"아이고, 아버지! 아직도 제가 중고생인 줄 아십니까? 저, 대학생이란 말입니다!"

"…너 그래봤자 고3이랑 한 살 차이야."

"…응, 사실 그치. 헤헤헤!"

누나의 웃음을 따라 아빠도 웃음을 터트렸다. 나도 웃었다.

하지만 누나와 아빠의 그 선택이, 우리 삶의 향기를 모두 바꿔버렸다.

4

이른 아침, 기대에 찬 눈을 반짝이며 누나를 바라보자, 누나가 내 마음을 알아차린 듯 물었다.

"좀 이르지만, 나갈래?"

"응, 당장."

누나는 곧장 방에 하나뿐인 창을 통해 날씨를 확인했다. 나는 굳이 내다볼 필요가 없었다. 아직 무르익지 않은 풋사과 같은 햇살 향이 느껴지니, 산책하기에 딱 좋은 온도일 거였다. 역시나 누나도 똑같이 생각한 모양이었다.

"꽤 선선한 것 같아. 그럼 오늘은 강변까지 가볼까?"

"좋아, 좋아! 빨리 가자, 누나!"

앞장서 현관으로 달려가자, 누나도 신이 나서 따라나섰다. 나는 곧장 강변까지 한달음에 달렸다.

"야아, 홍길동! 좀 천천히 달리라고, 하아…."

숨까지 몰아쉬는 누나의 말에 속도를 살짝 늦췄다. 그런데 그때 앞쪽에서 희한한 냄새가 나타났다. 건강한 땀 냄새 아래에 정체를 감춘 채 움츠린 냄새. 언젠가 누나가 싱크대에 버린 닭 껍질이 썩은 내와 비슷했다. 의아해서 체취의 주인을 확인하는데, 그 비릿한 체취와는 전혀 어울리지 않는 젊고 잘생긴 건장한 남자였다. 바로 옆을 스쳐 지나는 걸 나도 모르게 돌아보는데, 우리 뒤쪽에서 빠르게 걸어오던 아주머니가 눈을 반짝이며 남자에게 말을 걸었다.

"어머, 총각. 운동 열심히 하나 봐?"

"고맙습니다."

"아유, 세상에, 얼굴도 잘생겼네!"

아주머니는 멈추지 않고 계속 걸으면서도 남자의 뒷모습을 미련 가득한 눈으로 쳐다봤다.

누나가 목소리를 낮춰 내게 말했다.

"나이 든 아저씨가 어린 여자한테 추근대는 것도 싫지만, 저렇게 반대의 경우도 정말 별로야, 그치? 그러니까 길동아, 혹시 누나가 나중에 나이 들어서 저렇게 행동하면 네가 꼭 말려야 된다? 알았지?"

"당근!"

"하하하! 뭐야, 너. 마치 내가 그럴 게 당연한 것처럼 반응한다? 어?"

"어쩌라고. 킥."

그런데 불쑥, 불길한 냄새가 우리 사이에 끼어들며 놀라게 하는 소리를 냈다.

"웍!"

"꺄악!"

"으헉!"

누나와 내가 거의 동시에 소리를 내질렀다. 그러자 방금 우리를 놀린 남자가 큰 웃음을 터트렸다.

"크하하하! 야아, 홍하나. 너 놀란 표정 너무 웃긴데?"

아빠와 비슷한 또래로 보이는 그 남자는 누나와 아는 사이인 모양이었다.

"어…? 사, 사장님? 어떻게…?"

"너 서프라이즈 하려고. 아유, 우리 하나, 많이 놀랬쩌요?"

"서프…라이즈요? 제가 여기 있는 건 어떻게 아시고….”

"이게 그렇게 놀랄 일이야? 저어-기, 우리 집이 바로 저기거든. 그래서 내가 아침 조깅을 주로 여기서 하는데, 뒷모습이 멀리서 봐도 딱 우리 에이스 알바 홍하나더라고? 그래서 조용히 쫓아왔지! 이렇게 밖에서 만나니까 더 반갑다, 그치? 앞으로 우리 밖에서 자주 봐야겠어, 크하하핫!"

그 웃음에 섞인 남자의 냄새가 코끝에 닿는 순간, 알 수 없는 경계심이 솟았다.

"우리 누나한테서 떨어져요!"

누나 앞으로 끼어들며, 나는 잔뜩 성이 오른 목소리로 경고했다.

"뭐, 뭐야, 이 꼬맹인? 어쭈, 나한테 달려들기라도 하려고?"

"아, 죄송해요, 사장님. 얘가 좀 놀랐나 봐요."

하지만 나는 놀란 게 아니라 위험을 감지한 거였다. 남자의 냄새는 불길하고 역겹고 주변 공기를 보라색으로 물들이는 위험한 냄새였다. 내가 죽은 식물의 냄새라고 느끼는 그것.

남자는 아랑곳없이 누나의 손목을 잡아채 당겼다.

"기왕에 만났으니까 운동도 같이하면 딱이네!"

"네? 아, 아니, 저는…!"

힘이 달린 누나는 버티지 못해 끌려갔고, 남자는 이해할 수 없는 말을 끊임없이 주절댔다. 누나는 간혹 고개를 끄덕여 억지 호응을 했지만 얼굴에는 불편한 기색이 역력했다. 한참을 그러던 남자가 조금 떨어져 뒤따르던 나를 힐끔 봤다. 나는 이때다 싶어 매서운 눈으로 노려봤지만, 남자는 한쪽 입꼬리를 올려 비웃었다. 나 따위는 상대가 되지 않을 걸 확인하곤 자만으로 가득한 웃음을 흘리는 거였다.

누나가 불편해하는 게 뻔히 보이는데도 아무런 대응조차 할 수 없는 내가 너무도 초라하고 한심했다. 분한 마음을 어찌할 수가 없었지만 내겐 그를 제압할 힘도, 덩치도 없었다. 게다가 앞쪽에서 불어오는 바람을 타고 남자의 냄새가 계속해서 날아오는 건 더 고역이었다. 텁텁한 먼지, 소변의 지린내, 우유를 끓일 때 풍기는 기분 나쁘게 단 냄새, 그리고 그걸 감추기 위해 남자가 온몸에 뿌린 가짜 꽃과 나무의 냄새들이 지저분하게 섞여 죽은 식물의 냄새를 완성하고 있었다.

냄새로 그가 위험인물임을 알아챈 건, 이전에 만난 비슷한 냄새를 풍기던 사람들 때문이었다. 자기 아이를 죽을 때까지 때린 옆집 아저씨, 골목길에서 친구를 괴롭히던 불량배, 마트에서 경찰들에게 둘러싸였던 어느 아줌마도 그런 냄새를 풍겼다. 그러니 이 남자도 위험한 인간인 게 분명했다.

나는 더 이상 견디지 못하고 누나의 옷을 잡아끌며 집으로 돌아가자고 졸랐다.

"아… 사장님, 죄송한데 얘가 몸이 안 좋나 봐요. 먼저 가봐야 할 것 같아요."

"흐음, 그래? 그럼, 내가 나중에 전화할게."

"네? 전화는 왜…요?"

"왜 자꾸 눈을 동그랗게 뜨고 그래? 좋은 일이야, 좋은 일! 기대해!"

남자는 한쪽 눈을 찡그리곤 앞으로 뛰어갔다. 아래로 처진 뱃살이 출렁였다. 누나는 황당한 표정으로 잠시 남자를 보다 몸을 돌렸고, 우리는 약속이라도 한 듯이 침묵 속에서 집으로 향했다. 가만히 누나의 얼굴을 올려다보니, 쓴 약을 먹었을 때처럼 잔뜩 찡그린 채였다.

집에 도착하자마자, 나는 누나에게 걱정스러운 마음을 전했다.

"누나, 그 사장이라는 남자 조심해. 가까이하지 마."

"응? 왜 그래?"

"나쁜 냄새가 나. 죽은 식물의 냄새가 난다고. …느낌이 안 좋아."

"역시 너도 사장님이 불편했구나? 후유, 나도 요즘 고민이야. 급하게 일구할 때 바로 채용해주시고 알바비도 후하게 주셔서 고마웠는데, 주말 알바 시작한 뒤론 좀 이상해졌어. 주말엔 사모님이 안 나오시는데, 자꾸 뭘 가르쳐준다고 따로 부르시고…."

한참 혼잣말처럼 중얼거리던 누나가 퍼뜩 고개를 세웠다.

"어머, 내가 지금 애 데리고 뭐라는 거니? 신세 한탄할 사람이 아무리 없어도 그렇지, 하하하. …괜찮아, 길동아. 날 도와주시려고, 잘해주시려고 그러는 거니까, 더 불편해지면 말씀드릴게! 아유, 금세 더워졌네. 땀나서 누난 씻어야겠다!"

그렇게 얼버무린 누나는 욕실로 들어갔다. 나는 걱정스러운 마음을 떨치지 못한 채 닫힌 욕실 문만 한참 바라보았다.

그 후 오전에서 저녁으로 산책 시간을 바꿨지만, 그 사장이라는 남자는 어떻게 알았는지 그 시간에도 자주 나타나곤 했다. 불길하고도 역겨운 냄새를 여지없이 풍기며 누나와 나 사이를 비집고 들어와선 누나에게 뭔가를 가르쳐주겠다며 떠들어댔다. 회색 냄새를 풍기던 어느 날은 집까지 따라오겠다고 고집한 적도 있었다. 그날 누나는 겨우 남자를 쫓아 보내곤 하얗게 질린 얼굴로 한숨을 쉬었다.

"아빠가 아시면 걱정할 테니까 조심해야겠어. 길동아, 우리끼리 어떻게든 해보자. 하, 바보처럼 그때 왜 휴대폰을 빌려드려서…."

누나의 자책하는 말에서 어둡고 칙칙한 냄새가 났다. 누나를 도울 방법이 없을까 고심해봤지만 아무것도 떠오르지 않았다.

며칠 뒤 저녁, 누나는 나가자고 했지만 나는 비도 오고, 남자가 또 나타날 것만 같아서 나가기가 싫었다. 점점 진해지는 남자의 불길한 냄새에 내 불안도 커지고 있었기 때문이었다.

"정말 안 갈 거야? 야, 홍길동!"

내 딴엔 누나에게 열심히 설명한다고 했지만, 누나는 내 말을 이해하지 못했다. 설득하다 지친 나는 포기하고 방구석에 누워버렸다. 누나는 망설이는 듯했지만 결국 혼자 집을 나섰다. 누나 혼자 산책을 가면 재미가 없을 테고, 그러면 다음부터는 내 말을 들어줄 거라고 생각했다. 그렇게 남자를 피할 수 있을 줄 알았다.

하지만 완전히 잘못된 판단이었다. 그날 누나는 늦도록 돌아오지 않았다. 아니, 그날 이후 영원히 사라져버렸다.

5

아빠가 전화를 받고 쓰러진 날부터 경찰들이 집을 들락거렸다. 아빠는 깨어나서도 한동안 멍한 상태였다. 말없이 눈물만 흘리다가 소리를 지르기도 하고 나를 껴안은 채 방바닥에 한참을 누워 있기도 했다. 나는 뭐가 어떻게 된 일인지 알 수 없어 아빠에게 이유를 물었지만, 아빠는 축축한 냄새를 풍기며 내 머리만 쓸어내릴 뿐, 아무런 답도 해주지 않았다.

처음 경찰이 오고 나서 며칠 후, 수첩을 든 경찰이 아빠에게 건조하고 푸른 냄새가 풍기는 목소리로 설명했다.

"홍하나 씨가 알뜰폰을 쓰셨더군요. 이런 경우 통신사 기지국을 통한 위치 추적에 2주 가까이 소요되어서 발견이 더 늦어진 것 같습니다. 게다가 마지막으로 위치가 잡힌 곳이 서울 친구 집 근처였는데, 그 친구는 그날 연락을 받은 적도, 만난 적도 없다고 진술했습니다. 그런데 막상 홍하나 씨의 시신은 이 근처 강변에서 발견되었고…."

누나의 시신…? 누나가 죽었다고? 순간 하얀 냄새가 내 머리부터 발끝까지 덮쳤다. 다급히 아빠를 돌아봤다. 아빠는 고개를 숙인 채 슬픔의 냄새가 밖으로 뿜어져 나오는 걸 꾹꾹 누르고만 있었다.

"확인된 그 친구의 동선이 모두 서울 인근이지만, 일단 저희는 그 사람을 가장 유력한 용의자로 보고 조사를 진행할 예정입니다."

나는 하얀 냄새에 어질한 상태에서도 최대한 정신을 차리고 경찰의 말을 속으로 되뇌었다. 서울 친구? 경찰이 말하는 사람은 누나와 자주 통화하던 그 친구일 거였다. 하지만 그 친구는 누나를 위험에 빠뜨릴 리 없었다. 게다가 누나가 발견된 곳이 강변이라면 더욱이 다른 답은 없다. 죽은 식물의 냄새를 풍기던 그 남자가 저지른 일이 분명했다!

"그 남자예요, 그 남자가 죽인 거예요! 누나가 일하던 레스토랑 사장, 나쁜 냄새가 나던 그 남자예요!"

하지만 경찰은 미간을 찌푸린 채 나를 멀뚱히 보기만 했다. 아빠도 고개를 저으며 내게 조용히 하라고 명령하듯 말했다. 걱정을 끼치기 싫었던 누나가 아무 말도 하지 않았던 탓에 아빠는 그 남자의 존재를 전혀 모르고 있었다. 나는 포기하지 않고 다시 외쳤다.

"그놈이 누나를 해쳤어요! 죽였을 거라고요!"

그러나 경찰은 여전히 내 말을 믿지 못하겠다는 듯한 표정으로 아빠에게만 위로의 말을 전하곤 집을 나섰다.

적막해진 집에서 아빠는 고개를 떨군 채 가는 신음을 내며 눈물만 흘렸다. 내가 말을 더 건네봤지만, 아빠는 반응 없이 구석에 깔린 이불 안으로 몸을 구겨 넣었다. 나는 아빠의 힘없는 등만 바라보다, 한순간 내가 직접 남자를 찾아야겠다고 생각했다. 남자의 존재를 알고 있는 것도, 찾아낼 능력이 있는 것도 나뿐이었으니까.

그렇게 별다른 준비도 없이 무작정 집을 나섰다. 다행히 나는 남자를 처음 만난 날, 남자가 가리켰던 집을 기억하고 있었다. 곧장 그곳을 향해 달렸다. 그러나 남자의 집에 거의 다다랐을 때 뭔가 이상한 걸 깨달았다. 근방에 남자의 냄새가 전혀 느껴지지 않았던 것이다. 남자가 생활하는 집이라면 곳곳에 냄새의 흔적이 배어 있어야 했지만, 없었다. 거짓말이었다.

즉시 방향을 바꿔 강변으로 뛰었다. 남자가 그곳에서 뭔가를 했다면 아직 냄새가 남아 있을 터였다. 그러면 그 흔적의 줄기를 따라 남자의 현재 위치도 찾을 수 있었다. 역시 그곳엔 남자의 냄새가 있었고 나는 즉시 그 자락을 쫓아 달렸다. 놈을 잡을 거란 기대에 가슴이 벅찼다. 그러나 얼마 달리지 않았는데 갑자기 주위가 어두워졌다. 이내 빛이 번쩍하더니 하늘과 땅을 뒤흔드는 거대한 소리가 울렸다. 이어 굵은 바늘 같은 차가운 장대비가 내 몸에 내리꽂혔다. 동시에 놈의 냄새는 순식간에 자취를 감춰버렸다.

방향을 잃어버린 나는 그 자리에 설 수밖에 없었다. 온몸이 비에 젖고 있었지만 솟구치는 분노로 몸에선 붉고 떫은 냄새가 뿜어져 나왔다. 그렇게 한참을 우두커니 서 있었다.

마침내 비가 그쳤지만 이미 날은 어두워졌고 세상은 새로운 냄새로 뒤덮인 후였다. 나는 나침반을 잃은 배처럼 향할 곳이 없었다. 집으로 돌아갈 수도 없었다. 이런 나를 본다면 아빠는 더 깊은 슬픔에 잠길 게 뻔했다.

누나의 죽음에 관해 생각하며 무작정 어둠으로 걸음을 내디뎠다. 누난 어쩌다 죽은 걸까. 놈은 왜 누나를 죽였을까. 누나가 위험할 걸 알면서도 나는 왜 더 확실하게 누나를 막지 못했을까…. 줄줄이 떠오르는 의문만 반복해서 생각하다 문득 멈춰 섰다. 이제 와서 그런 의문은 아무런 의미가 없었다. 누나는 이미 죽어버렸다. 그리고 누나를 죽음에 이르게 한 시작은 결국 나였다.

내가 오토바이에 치이는 바람에 누나가 아르바이트를 하게 됐고 그 사장이라는 놈과 엮이게 됐다. 누나가 집에 돌아오지 못한 것도 내가 따라나서지 않아서였다. 그날 내가 누나와 함께 있었다면 놈은 누나를 해치지 못했을지도 모른다. 아니, 못했을 거다.

그러니 누나가 죽은 건 나 때문이었다.

눈물이 차오르더니 이내 흘러내렸다. 한번 시작된 눈물은 멈추지 않았고 나도 모르게 흐느끼는 소리까지 냈다. 어두운 강변에서 비에 젖은 채 울고 있는 내 모습에 늦은 산책을 하던 사람들이 놀라 피했다. 순간, 누가 날 알아보고 아빠에게 알릴까 두려워 황급히 자리를 벗어났다. 지금은 아빠에게 돌아갈 수 없었다. 누나가 나 때문에 죽었다는 걸 확신한 이상, 나는 반드시 놈을 찾아야만 했다.

결심이 서자, 일단 노숙할 장소를 찾기로 했다. 인적이 드문 곳을 찾다 보니, 옆 동네로 넘어가는 다리 밑에 누군가 헌 옷을 모아 만든 잠자리가

눈에 들어왔다. 마른 풀이 먼지와 뒤섞여 옷가지에 붙은 걸 보니 원래의
주인은 진즉 그곳을 떠난 모양이었다. 고린내가 진동했지만 선택의 여지
는 없었다. 숨을 최대한 참고 젖은 몸을 옷더미에 비벼 말리며 앞으로 어
떻게 할지 고민했다. 누나가 아르바이트를 했던 레스토랑을 찾을 수 있으
면 가장 좋겠지만, 나는 그곳에 관해 아는 게 거의 없었다. 거리가 있어서
누나가 버스를 타야 했던 것만 알았다. 막막함에 한숨이 나오려던 찰나,
문득 놈이 했던 말이 떠올랐다.

'내가 아침 조깅을 주로 여기서 하는데….'

그렇다면 아침에 강변에서 기다리면 놈과 마주칠 수도 있단 얘기였다.
순간 노릇고 바삭한 향이 코끝에 맴돌았다. 나는 곧장 몸을 웅크려 잠을
청했다.

그러나 다음 날 아침, 놈의 모습은 찾을 수 없었다.

다음 날도, 그다음 날도, 그렇게 며칠이 지나도 마찬가지였다. 집에 대
해 한 말처럼, 그 말도 거짓인 모양이었다.

이제 내게 남은 방법은 딱히 없었다. 무작정 거리를 돌아다니다 놈이 흘
린 작은 냄새라도 발견할 가능성에 모든 희망을 걸어야만 했다. 그렇게
정처 없이 헤매는 날이 계속됐다. 낮엔 놈의 흔적을 찾아 헤매고, 밤엔 다
리 밑으로 돌아가 노숙했다. 끼니는 거르기 일쑤였지만, 너무 배가 고프
면 어디서든 훔쳐 먹었다. 하지만 노숙과 배고픔은 큰일이 아니었다. 내
겐 제대로 씻을 수 없는 날이 반복되면서 쌓인 내 몸의 냄새가 최악의 문
제였다. 스스로 이런 지경이니, 다른 이에겐 더욱 기피하고 싶은 고약한
존재로 여겨질 수밖에 없었다. 그래서인지 누군가 경찰에 신고하는 바람
에 죽기 살기로 도망친 적도 있었다. 그 뒤부턴 사람들 눈에 최대한 덜 띄
는 시간에 움직였다. 밤에 주로 움직이고 낮에는 어딘가에 몸을 숨긴 채
강변 산책길을 감시만 했다.

하지만 아무리 기다려도, 어느 길목을 지키고 있어도, 놈의 냄새는 작은 점으로조차 존재하지 않았다. 성과 없는 시간이 끝을 알 수 없게 지속되자, 이러다 내가 놈의 냄새를 잊어버리는 건 아닐까 걱정됐다. 정말 그런 상황에 이르게 된다면… 누나를 죽인 놈에게 복수하지 못한 채 남은 생을 살아갈 자신이 없었다.

그러던 어느 날, 우연히 아빠를 보았다. 아빠는 어떤 종이를 동네 전봇대에 붙이며 돌아다니는 중이었다. 당장 달려가 안기고 싶은 마음을 누른 채 몰래 뒤를 쫓으며 아빠의 모습을 눈에 담았다. 바람에 실려 온 아빠의 체취가 행복했던 우리 가족의 모습을 떠올리게 했다. 눈물이 시야를 가려서 고개를 흔들어 없앴다. 아빠는 몇 시간이나 그렇게 동네 구석구석을 다니다 해가 지고 나서야 집으로 향했다. 나는 아빠의 체취가 희미해질 때까지 숨어 있다가, 마지막으로 전봇대에 붙인 종이를 확인했다. 거기에는 내 사진이 있었다. 아빠는 나를 찾고 있었다. 다시 눈물이 차오르면서 나도 모르게 집 쪽으로 몸을 틀었다. 하지만 이내 깨닫고 작은 신음과 함께 고개를 떨궜다. 혹여 누가 날 봤을까 두려워 바로 어둠을 향해 달렸다. 그리움의 냄새로부터 도망쳤다.

날씨는 계속 변했다. 온도가 바뀌고 풍경이 바뀌고 냄새들도 바뀌었다.
나는 여전히 사람들의 눈을 피해 놈을 찾아 헤맸지만 매일 아무런 성과 없이 잠에 들어야 하는 날만 이어졌다. 한때 내 주위에 머물던 노랗고 바삭한 빛의 냄새는 진즉 사라졌다. 대신 우중충한 절망의 냄새가 그 자리를 채우고 있었다. 매일 아침 일찍 길을 나서던 다짐은 힘을 잃어가고 있었다.
노숙이 길어지면서 몸이 예전 같지 않았다. 건강하고 탄탄했던 근육은 진즉 형태를 잃었다. 사고로 다친 다리도 언제부턴가 절고 있었다. 내가 기억하는 살인자의 냄새도 이젠 그게 맞는지 확신할 수 없었다. 심지어 내 몸은 이미 죽음의 냄새를 풍기고 있었지만, 나는 마치 그게 존재하지 않는 것처럼 자신을 속인 지 오래였다.

6

다시 여름의 냄새가 시작되던 날, 나는 결국 자리에서 일어나지 못했다. 머리로는 오늘도 길을 나서야 한다는 걸 알고 있었지만 몸이 말을 듣지 않았다. 거듭 잠들어서 꿈에서라도 누나를 보고 싶다는 바람만 일었다. 눈물에 시야가 부예지자, 힘겹게 눈을 껌뻑여 그것을 밀어내는 것만 겨우 해냈다. 그런데 그때 어디선가 느린 바람이 불어와 코끝에 닿았다. 눈이 번쩍 뜨였다. 이제는 세상에서 사라져버린 누나의 향기와 정확하게 일치하는 신선하고 푸른 향이 내 코를 간질인 것이다.

누난 이제 이 세상에 없잖아? 그런데 어떻게 누나의 냄새가…? 그 순간 다시 놀란 나는 냄새가 날아온 쪽으로 고개를 돌렸다. 그놈의 냄새가 뒤따랐기 때문이었다. 믿을 수 없었다. 심지어 그리 멀지 않은 거리일 게 분명한 짙은 냄새였다. 나는 곧장 자리를 박차고 나갔다.

놈의 냄새를 쫓으면서도 머릿속을 채운 의문은 가시지 않았다. 1년 가까이 하루도 빠짐없이 놈을 찾아 헤맸을 땐 흔적도 없었는데 이렇게 갑자기 냄새가 나타났다는 게 이상해서였다. 그런데 강변을 달리다 자연스레 깨달았다. 계절 때문이었다. 놈의 역겨운 체취와 섞인 초여름의 향기, 놈과 처음 만난 그날 초록의 향기가 그곳에 다시 있었다.

숨을 들이켜 놈의 냄새를 다시금 확인하자, 비로소 남은 의문도 풀렸다. 오래된 누나의 향기에 비해 놈의 체취는 신선했다. 몸에서 떨어져 나온 지 얼마 되지 않았다는 얘기였다. 그렇다면 지난 1년 동안 놈은 이곳을 떠났다가 이제 돌아온 것이고, 계절의 향기는 그때처럼 놈의 냄새와 합쳐지면서 내게 더욱 확실한 좌표를 던져준 것이었다.

번화가에 이르자 다시 여러 가지 냄새가 섞이면서 잠시 방향을 잃었지만, 나는 즉시 눈을 감고 공기를 들이마시며 주위를 확인했다. 차분하게 앞에서 쿵쿵, 오른쪽에서 쿵쿵, 뒤를 돌아 쿵쿵…! 뒤에서 왼쪽으로 고개를 돌릴 때 놈의 냄새가 다시 걸렸다. 작은 점처럼 공기에 흩뿌려진 냄새는 주체에 가까워질수록 하나의 선으로 이어졌다. 걸음을 떼어 그 선의 끝자락을 향해 천천히 발을 옮기자, 놈의 냄새가 확연하게 짙어졌다. 그와 동시에 놈이 누나에게 저지른 짓이 떠올라 괴로웠지만, 다가가는 걸 멈출 순 없었다. 더, 더 가까이 놈에게 다가가야 내가 계획한 복수를 할 수 있었다.

드디어 놈이 시야에 들어왔다. 한 손엔 커다란 가방의 손잡이를 끌고 다른 손엔 휴대폰을 쥔 채 대로변에서 통화를 하고 있었다. 나는 근처 전봇대에 몸을 숨긴 채 놈을 주시했다.

"급히 해외에 나갈 일이 생겨서 연락을 못했던 거야. 자기야, 나 이제 돌아왔잖아. 에이, 한번 자기는 영원한 자기지! …어때, 오늘 시간 괜찮아?"

놈의 웃음에서 변함없이 죽은 식물의 냄새가 흘러나왔다. 누나에게 그랬던 것처럼, 놈이 다른 누군가를 해치려 한다는 것을 놈의 냄새가 증명하고 있었다.

그러나 내가 놈을 찾아낸 이상, 이제 놈은 그럴 수 없다.

처음 나를 이끈 누나의 체취가 어디서 흘러나온 건지, 보이지 않지만 알 수 있었다. 놈의 가방 깊숙한 곳에 누나가 실종된 날 신었던 스타킹이 있었다. 놈은 통화를 계속하며 길을 건너려고 좌우를 두리번거렸지만, 차들이 속도를 줄이지 않고 달려오는 바람에 여의치 않아 보였다.

나는 다음 행동을 준비하며 혀로 윗니를 훑었다. 예의주시하며 기다리다, 가장 거대한 트럭이 앞에 이를 때에 맞춰 냅다 달렸다. 그렇게 놈과 함께 하늘로 날아오르는 순간, 푸른 꽃망울이 터지는 순간의 싱싱하고 청명한 향이 세상에 가득 찼다.

나는 비명에 가까운 소리를 내질렀지만, 그건 기쁨에 겨운 최후의 환성이었다.

어제 오후, 경기도 원표읍 외곽에서 길을 건너려던 이 모 씨(남성, 47세)가 유기견(저먼 셰퍼드)의 공격으로 트럭에 치여 사망하는 사고가 발생했다. 그런데 해당 유기견의 소유주가 작년 여름 실종된 후 변사체로 발견된 홍하나 씨(여성, 당시 20세)로 밝혀지면서 사고 조사는 새로운 국면을 맞았다. 경찰은 사망한 이 모 씨의 캐리어에서….

*본 소설은 《계간 미스터리》77호에 실린 〈마트료시카〉와 세계관을 공유합니다.

홍선주 《계간 미스터리》신인상으로 등단, 몇 개의 공모전에서 상을 받았고, 《나는 연쇄살인자와 결혼했다》, 《심심포차 심심 사건》, 《푸른 수염의 방》을 냈다. 세상의 모든 흥미로운 이야기는 미스터리에 기반을 둔다고 믿고 '어떻게?'보다는 '왜?'를 좇으며, 기억이 인간을 만들어가는 과정을 우연과 운명의 드라마로 풀어내고 있다.

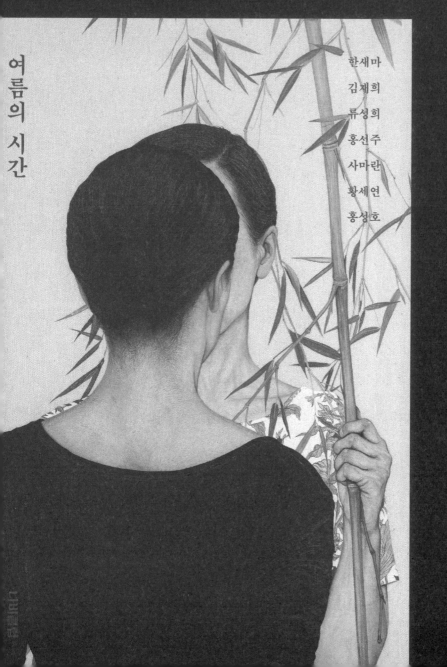

여름의 시간

한새마
김재희
류성희
홍선주
사마란
황세연
홍성호

"남자는 영원히 이해하지 못할 것이다.
절대 열지 말아야 할 문을 연 것은
자기 집에 왔던 그 모든 여자들이 아니라 자기 자신이었음을."
가해자의 심리를 장악하고 무너뜨려 복수하는 심리 미스터리

푸른 수염의 방

나비클럽 소설선
홍선주 소설

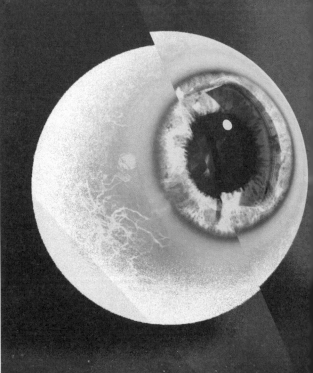

979-11-91029-70-3(03810)

nabiclub

₩15,000

마음 훔치는 곤란한 이야기를 청한다

나비클럽 소설선
무경 장편소설

한국 미스터리를 읽는
네 가지 키워드③
미스터리의 탐색담과
공진화 共進化

박인성

미스터리의 공진화

아마도 이야기의 스펙트럼이 가장 넓은 장르는 SF일 것이다. SF에는 스페이스 오페라에서 사이버펑크와 포스트-아포칼립스까지, 좀처럼 같은 장르로 묶을 수 없는 형태의 다양한 하위 장르가 있다. 이러한 장르적 스펙트럼의 형성은 마치 오랜 세월에 걸친 생물학적 진화 형태와 닮아 있어서 같은 종으로 구분된다고 할지라도 하위 계통에 있어서는 폭넓은 유전적 변이나 돌연변이를 가진다. 미스터리 장르 역시 다양한 스펙트럼의 하위 장르들로 구성되어 있다. 본격 미스터리가 종의 기원이 될 수 있을지언정 하드보일드 및 누아르를 포함하여 각종 범죄 소재의 변형태에 이르면 미스터리란 하나의 종적인 생태계를 구축하고 있음을 알 수 있다.

문제는 미스터리의 계통적 진화 과정에서는 어떤 형태로든 장르적 관습과 흔적이 유전자의 배열처럼 후행 장르에 영향을 미친다는 사실이다. 지금은 아무런 기능을 하지 않는 흔적기관이라고 할지라도 그 존재는 장르적 계통을 보여주는 명징한 시각적 증거다. 마찬가지로 미스터리라는 포괄적 장르와 그 하위 장르 사이에는 어떤 방식으로든 직간접적인 매개물이 유추적인 방식으로 형성된다.

'미스터리'라는 포괄적 장르는 고전적 미스터리의 기원에서부터 확장되어온 관습을 대변한다. 포괄적인 미스터리는 어떤 형태로든 범죄를 다루고 있으며, 범죄를 둘러싼 수수께끼가 되는 개인의 정체성 및 사회적 시스템의 작동에 대해 탐색하고 해답을 제공하는 장르다. 누아르나 첩보물이라고 할지라도 이러한 공통적 관습과 논리를 크게 벗어나지 않는다.

예를 들어 일상 미스터리 혹은 코지 미스터리Cozy Mystery라고 불리는 하위 장르가 있다. 일상 미스터리를 일상이 배경인 작은 사건담 정도로 이해해서는 안 된다. 일상 미스터리를 소품적 이야기 정도로 이해한다면, 이 장르는 결코 독립적인 개별성을 인정받을 수 없다. 미스터리는 장르적 관습과 그 해석적 의미화를 공유한다. 따라서 포괄적인 미스터리 장르와 일상 미스터리는 일종의 프랙털 구조를 형성할 필요가 있다. 프랙털은 자기유사성을 가진 기하학적 구조의 연속이다. 미스터리라는 상위 구조에 포함되어 있는 장르적 현실은 일상 미스터리라는 하위 장르의 구조에서도 기하학적 유사성을 반복할 수 있어야 한다.

　　요네자와 호노부米澤穂信의 '고전부 시리즈' 중 단편집《멀리 돌아가는 히나》(엘릭시르, 2014)에 수록된 작품 〈기억이 있는 자는〉은 흥미로운 일상 미스터리의 사례다. 지탄다 에루는 한사코 자신의 추리 능력을 대단치 않게 여기는 오레키 호타로의 능력을 증명하기 위해 한 가지 추리게임을 벌인다. 즉흥적이지만, 갑자기 들려온 교내 방송을 통해서 미스터리를 추리하는 것이다. "10월 31일, 역 앞 교문당에서 물건을 산 것에 짐작이 가는 자는 시급히 교무실로 올 것"이라는 교내 방송만을 듣고서 진상을 추리해나간다. 이 작품이 일상 미스터리로서 포괄적인 미스터리와의 구조적 유사성을 구성하는 조건은 다음과 같다.

구분	포괄적 미스터리	일상 미스터리	공통점 및 차이점
범죄 형태	상대적인 중범죄	상대적인 경범죄	범죄는 일상적 범주를 넘어선 명백한 반사회적 행위로 그려진다.
플롯의 전개 방식	다양한 단서의 탐색과 궁극적인 진실에 대한 추적	소극적인 탐색과 전체의 단면으로서의 진실에 대한 추적	탐색 범위의 크기와 탐색 대상의 성격이 달라진다.
탐정의 역할	범죄의 적대자이자 법의 대리인으로서의 탐정	일상 내부의 범속한 개인으로서의 탐정	탐정의 예외적 개성과 사회적 소속감이 다소 차별화된다.

공권력의 개입	구체적인 법과 공권력의 개입이 강하게 요구됨	공권력의 개입이 배제되거나 불필요함	공권력의 개입 여부는 명백하게 다른 층위로 그려진다.
추리의 결과	큰 사회적 공동체의 회복과 유지	작은 사회적 공동체의 회복과 유지	구조적 혼란의 제거와 사회의 안정화가 그려진다.

일상 미스터리는 상대적으로 법과 공권력의 개입이 배제되며, 추리의 위력이 크게 전시되지 않는다. 탐정은 범속한 일상의 범주에 있으며, 공적 역할을 자처하거나 추리의 위력을 전시하려고 하지 않는다. 대표적으로 고전부 시리즈의 주인공 오레키 호타로는 '에너지 절약주의'를 모토로 삼아, 일상에서 벗어나는 특별한 개인의 삶을 원하지 않는다. 그런 호타로를 미스터리와 수수께끼로 초대하는 인물이 지탄다 에루로, 일상에서 '신경이 쓰이는' 미스터리를 발견하고 궁금증의 해결을 호타로에게 위임한다. 이는 '고전부'라는 작은 사회 공동체가 일상의 중심으로 자리 잡고, '에너지 절약주의'를 넘어서서 오레키 호타로가 나름대로 학창 생활의 의미를 재발견하게 해주는 과정이기도 하다.

이처럼 일상 미스터리는 단순히 소박하고 작은 미스터리 사건을 다룬다고 해서 성립하는 것이 아니다. 포괄적 미스터리가 지향하는 큰 틀에서의 장르적 관습과 논리를 효과적으로 변주하고 갱신함으로써 구축되는 또 다른 미스터리적 현실을 제시할 때, 비로소 일상 미스터리라는 하위 장르는 독립성을 인정받게 된다. 이는 일상 미스터리가 포괄적 미스터리를 의식하면서도 자신만의 차별화를 수행하기 때문이며, 미스터리의 긴장감과 추리의 역할을 스스로 과소평가하지 않기 때문에 가능해진다. 동시에 포괄적인 미스터리는 일상 미스터리와 같은 새로운 형태의 하위 장르의 출현으로 새로운 장르적 확장성을 확보하면서 스스로 진화적 갈래를 추가한다.

따라서 장르는 포괄적인 장르와 하위 장르 사이에서 서로 영향을 주고받으며 공진화한다. 당연히 미스터리와 SF, 기타 인접 장르 간의 상호 영향일 수도 있지만, 기본적으로는 장르 내부의 하위 장르, 더 나아가 장르 간 하위 장르 사이의 공진화 역시 이러한 영향 관계에 포함된다. 하나의 큰 진화적 계보를 그리듯이 한국 미스터리만의 단독적인 가계도나 자기동일성의 범주를 설정할 수 있다면 얼마나 편하고 좋을까. 하지만 그런 편리하고 단성적인 장르 계보학은 성립하지 않는다. 장르 자체는 일정 부분 경계를 통해서 자신만의 독립성을 구성하지만, 항상 내부적인 하위 장르나 인접 장르에 대해서는 혼성적인 양상을 보인다. 따라서 장르의 진화는 언제나 공진화로 수행된다.

이번 연재에서는 미스터리 장르 계통에서 동시적으로 발생하는 먼 거리의 소설 텍스트를 통해 한국 미스터리의 포괄적인 스펙트럼을 살펴보고자 한다. 무엇보다도 앞의 표에서 제시한 다섯 가지 기준을 적용해볼 것이다. 함께 살펴볼 텍스트들은 자의적이라면 자의적인 선별이지만, 특히 최근에 출간된 두 편의 미스터리가 모두 부산을 배경으로 하고 있다는 점에서 우선 눈길을 끌었다. 무경의《마담 흑조는 곤란한 이야기를 청한다》(나비클럽, 2024)와 박대겸의《부산 느와르 미스터리》(오러, 2024)가 그것이다. 전자가 과거 역사적 공간으로서의 부산을 재현하며 본격 미스터리의 형식을 취한다면, 후자는 철저한 텍스트적 공간으로서의 부산을 다루며 미스터리라는 장르와 서사적 구조 자체를 비튼다. 고증에 충실한 역사 미스터리와, 현실과 텍스트를 비트는 메타-미스터리. 두 소설은 완전히 다른 형태로 진화한 미스터리 장르의 공존과 병렬을 보여주는 흥미로운 사례다.

스스로를 쫓는 자 – 무경,
《마담 흑조는 곤란한 이야기를 청한다》

미스터리는 포괄적인 의미에서 무엇인가를 쫓는 이야기다. 무엇을 쫓는가? 당연히 범죄와 관련된 감추어진 진실이라고 생각할지 모른다. 하지만 미스터리가 수행하는 추적은 언제나 이중적이다. 이야기 안쪽에 범인의 정체를 포함하는 범죄의 전모에 대한 추적이 있다면, 이야기 바깥쪽에는 미스터리의 추리 과정이 작동하는 포괄적 탐색담의 구조가 있다. 미스터리는 큰 틀에서 주체와 타자에 대한 역동적인 관계성이 작동하며, 사냥꾼이 사냥감을 추적하는 수색 과정을 유추적으로 구성한다. 요약하자면, 본격 미스터리에서 가장 완벽한 범인은, 탐정과 구분할 수 없는 동등한 존재가 된다.

따라서 본격 미스터리를 형식적으로 심화할 수 있는 주제와 구성이란 바로 이러한 양면적인 추적 과정을 입체적으로 만들어주는 의미화 과정이다. 탐정은 단순히 진실을 쫓는 것이 아니라, 의식적이든 무의식적이든 그러한 진실이 작동하고 있는 이야기적 주제의식을 쫓는다. 범죄란 무엇인가, 범인으로 하여금 사회적 규범과 도덕을 넘어서는 행위를 하게 만드는 일련의 범죄행위는, 반성적 거리감만큼이나 범인에 대한 인지적 동일시를 요구하기 마련이다. 탐정은 범인과 심리적 거리감을 형성하면서도 동시에 범인이 있어야만 자신의 역할이 비로소 존재한다는 사실을 안다. 따라서 궁극적으로 미스터리는 근대적인 주체의 자기 발견적 이해로 수렴된다.

본격 미스터리가 언제나 예외적으로 만들어내는 범죄의 시공간과 범죄자의 범죄행위는 그 자체로 자율적인 논리처럼 보인다. 하지만 모든 본격 미스터리가 제공하는 자율적인 범죄-추리의 시공간은 사실 그것을 구축하는 더 큰 세계 아래 놓여 있다. 단서, 흔적, 범인을 추적하기 위해서 놓인 모든 사물은 그 이상의 논리에 작용한다. 그리고 무엇보다도 동기는 단순히 범인의 심리와 내면에 국한하지 않고, 복합적인 현실의 구조와 맥락을 환기하기 마련이다. 여기서는 본격 미스터리에서 드러나는 포괄적인 미스터리의 탐색 과정을 비교함으로써, 미스터리의 구성적 특징이 각각의 이야기에서 어떻게 구체화되는지 살펴보려 한다.

무경의 연작 장편소설《마담 흑조는 곤란한 이야기를 청한다》(이하《마담 흑조》)는 오랜만에 본격 미스터리의 구성 속에서 고전적인 탐정과 추리 과정을 전면화하는 소설이다. 일종의 시대극 요소가 포함되어 있는 셈인데, 클래식한 본격 미스터리가 한국에 소개되었던 바로 그 시기에 대한 복고적 취향을 확인할 수 있다. 하지만 이 이야기가 의도적으로 과거의 클래식 미스터리를 복고적으로 반복함으로써 형성되는 효과는 과거의 클래식 미스터리와 다를 수밖에 없다. 무엇보다도 이 소설은 우리가 생각하는 식민지 현실에 대한 거리감 속에서 본격 미스터리가 구성되는 조건들을 외연화한다. 과연 이러한 시대의 본격 미스터리는 독립된 자율적 장르가 될 수 있는가?

이 연작소설에서 주인공 천연주는 개별적인 세 건의 사건을 해결한다. 하지만 그것만으로 그친다면 소설의 매력은 반감될 수밖에 없다. 중요한 것은 마담 흑조의 추리 과정의 외연에서 작동하고 있는, 이야기 외부의 추적 과정이다. 탐정이 기호학자로서 밝혀내는 세계에 대한 의미화 과정 말이다. 따라서 이 소설은 포괄적 미스터리로서 갖추어야 하는 여러 가지 조건에 대한 개성적 답변을 내놓고 있다. 탐정으로서 천연주는 이야기 안쪽에서는 철저한 외부인에 지나지 않는다. 그러한 외부적 조건이야말로 이 소설의 본격 미스터리 장르를 포괄적인 미스터리로 승화하는 주된 열쇠다.

첫째로 소설의 시대적 배경과 부산이라는 장소는 흥미로운 본격 미스터리를 위한 시공간을 구성한다. 이는 기존의 경성 모더니즘과 경성 로망스에 대한 거리감을 구성하기 때문이다. 최근 들어 자주 등장했던 경성 탐정물의 유행 또한 마찬가지다. 경성 탐정물은 실제로 식민지 현실의 그림자를 지우고 장르적 시공간의 독립성을 강조한다. 이것은 가급적 중립적인 태도로 클래식한 초기 미스터리 소설의 분위기와 매력만을 한국의 시대적 배경 속에 구성하기 위한 전략이다. 경성 탐정물의 기원에 해당하는 1930~1940년대 김내성의 소설에서도 경성과 본격 미스터리의 공간적 구성은 마찬가지였다. 김내성의《마인》에서 경성은 이색적이고 모던한 방식의 전시 공간으로 그려진다. 서양식 저택에서 열리는 가장무도회와 같은 문화적 소재는 당시 실제 경성의 풍경이 아니라, 철저하게 서양의 근대 미스터리에 대한 참조로서 전유된 것이다.

이러한 시도는 마치 식민지에 대한 역사적 맥락과는 별개로 미스터리라는 장르 속에 예외적인 시공간이 존재할 수 있는 것처럼 묘사하기 쉽다. 무경의《마담 흑조》는 영리하게 이러한 맹점을 극복하고 있다. 이 소설에서 미스터리의 시공간으로 부산을 그리는 방식은 이러한 예외성을 다소간 영리하게 정당화하기 때문이다. 부산은 서울과는 다르며 식민지의 시대적 환경에서 완전히 독립적이지도 종속적이지도 않다. 서울과의 거리감을 통해서 적절하게 자신만의 지역적 특징이 있는 공간으로 묘사됨으로써, 부산은 경성의 화려함과는 다른 방식으로 미스터리의 독립적 공간성을 획득한다. 또한 일본과의 지리적 인접성과 교통의 의미로 인해 더욱 구체적인 성격이 가미되면서, 경성 모더니즘의 독립적 환상과는 별개로 부산의 지역적 독립성이 효과적으로 부각된다.

《마담 흑조》는 세 편의 연작으로 구성되어 있고 범죄 형태는 각각 다르다. 하지만 공통적으로 사건의 발생과 해결은 지역적이다. 첫 번째 작품 〈마담 흑조는 매구의 이야기를 듣는다〉에서의 핵심은 아편 재배와 유통의 문제이며, 해결은 연주가 사건의 진상을 밝히는 과정에서 지역민들과 일본인 지주 사이의 암묵적 합의로 마무리 지어진다. 이는 상당히 상징적인 문제 해결 방식이다. 연주는 탐정으로서 진상을 거의 추적했지만, 공권력의 개입이 아니라 서로에게 활로를 열어주는 방식으로 문제를 해결한다. 이것은 식민지 현실에서 공권력은 일본의 것이며, 조선인과 일본인 사이에 비대칭적이라는 사실이 암묵적으로 작동하기 때문이다. "기미년 때 맹키로 순사가 우리한테 총질했을랑가도 모르제"(93쪽)라고 말하는 장씨의 탄식에는 이 소설의 시공간이 철저한 식민지 현실 위에 구축되었음을 환기한다.

다른 한편으로 《마담 흑조》의 플롯 전개 방식은 대단히 고전적이다. 이 연작소설의 백미는 〈마담 흑조는 지나간 흔적의 이야기를 듣는다〉로 이 소설에서 보여주는 추적 과정은 흥미로운 자기 추적을 연극적으로 상연한다. 연주가 부산을 떠나기 전 마지막으로 협력하게 되는 것은 학교 선배인 채상미와 그의 연인 박경석이다. 두 사람은 일본으로 가기 위해 배를 타고자 하지만, 자신들을 지켜보는 의문의 존재인 '회색' 모자를 쓴 누군가를 두려워하며 연주가 그 존재를 추적하는 과정을 돕는다. 하지만 실상 이 모든 추적은 연극에 불과하며, 그들이 쫓는 '회색'은 가상의 존재임이 밝혀진다. 최종적으로 일본으로 향하는 배 위에서 상미는 이러한 연극이 벌어진 연유를 설명하며, 최초로 자신에게 목격된 '회색'이 경석이라는 사실을 밝힌다.

실상 경석은 두 사람을 지켜보며 쫓는 '회색'으로 스스로 변장하여 상미에게 각인시킴으로써, 자연스럽게 그를 쫓아야만 하는 대상으로 만들었다. 그리하여 '회색'은 경석이 만들어낸 또 다른 자신이지만, 정작 연주와 상미의 연기로 인해서 진짜 '회색'의 존재가 목격되자 그를 두려워하며 쫓게 된다. 결과적으로 경석은 자기 자신을 추적하는 기묘한 자기 추적을 수행하게 된 셈이다. 연주가 추측했듯이 경석은 이미 조직을 배신하고 상미와 함께 속해 있는 독립 결사조직의 명단을 전보로 보내고자 했다. 마치 오이디푸스 왕이 테베 왕을 죽인 범인을 찾는 과정에서 비극적인 진실, 자신이 아버지를 죽인 범인이라는 진실에 도달하듯이 경석은 근본적으로 자기 자신이 배신자임을 연인 앞에서 인정해야만 하는 비극적인 추적의 진실에 도달한다. 이처럼 연주와 함께 두 사람이 쫓는 '회색'이란 상징적인 대상이다. 그것은 경석이 결국 회색분자라는 사실을 의미하며, 이미 명확한 자기정체성을 잃어버린 식민지 현실의 개인이라는 것을 의미하기도 한다.

식민지 현실 속에 놓인 본격 미스터리의 흥미로운 성격은 고전적인 비극과 근대적인 자기 탐색의 진실을 추적하는 과정으로 구체화된다. 탐정의 역할과 추리의 기능은 제한적일 수밖에 없다. 《마담 흑조》에서 탐정인 연주의 역할은 어디까지나 관찰자이며, 동시에 사후적인 의미를 구성하는 사람에 불과하다. 이는 그의 정체성에서도 선명해진다. 경성의 작은 다방 '흑조'의 주인으로 '마담 흑조'라는 이명을 가진 인물 천연주는 '센다 아카네'라는 창씨개명 이후의 이름으로 불리기도 한다. 이 소설은 부산 온천에 요양 온 사정을 일부 환기할 뿐, 연주라는 인물에 대한 섬세한 묘사나 내면 서술은 후경화되어 있다. 전체 소설에서 이 여성 탐정은 식민지 현실에서 여러모로 예외적인 인물이다.

동시에 그녀 역시 신체적인 특징처럼 정체성에 결핍이 있으며, 식민지 현실에서 누군가를 기다리는 존재라는 사실이 명확해진다. 마찬가지로 부산에서 이방인으로서 사건에 개입하지만, 집안의 배경과 독특한 과거사가 없다면 탐정으로서의 개입은 제한적일 수밖에 없다. 추리의 위력은 연속적일 수 없으며 결과적으로 식민지 현실에서 공권력과 우호적으로 결합할 수 없는 탐정의 역할은 지극히 자기만족적인 것이기도 하다. 따라서 소설의 연작 구성에도 불구하고 마담 흑조는 직업적 탐정이 아닌 여행객, 이방인, 참견쟁이에 불과한 잠정적 정체성만을 가진 탐정이다.

연주를 보고 사람들은 일본 전통의 요괴 '사토리'를 떠올리기도 하는데, 사토리覺라는 요괴는 원숭이의 모습을 하고 있으며 사람의 생각을 읽어 사람보다 더 빨리 말한다고 한다. 이러한 존재는 마치 거울처럼 사람이 무엇을 원하고 바라는지, 그리고 어떠한 행동이나 말을 하려고 하는지에 대한 반사판처럼 기능하게 된다. 따라서 식민지 현실에서 연주의 탐정으로서의 역할은 공적인 방식으로 공권력과 결합하여 범죄자를 처벌하고 사회적 정의를 회복하는 것이 아니다. 그러한 역할의 제한으로 인해 오히려 연주는 범죄를 저지르게 되는 식민지 현실의 비대칭적인 권력 구조, 조선인이 놓인 경제적 궁핍과 일본인과의 관계라는 사회적 구조 및 조직망에 대해 환기시키는 거울 인물로서의 역할을 수행한다.

　　연주의 추리는 그렇게 포괄적인 진실을 겨냥하는데, 그것은 단순히 범죄에 대한 진실이 아니라 식민지 공간에서 살아가는 사람들이 억압하고 모르는 척하면서 자신을 속이는 것에 대한 진실이다. 식민지 현실에서 살아가는 조선의 국민은 온전한 자기정체성을 상실한 사람들이며, 〈마담 흑조는 지나간 흔적의 이야기를 듣는다〉의 박경석처럼 온전히 자신만의 논리와 언어로 진실을 직시하기 어려운 측면이 있다. 따라서 예외적인 경계인, 관찰자로서의 탐정, 요괴 사토리라는 연주의 매개적 성격이 이 미스터리를 효과적으로 구체화하는 것이다. 이렇게 《마담 흑조》는 과거 식민지 현실을 활용한 클래식한 본격 미스터리임에도 불구하고, 여러 포괄적 미스터리의 구성 조건을 활용해 본격 미스터리가 어떻게 자신이 놓여 있는 역사적 시공간과 단단하게 결합하게 되는지를 효과적으로 보여준다.

쓰는 자와 쓰이는 자의 자기 추격기
– 박대겸, 《부산 느와르 미스터리》

　　박대겸의 소설 《부산 느와르 미스터리》는 최근 한국에서 드물게 등장한 메타-미스터리 장편소설이다. 지난 연재에서도 다룬 바 있지만 메타-미스터리는 메타-소설의 형태로 이루어진 미스터리 하위 장르라 할 수 있으며, 무엇보다 미스터리가 하나의 게임처럼 게임판 바깥의 사람들, 즉 작가를 포함한 허구 바깥의 인물들에 의해서 다시 쓰이는 과정을 포함한다. 모든 범죄와 그에 대한 추리 역시 하나의 이야기적 상황에 불과하며, 모든 상황은 이야기 창작의 외부 상황에 매개되어 변화되거나 재구성될 수 있다. 따라서 메타-미스터리는 마치 작가와 독자의 두뇌 싸움처럼 이야기 내부의 미스터리를 분석하고 판단하며, 그에 대한 더 나은 구성이 가능한지를 판단하는 해석적 서술을 동반한다. 메타-소설의 유행을 불러온 포스트모더니즘의 유행 이후로 메타-미스터리 자체가 오늘날 희소하다고 말하기는 어렵지만, 이를 장편소설로 구성하는 작업의 어려움에 대해서는 굳이 말하지 않아도 알 것이다.

《부산 느와르 미스터리》에서 보이는 메타-미스터리는, 장르와 장르 사이의 연결과 결합에 대한 근본적인 물음이기도 하다. 근본적으로 누아르는 무엇이고 미스터리는 무엇인가. 그 둘이 하나의 소설 이름으로 묶이게 되면 이야기는 어떤 방식으로 구성되고 전개되어야 하는가, 라는 질문이 소설 내부에서 환기되기 때문이다. 쉽게 구분하자면 이야기-내부 세계에서 누아르로 쓰이는 것이며, 그 소설을 쓰고 있는 이야기-바깥 세계에서는 이 모든 메타-소설을 포함하는 포괄적 미스터리가 작동한다. 따라서 두 세계는 상호작용하고, 서로 다른 장르가 서로에게 침투하여 변화를 일으킨다.

메타-소설은 메타렙시스metalepsis라는 서사적 기법을 적극적으로 활용하는 소설이다. 서사학적 용법으로서의 메타렙시스는 서사의 내부intra-diegetic 층위와 외부 층위outra-diegetic 사이를 오고 가는 층위 전환이 발생하는 것이다. 예를 들어 만화 속 세계의 밀실에 갇혀 있는 캐릭터를 구하기 위해서 작가가 든 펜이 만화 세계로 들어와 문을 만들어주듯, 하나의 층위에서 다른 층위로 직접 개입하는 방식의 서술적 행위가 독자에게 비추어지게 된다. 사실 고전적인 그리스 희극에서 최후에 데우스 엑스 마키나deus ex machina라고 불리는 '기계 장치의 신'이 작품에 개입해 난장판이 된 극 중 상황을 정리해 결말을 구성하는 방식도 대표적인 메타렙시스다. 작가가 직접 작품 내부의 세계에 존재를 드러내며 개입하거나, 반대로 소설의 등장인물이 자신이 존재하는 세계가 허구라는 사실을 깨닫고 작가의 집필 환경이 존재하는 실제 세계로 뛰쳐나가는 것 역시 마찬가지다.

대중적으로 우리는 이를 '4차원의 벽'과 그러한 벽을 깨는 행위로 부르기도 한다. 메타-소설이 미스터리 장르로 활용된다면 당연히 미스터리 내부의 범죄와 사건은 허구에 불과하다는 사실이 강조되지만, 반대로 그러한 허구가 어떻게 허구 세계의 인물에게 의미화되는지, 그리고 이야기 바깥의 작가가 자신의 허구에 대한 책임을 다하게 될 것인지가 관건이 된다. 이야기는 그저 방기될 수 없으며 캐릭터와 작가는 각자의 방식으로 서로에게 영향을 미치거나 그 과정에서 자신이 있어야 하는 이야기 층위를 벗어나 다른 층위에서의 영향력을 발휘하게 될 것이다. 《부산 느와르 미스터리》는 노골적으로 이러한 메타-미스터리의 구조에서 인물이 이야기의 층위를 넘나들거나 다른 인물의 의식으로 빙의하는 방식의 '의식 이동'을 주된 서사적 장치로 활용한다.

이야기 내부에는 허구 세계로서의 《부산 느와르》가 있으며, 이를 외부의 현실 세계 소설가 박대겸이 쓰고 있는 《부산 느와르 미스터리》가 존재한다. 이 두 층위를 넘나드는 메타-미스터리로서 이 소설이 취하고 있는 범죄 형태는 사실 서사 내부 층위의 장르에 한정된다. 이는 일반적인 누아르처럼 주인공 켄싱턴을 함정에 빠트리는 사건과 그에 대한 복수의 이야기가 될 예정이었다. 하지만 메타-미스터리의 차원에서 이야기 내부의 범죄는 근본적으로 중요한 의미를 갖지 않는다. 중요한 것은 이야기가 더 나은 방식으로 쓰이기 위해서 요구되는 실시간의 다시-쓰기에 있어서의 적법성이다. 따라서 이야기의 통제권을 잃어버린 이야기 바깥 층위의 존재들이 이야기 내부로 끌려와서 이 소동에 휘

말리는 것 자체가 창작에 있어서는 근본적인 범죄이며 미스터리가 된다. 소설가 박대겸은 자신이 쓰고자 했던 소설 내부의 세계에서 등장인물로서 역할을 다하면서 이야기가 적절한 방식으로 마무리될 수 있도록 여러 인물의 의식을 이동하며 자신을 죽이려는 이야기 내부 층위에서 바깥으로 튀어나오려는 존재 제이슨을 저지해야 한다.

《부산 느와르 미스터리》의 메타-미스터리로서의 플롯 전개 방식은 일반적인 미스터리와 완전히 달라질 수밖에 없다. 내부 층위의 누아르로서 이 소설은 초기 플롯에 있어서는 누아르이지만, 이미 그러한 명확한 장르적 전개는 불가능해지고 이야기는 탈선에 탈선을 거듭할 수밖에 없다. 그렇게 이야기 바깥 층위에서는 《부산 느와르》의 소설가 박대겸이 크리스라는 인물의 몸에 빙의하듯이 이야기 내부로 끌려오게 된다. 문제는 그것은 소설가 박대겸이 통제할 수 없는 사건이며, 이 이야기를 무의식의 방식으로 박대겸에게 쓰게 하고 있는 또 다른 무의식의 작가 뢂와뢂와가 저지른 소행이라는 방식이다. 하지만 소설가 박대겸 역시 더 큰 층위의 이야기 내부 캐릭터이며, 이 소설에는 더 큰 이야기 바깥의 실제 세계가 존재한다는 사실까지 환기된다. 메타메타-미스터리라고도 할 수 있겠지만 그것을 상정해도 이야기를 더 이해하는 데는 도움이 되지 않는다.

메타-미스터리에서 탐정의 역할은 허구 세계 내부의 장기말에 불과하다. 하지만 메타-미스터리에서 탐정보다도 근본적인 역할을 하는 것은 오히려 이야기 외부와 내부를 오가는 메타렙시스의 주체이자 대상이다. 그들은 탐정과 다른 인물들을 움직이는 창작자로서의 미스터리 구성자다. 그들은 이야기가 구성되고 변화하는 과정에서 탐정의 역할뿐 아니라, 이야기 창작에 있어서 논리와 제멋대로 폭주하는 이야기를 적절하게 안정하기 위한 법칙의 구현자가 되어야 한다. 범죄자와 탐정이 저마다의 인물 논리로서 장르적 문법과 이야기 세계를 근본적으로 파괴하지 않으며 서로의 역할을 완성해야 한다. 하지만 이미 메타렙시스가 발생하고 인물이 자신의 역할을 벗어나려 하는 메타-미스터리에서는 더 큰 이야기 논리, 변화하는 이야기 속에서 법칙을 발견하고 이를 활용해서 이야기를 완결하려는 능동적인 이야기 참여자가 필요하다. 이야기 내부 세계로 참여한 이후 소설가 박대겸이 지속적으로 여러 인물의 의식으로 이동하면서 그들의 내면을 상상하고 그들에게 적합한 행동을 취하면서도, 그것이 근본적으로 이야기 전개에 있어서도 말이 될 수 있도록 노력하는 것은 이러한 의미에서의 이야기-탐정의 역할에 충실하기 때문이다. 반대로 룸와룸와와 제이슨은 또 다른 독립적 논리로 이야기를 섬유하려 하지만, 소설가 박대겸은 룸와룸와와 협력하면서 제이슨을 저지하는 이야기를 실시간으로 만들어간다.

당연하지만 이 소설에서 공권력이란 우리 현실 세계의 공권력이 아니며, 공적인 영역이란 다름 아닌 창작의 영역이다. 명시적인 소설가가 이야기에 대한 통제권을 잃어버리고 자신의 무의식이나 캐릭터의 욕망에 휩쓸려가게 되는 과정을 극화함으로써, 이 메타-미스터리는 창작이라는 사적인 행위가 어떻게 근본적으로 공동의 작업이 되며 공적인 행위에 가까운 것인지를 환기한다. 장르에 대한 이해 역시 마찬가지다. 우리는 장르를 완전히 통제하거나 완벽한 법칙 속에서 이야기를 완결하기 어렵다. 또 다른 무의식의 작가 룸와룸와와의 대화에서도 드러나듯이 소설가 박대겸은 누아르라는 장르를 완전히 이해하고 통제할 수 없다. 룸와룸와는 그렇기 때문에 장르를 아무렇게나 바꾸고 싶어 하지만, 소설가 박대겸은 지속적인 중재와 절충을 통해서 이야기를 더 나은 방향으로 이끌어간다.

이 소설에서 추리의 결과는 이야기를 끝맺어야 하는 창작자의 촉박함과 더 나은 이야기를 위한 욕망 속에서 좌충우돌 이탈과 재구성을 반복하는 장르 소설 자체에 대한 성찰적 메타 소설이 된다. 이 소설에서 메타-미스터리 이야기 층위 속에서 소설적 자의식을 분열하고, 다시 그들이 서로 쫓고 쫓기는 누아르의 세계 속에서 교차할 수 있도록 만든 것은 지극히 흥미로운 장르 갱신의 우화처럼 보인다. 앞서 무경의 〈마담 흑조는 지나간 흔적의 이야기를 듣는다〉에서 박경석이 추적하는 존재가 결국 자기 자신의 정체성이라는 결말은 흥미로운 구성이지만, 결국 근대적인 자기정체성의 아이러니를 강조한다. 우리는 온전히 자기 자신에게 도달할 수 있는가, 혹은 그러한 자기 탐색이란 근본적으로 자신을 속이는 환상적인 연극에 불과할 뿐인가. 메타-미스터리는 이러한 자기 탐색으로서의 미스터리를 더욱 심층적으로 극화하고 아이러니를 극단화한다.

앞에서도 강조했듯이 우리는 사실상 포괄적 미스터리의 시대를 살고 있다. 미스터리는 아주 좁고 미세한 장르적 이야기이면서, 동시에 탈진실의 시대를 살아가는 우리의 세계와 삶을 포함하는 모든 것에 대한 이야기이기도 하다. 미스터리의 공진화는 아주 넓은 스펙트럼의 하위 장르들을 통해서 구체화된다. 한국 미스터리의 현주소와 그 확장 가능성 역시 각각의 미스터리가 얼마나 더 다른 방식의 진화 형태를 갖추게 되었는지를 시야 넓은 곁눈질을 통해서 확인하는 과정에서 구체화된다.

이번에 살펴본 두 작품은 모두 각자의 방식으로 오늘날의 장르 문학, 오늘날의 미스터리란 어떤 것이 되어야 하는지를 아주 다른 좌표와 경로로 그려내고 있지만 사실 이 경로는 부분적으로 겹치고 교차하는 것이기도 하다. 무경의《마담 흑조》는 클래식한 전통적 미스터리를 흥미롭게 반복하는 소설이다. 이 반복이 만들어내는 섬세한 차이가 오늘날 우리가 목격하는 한국 미스터리의 중심 좌표를 구성한다면, 여기에서부터 아주 먼 좌표까지 미스터리 독자들은 함께 살필 필요가 있다. 박대겸의《부산 느와르 미스터리》는 미스터리의 형식적 외관과 메타소설의 또 다른 계통적 전통 속에 있다. 그럼에도 불구하고 이 소설은 미스터리의 장르적 범주에 좌표를 구성하고 아주 먼 좌표와의 성좌를 구성한다. 장르란 관습적이면서도 유연한 것이며, 스스로를 파괴하고 갱신하는 과정에서도 나름의 구성적 논리를 끊임없이 재발명해야 하는 이야기 창작 과정에서 발생한다는 사실과 함께 말이다.

박인성 문학평론가. 2011년《경향신문》신춘문예로 등단하여 활동 중. 현재 부산가톨릭대학교 인성교양학부 조교수 및 교보문고 문학팀 기획위원으로 재직 중이다. 최근 본격 국내 미스터리 비평서인《이것은 유해한 장르다 — 미스터리는 어떻게 힙한 장르가 되었나》를 출간했다.

우울의 중점

이은영 소설

미스터리는
'공공의 이야기'일 때 유의미하다

—미스터리 장르 안내서 《이것은 유해한 장르다》 박인성 교수

인터뷰 진행 ✛ 김소망

"미스터리 장르를 향해 손가락질을 하며 박멸을 지시할 독재자는 없다. 하지만 '범죄 드라마와 영화를 아이들이 보고 배운다'며 눈살을 찌푸리는 '어른들'은 있다."(유윤종, 〈사회적 문제 드러내는 한국형 미스터리 되길〉, 《동아일보》2024년 8월 3일자) 미스터리 장르가 장시간 다양한 모양으로 변형되면서도 잃어버리지 않은 기본 요소 중 하나는 '위험함'이지 않을까. 단순히 쉽게 풀리지 않는 수수께끼나 정체를 알 수 없는 인물이 등장한다는 것만으로는 미스터리 장르물이라고 부르기 힘들다. 미스터리에는 인간이 직감적으로 피하고 싶은, 그러면서도 궁금해 더 다가가고 싶게 만드는 치명적인 위험함이 있다. 이 위험하고 유해한 이야기는 독자를 어디로 데리고 가는가. 로맨스, SF, 심지어 코미디 장르에 섞여도 분명하게 제 역할을 해내는 미스터리는 어쩌다 이렇게 사랑받는 스토리텔링 방법이 되었나.

장르의 경계를 넘나드는 박인성 문학 평론가는 미스터리 장르의 핵심을 파르마콘pharmakon으로 보았다. 파르마콘은 '독이자 약'이라는 중의적인 의미를 띤 그리스어. 미스터리가 사람을 구하기 위해 사람을 죽이는 장르라는 것이다. 최근 그가 출간한 책《이것은 유해한 장르다》는 평론가로서 오랜 시간 연구해온 미스터리 장르의 특징과 오락성만을 추구하는 단순함에서 벗어나 한국 미스터리가 나아가야 할 방향을 담은 미스터리 장르 안내서다.

어떤 계기로 장르 연구에 관심을 가지게 되셨나요?
현재 무슨 연구를 진행하고 계시는지도 궁금합니다.

저는 어릴 때부터 항상 교과서 대신 판타지 소설과 무협소설을 책가방에 넣고 학교에 갔던 소위 '공급책'이었습니다. 저 때문에 반 전체가 장르소설 삼매경에 빠졌을 정도로 장르문학은 언제나 답답했던 학창 생활의 숨구멍이었죠. 대학교에 들어간 뒤로는 순문학 중심의 비평과 연구에 관심이 생겨 박사학위까지 취득했습니다. 하지만 한편으로는 한국 장르문학이 가진 가능성을 꾸준히 눈여겨보고 있었기 때문에 장르에 대한 연구와 비평도 병행하게 되었습니다.

무엇보다도 저는 오늘날 마스터플롯masterplot으로서의 장르문학 성격에 주목합니다. 마스터플롯이란 사회에서 반복적으로 출현하는 이야기의 골격입니다. 한국에는 한국인이 선호하는 마스터플롯이 존재하며 장르문학 또한 이를 통해 한국적인 방식으로 변형됩니다. 저는 항상 개별 작품 비평과 대중적인 이야기 향유를 접목하는 것에 관심이 있었는데, 이런 점에서 장르문학은 제가 선택할 수 있는 최선의 영역입니다. 특정한 장르가 우리 시대에 마스터플롯을 어떠한 방식으로 활용해 새로운 이야기를 만들어나가는지 계속 살펴볼 생각입니다.

《계간 미스터리》를 출간하며 자주 접하는 리뷰 중 하나가 수록 소설들을 두고 "이게 미스터리 소설?", "이게 추리소설?"이라며 의아해하는 반응입니다. 교수님은 미스터리 소설을 어떻게 정의하시나요?

제가 생각하는 미스터리 소설은 범죄 기반의 소재로 감추어진 진실을 탐색하거나 사유하는 과정을 다루는 포괄적 장르입니다. 반대로 독자들이 생각하는 것은 하위 장르로서의 미스터리인 경우가 많을 겁니다. 당연히 '셜록 홈스' 시리즈처럼 미스터리의 원점이라고 할 수 있는 고전적인 본격 미스터리가 우리가 '미스터리'라고 했을 때 떠올리는 것이지만, 정작 저에게는 큰 관심사가 아닙니다. 아마도 제 관심사가 한국 지형에 적응하면서 변화한 미스터리에 있기 때문일 겁니다. 우리가 읽는 미스터리는 본격 미스터리만이 아니라 하드보일드와 스파이물, 사회파, 오컬트, 역사와 일상 미스터리에 이르기까지 다양합니다. 중요한 건 그것들의 공통점뿐 아니라 장르적 차이와 차별성을 이해하며 저마다의 방식으로 즐기는 것입니다. 어떤 것을 올바른 미스터리 소설이라고 규정하거나 고집할수록 오히려 즐거움이 줄어들지 않을까요.

윤고은 작가의 《밤의 여행자들》이 대거상을 받았을 때 소위 순문학과 미스터리 독자 모두 이 소설을 미스터리로 간주할 수도 있다는 사실에 신선함을 느꼈습니다. 몇 년이 지난 지금도 한국 문학계는 여전히 반전, 트릭, 범인을 찾는 것에 집중하는 전통적인 미스터리 서사를 '진짜 미스터리'라고 인정하는 경향이 있는데요. 전 세계적으로 봤을 때 미스터리의 외연이 확장되고 있는지 궁금합니다.

저는 사실 순문학과 장르문학을 애매하게 결합하는 것을 선호하지 않습니다. '장르적인 것'이라는 말의 모호성 때문이기도 한데, 그렇다고 하더라도 '장르적인 것'과 '진짜 장르문학'이 언제나 선명하게 설명되는 개념은 아닙니다. 대표적으로 미스터리는 상당히 확장성이 큰 장르입니다. 다양한 인접 장르와의 결합이 가능하고, 어떤 장르든지 미스터리를 활용할 수 있습니다. 실제로 포괄적인 범죄 서사와 추적 과정은 어떤 문화 콘텐츠에서도 느슨한 이야기 골격으로 만들어질 수 있습니다.

로컬리티에 따른 미스터리의 변화와 선호의 차이도 분명히 존재합니다. 일본에서는 아이러니하게도 가장 원형적인 미스터리로서의 본격 미스터리가 우세하지만, 그것은 사회파와의 적절한 세대교체와 주류 경향의 끊임없는 변화가 있었기 때문에 가능했습니다. 최근 들어 요 네스뵈의 '형사 해리 홀레' 시리즈나 페르 발뢰와 마이 셰발의 '마르틴 베크' 시리즈 같은 북유럽 미스터리는 특유의 사회적 분위기에 하드보일드하면서도 사회파적인 색채를 적절하게 혼합해 보여주기도 합니다. 이러한 소설들이 전 세계 독자들을 끌어들이는 것을 보면, 미스터리가 기본적인 관습은 유지하되 시대와 사회 분위기에 적응하며 다양하게 진화하고 있음이 분명합니다.

장르문학을 평가하는 말 중에 "클리셰 투성이다"라는 말만큼 강력한 힘을 가진 문장은 없지 않을까 싶습니다. 장르의 클리셰를 어떻게 봐야 할까요?

장르문학에서 '클리셰'란, 오랫동안 남용되다 보니 신선함을 잃고 진부해진 특정 이야기 요소들을 가리킵니다. 누구나 예측 가능하고 전개가 뻔하게 읽히는 상황, 대사, 인물에 이르기까지 클리셰는 다양하게 존재합니다. 특정 장르에 익숙해질수록 클리셰를 지나치게 비판적으로 보거나 전형적인 것을 멀리하는 사람이 많습니다. 하지만 아는 맛이 제일 무섭듯 효과적인 클리셰의 활용은 장르문학의 핵심과 정수를 얼마나 잘 파악하고 활용할 수 있는가에 대한 증명이기도 합니다. 클리셰를 기피하고 비튼다고 해서 무조건 좋은 결과가 나오는 것은 아닙니다. 오히려 창작에 있어 리스크를 짊어지는 방향이기도 하죠. 대표적으로 사람들이 '스타워즈' 시리즈에 기대하는 바는 대단히 클리셰적인 것에 대한 기대입니다. 〈스타워즈: 라스트 제다이〉가 비판받은 지점처럼, 창작자가 의도적으로 대중의 기대를 배신할 땐 배신감 이상의 만족감을 주어야만 성공적인 클리셰 비틀기라고 할 수 있겠죠.

최근에 미스터리 장르 안내서 《이것은 유해한 장르다》를 출간하셨습니다. 이 책에는 어떤 이야기가 담겨 있나요.

이 책은 미스터리 장르에 대한 포괄적인 설명과 함께 장르의 변화를 추적하는 내용을 담았습니다. 요 몇 년 동안 썼던 한국 미스터리 소설에 대한 비평들을 묶었습니다. 엄밀히 말해 미스터리 비평집이라기보다는 일종의 장르 안내서, 앞으로의 본격적인 장르비평을 위한 출입구 혹은 출발점이라 할 수 있습니다. 지금까지 미스터리에 대한 고전적인 설명이나 일본을 중심으로 한 유명 작가와 작품을 소개한 책은 많았지만 미스터리의 변형과 확장을 강조하면서 한국적 미스터리에 대해 구체화하려는 작업은 거의 없었던 것 같습니다.

제목은 어떤 의미인가요?

당연하겠지만 저는 미스터리가 유해하다고 말하려는 것이 아닙니다. (웃음) 오히려 미스터리는 독과 약의 경계에 있는 이야기로, 어떻게 우리가 유해함을 이해하고 극복해야 할지 경험하게 해줍니다. 현재 한국 사회 한쪽에는 만인의 만인에 내한 법정이사 사적 세새, 처벌에 대한 환상이 쌩배합니다. 가해자이거나 피해자만이 존재한다는 극단적인 세상이지요. 역으로 이러한 극단적 이분법에 지친 사람들이 귀여운 것, 무해한 것만을 긍정적으로 보는 경향 역시 있습니다. 서로가 서로에게 한없이 무해한 존재이기만을 바라는 무균실의 상상력입니다. 사회 기능이 마비되고 서로가 서로에게 병균처럼 기피되는 시기일수록 유해함에 대한 허구적 경험의 폭을 넓혀야 한다고 생각합니다. 유해함에 대한 상상력을 경유하고 극복하기 위해서 말입니다.

문학과 영상 매체 모두, 사회적으로 큰 이슈가 된 범죄를 사실적으로 묘사하고 범죄자를 사적으로 처벌하는 미스터리 서사가 인기를 얻고 있습니다. 책에서 "범죄는 나쁜 것이지만, 단순하게 나쁜 범죄는 미스터리의 대상이 되기 어렵다"라는 문장을 쓰셨는데요. 이 시대의 미스터리란 무엇이 되어야 하는지 궁금합니다.

중요한 건 장르문학을 사적인 것으로만 읽지 않으려는 태도입니다. 미스터리를 포함한 장르문학은 그러한 문학이 형성된 공동체의 사회 문제와 갈등을 함축하고 있습니다. 단순히 말해 미스터리 장르라면 강력 범죄를 소재로 다룰 때에도 그것의 유해함이 어떻게 사회적으로 구성되고 해결되어야 하는가에 대한 질문을 함께 던져야 합니다. 미스터리를 좁게 바라보면 어디까지나 범죄자 개인, 희생자 개인, 문제를 해결하는 탐정 개인의 이야기에 그칠 뿐입니다. 그러나 넓은 맥락에서 범죄를 바라보고 범죄의 동기를 사회화한다면, 미스터리는 사회적 갈등과 원인, 범죄에 대한 공공의 책임을 환기하는 이야기가 될 수 있습니다. 제가 바라는 우리 시대의 미스터리는 그런 공공의 이야기입니다.

마지막으로, 독자들과 국내 창작자들이 꼭 봤으면 하는 미스터리 장르 콘텐츠에 관해 소개 부탁드립니다.

개인적으로는 미스터리에 대한 선입견을 지워줄 필요가 있다고 생각합니다. 복잡하고 어려운 본격 미스터리만이 미스터리라는 생각 때문에 좀처럼 진입장벽을 넘기 어렵다고 여기는 독자들에게는, 다양한 미디어믹스를 통한 경험치가 필요합니다. 특히 대중적인 다양한 작품을 접하며 미스터리에 대한 이해를 넓혀가다 보면 그런 선입견이 흥미로 바뀌지 않을까요?

최근 작품 중에서는 영화 〈나이브스 아웃〉 시리즈가 가장 세련된 형태의 미스터리를 보여주었다고 생각합니다. 무엇보다 미스터리로서의 설득력 이상으로 흥미로운 드라마와 사회 비판적 메시지를 효과적으로 전달했습니다. 후속작 〈글래스 어니언〉은 추리보다는 사회 비판적인 블랙코미디의 성격이 강조되었지만, 그렇다고 해도 여전히 훌륭합니다.

미스터리에 좀 더 초점을 맞출 경우 요네자와 호노부의 '고전부' 시리즈 원작과 애니메이션으로 제작된 《빙과》를 함께 본다면, 작가의 다른 작품들에도 입문하기 쉬울 것 같습니다. 요네자와 호노부 같은 작가의 작품들을 읽게 되면, 히가시노 게이고나 미야베 미유키로 과도하게 쏠려 있는 일본 미스터리에 대한 관심도 더 확장될 수 있으리라 생각합니다.

김소망 평생 영화와 책 사이를 오가고 있다. 대학에서 영화 연출을 전공했고 현재 직업은 출판 마케터. 마케터란 한 우물을 깊게 파는 것보다 100개의 물웅덩이를 돌아다니며 노는 사람과 비슷하다는 생각을 한다. 운 좋게 코로나 전에 다녀온 세계 여행 그 후의 삶을 기록한 여행 에세이 외전, 《세계 여행은 끝났다》를 썼다.

뛰어난 심리 묘사가 충격적인 반전을 극대화한다
- 영국 미스터리 스릴러 드라마 〈브로드처치〉

✦ 쥬한량(https://in.naver.com/netflix)

네이버 영화 인플루언서. 장르를 가리지 않고 영화/드라마를 리뷰하지만 범죄, 미스터리, 스릴러를 특히 좋아합니다. 2022년 버프툰 '선을 넘는 공모전'에 당선되었으며, 카카오페이지에 회빙환 미스터리 웹소설 〈얼굴 천재 조상님으로 살아남기〉를 완결했습니다.

'이런 미스터리 스릴러 작품을 평생에 하나라도 쓸 수 있다면 원이 없겠다!' 이 드라마의 최종화를 보자마자 속으로 외친 말입니다. 사실 이 작품을 보기 전까지는 논리와 이성으로 사건을 추적하는 범죄 수사물을 주로 좋아하고 선택했기에(〈CSI〉, 〈셜록〉, 〈멘탈리스트〉 등), 상당히 뜬금없는 반응으로 보일지 모릅니다.

대한민국의 제 또래들이 대부분 그렇듯, 저 또한 어릴 적부터 할리우드 영화와 드라마를 많이 보며 자랐기에, 사회·문화적 정서가 비슷한 것 같으면서도 다른 영국 작품은 의식적으로 잘 보지 않았습니다. 차라리 완전히 다르면 모를까, 소량의 이질감이 오히려 불편함을 불러일으키는 경우가 있으니까요. 그래서 과거 인기 있었던 영국 드라마(〈스킨스〉, 〈오피스〉, 〈퀴어애즈포크〉, 〈스푹스〉 등)도 시작만 했다가 중간에 하차하기 일쑤였습니다. 때문에 '나는 영국 드라마와는 맞지 않나 보다'라는 결론을 내리고 이후엔 시도조차 하지 않았는데, 어디선가 '충격적인 반전과 뛰어난 심리 묘사'라는 리뷰를 보고 혹시나 하는 마음에 시작했다가 여지없이 그 마력에 빠져들고 말았습니다. 시즌 1을 순식간에 정주행한 후, 한두 달가량은 만나는 사람마다 붙잡고 이 드라마를 봤는지, 안 봤다면 왜 봐야 하는지를 설파하고 다녔습니다.

그게 벌써 몇 년 전인데, 최근 이 코너에 어떤 작품을 소개할지 고민하다가 인스타그램에서 설문했더니, 제 예상과는 달리 이 드라마를 본 사람이 거의 없더군요. 2013년 작품이라 OTT가 활성화되기 이전이기도 했고, 화려하고 속도감 있는 최근 작품들에 비해 눈길을 끄는 요소가 덜하기 때문이기도 하겠죠. 하지만 저로서는 '아직 안 본 눈 삽니다!'라고 외치고 싶을 만큼 좋은 작품이라, 이번 기회에 여러분에게 소개해보려고 합니다.

2년에 하나의 시즌, 그만큼 진득하게 쌓아 올린 이야기들

이 작품은 2013년 첫 번째 시즌을 시작으로, 2015년에 시즌 2, 2017년에 시즌 3로 시리즈를 완결합니다. 각 시즌의 중심 사건은 다르지만 시즌 1의 사건과 중심인물이 시즌 3까지 고스란히 연결되면서 '사건의 피해자와 유가족이 사건 이후에는 어떤 삶을 살게 될지'를 풀어내고자 한 작가의 의도를 성공적으로 보여줍니다. 제가 미국 드라마를 좋아하는 것은 논리적·이성적인 스토리 전개와 에피소드별로 하나의 이야기가 완결되는 구조 때문이었는데, 깊이 있는 이야기 전개와 연출로 인간 군상의 본모습을 적나라하게 파헤친 이 작품을 접하고선 '이런 게 바로 영국 드라마의 힘이구나' 하고 느꼈습니다.

시즌 1에서는 한 소년이 의문의 죽음을 맞으면서 그로 인해 서서히 무너지는 피해자의 가정, 마을 주민이자 경찰인 중년 여성 경사와 그녀의 자리를 꿰찬 이방인 남자 경위와의 불편한 관계, 모든 마을 사람의 의심스러운 상황이 살인사건을 둘러싼 불안한 감정을 중심으로 고조되면서 다각적으로 인물과 상황에 접근합니다. 단순히 사건 해결을 위해서만 캐릭터가 움직이는 기존의 수사물과 달리, 도시에서 온 경위 외에는 오랫동안 알고 지내온 가까운 사람을 의심해야만 하는, 누구도 믿을 수 없는 상황이 불러일으키는 긴장감은 그래서 되레 끔찍합니다.
시즌 2는 개인적으로 실망한 탓에 실은
기억이 잘 나지 않습니다. 리뷰를 찾아보니
저와 똑같이 느끼는 사람이 많더라고요.
영국 현지에서도 시즌 1이 예상외의 성공을
거두면서 시즌 2의 초기 시청률은 훨씬
높았지만, 결과적으로는 조금 아쉽게
마무리되었다고 합니다(IMDB 시즌별 평점도 시즌
2가 가장 낮습니다. 그래도 평균 8점은 나옵니다만).
시즌 3에서는 친구의 생일 파티에 갔다가
성폭력을 당한 중년 여성의 사건이
중심이면서도 시즌 1의 피해자 가족의 삶도
병렬적으로 보여줍니다. 범죄 사건은 범인을
밝힌다고 해서 해결되거나 끝나는 게 아니라
그 일을 겪은 사람에게는 여전한 기억이며
이어지는 생활이라는 것을 꾸준히 이야기하는
것이죠.
거의 혼자 작업한 것으로 알려진 크리스
칩널 작가는 하나의 죽음이 공동체에 어떤
영향을 미치는지 표현하고 싶었다고 합니다.
시즌 3까지 확인해보면, 그의 의도는 충분히
달성됐다고 평가할 만합니다.

**추악한 인간의 본성과 대비되는 고즈넉한 풍경이
더욱 시리다**

사실 네이버 작품 정보에 표기된 드라마의
줄거리는 아주 단순합니다.
'한 마을에서 일어난 의문의 살인사건을
파헤치는 이야기.'
게다가 겉으로 보이는 드라마의 스타일은
요즘의 휘황찬란한 드라마들과 비교하면 한층

더 매력이 떨어집니다. 영국의 어느 해안가
시골 마을이 배경. 그곳 토박이인 아줌마
경찰과 좌천되어 시골로 온 듯한 비관적인
인상의 아저씨 형사가 주인공. 그리고 그저
평범해 보이는 마을 사람들. (그나마 호기심을
자극하는 유일한 요소는) 어느 아이의 죽음.
사건이 이미 벌어진 후라서 해결이 급박해
보이지도 않고, 등장 캐릭터들도 특별한
매력을 발산하지 않습니다. 이런 배경과
상황에서 과연 어떤 드라마틱한 일이
벌어질 수 있나, 재미 요소가 있기는 할까
하는 의심으로 감시하듯 드라마를 보기
시작했습니다. 그런데 에피소드가 쌓여갈수록
입체적이고 깊이 있는 캐릭터와 치밀한
상황 설정, 사건 구성에 연신 감탄하는 저를
발견하게 되었습니다. 특히 '겉보기에는
너무도 평범한 우리의 일상' 같은 설정이
사건 해결에 이르는 과정에서 여지없이
뒤흔들리고, 결과적으로는 충격에 빠지게
하는 가장 큰 요소라는 걸 깨닫는 순간, 이전의
모든 판단이 바뀌어버립니다.
시즌 1에서 특히 개인적으로 경탄한
장면(맥락)이 있는데, 주요 캐릭터 중 하나가
이전까지는 자신이 주변인을 설득하던 논리를
실제 자신이 마주해야 하는 자가당착의 상황에
이르게 되는 부분입니다(스포일러가 될 수 있어
자세한 설명은 생략합니다). 그 순간 저는 정말로
머릿속에서 징 소리가 들린 듯했습니다(이
수사적 표현을 실제로 경험!). 작가의 통찰력과
함께, 그걸 잘 표현해낸 연기자에게 감동까지
받았죠.
더불어 끔찍하고 스산한 사건과 대비되는
아름답고 한적한 해변 마을이 배경이 되면서

인간의 잔혹함은 한껏 증폭시킵니다.
그러다 보니 이런 요소를 중요하게 생각하는
사람들의 리뷰에서는 풍경에 관한 찬사가
많이 언급되기도 합니다. 촬영 장소인 쥐라식
코스트가 2001년 유네스코 세계자연유산으로
등재된 곳이니 당연한 일일까요?

마무리하며 & 제목의 의미는?

시즌 1에서 연기한 배우들은 마지막 화
대본을 받기 전까지도 범인이 누구인지
몰랐다는 여담이 있습니다. 그래서 각자의
추리를 내놓으며 범인을 유추하는 놀이를
했다고 하는데, 이방인 형사 캐릭터를 연기한
데이비드 테넌트는 너무 궁금한 나머지 작가를
따라다니며 범인이 누구인지 알려달라고
졸랐다고 합니다. 그렇다면 드라마 속
의뭉스러웠던 마을 사람들의 표정은 연기가
아니라 실제였을지도 모르겠습니다.
제목인 '브로드처치Broadchurch'는 특별한
의미가 있는 것은 아니고 그저 배경이자
사건이 벌어진 마을의 이름입니다. 지명에
'처치'가 들어간 점 때문에 교회나 종교와
관련된 내용일 거라는 오해를 사기도 하지만,
우리나라로 치면 〈웰컴투 동막골〉이나
〈곡성〉, 〈실미도〉 같은 느낌일 것 같습니다.
그래도 이 드라마에서는 단순히 장소의
지칭을 넘어 작가의 의도대로 '공동체' 자체를
의미하지 않을까요?

《성스러운 술집이 문 닫을 때》

로런스 블록 지음 · 박진세 옮김 · 피니스아프리카에

한이 　　 매트 스커더, 매튜 스커더, 매슈 스커더, 어떤 이름으로 불리든 로런스 블록이 창조
한 전설적인 탐정의 매력은 그대로다.

《mymy》

강진아 지음 · 북다

김소망 　　 느긋하게 흐르는 사건이 지루하지 않은 건 독하게 반짝이는 캐릭터들 덕분이다. 진
실로 미스터리한 건 범죄가 아니라 인간의 마음.

《마치 박사의 네 아들》

브리지트 오베르 지음 · 양영란 옮김 · 엘릭시르

조동신 　　 쌍둥이 트릭의 새로운 변주

《옥타비아 버틀러의 말》

옥타비아 버틀러 지음 · 콘수엘라 프랜시스 기획 · 이수현 옮김 · 마음산책

한이 　　 암울한 배경 속에서도 희망과 공존을 이야기한 SF 작가 옥타비오 버틀러의 말들.
여성만이 아니라 문자를 사용하는 모든 작가에게 힘을 주는 말이 담겨 있다.

《당신이 누군가를 죽였다》

히가시노 게이고 지음 · 최고은 옮김 · 북다

한이   히가시노 게이고가 들고 나온 가장 대중적인 형태의 친절한 본격 미스터리.
이영은   매끈한 테크닉. 범인이 좀 더 설득력이 있었으면 하는 아쉬움.

《네메시스의 단검》

이정훈 지음 · 아프로스미디어

조동신   여러 가지 욕망이 멧돼지처럼 충돌하는 작품.

《거짓의 프레임》

샌더 밴 데어 린덴 지음 · 문희경 옮김 · 세계사

한이   우리도 언제든 온라인에 떠도는 거짓 이야기에 '감염'될 수 있다. '사전 반박'이라는
        '예방 접종'이 필요한 이유다.

《도시전설의 모든 것》

얀 해럴드 브룬반드 지음 · 박중서 옮김 · 위즈덤하우스

한이   한국어판 기준 1016쪽에 이르는 전 세계 도시전설의 현란한 퍼레이드.

《로라미용실》

박성신 지음 · 북오션

조동신 　 교제 살인이라는 무거운 소재를 솜씨 있게 다룬 작품.

《스티븐 킹 마스터 클래스》

베브 빈센트 지음 · 강경아 옮김 · 황금가지

한이 　 스티븐 킹 '빠'로서 어찌 소장하지 않을 수 있겠는가.

《뽕의 계보》

전현진 지음 · 팩트스토리

한이 　 한국이 '뽕맛'을 처음 본 1960년대부터 '텔레그램' '다크웹'으로 대변되는 현재에
　　　 이르기까지, 전현진 기자가 치열하게 파고든 뽕의 역사.

《활자 잔혹극》

루스 렌들 지음 · 이동윤 옮김 · 북스피어

김소망 　 우아하고 고전적인 세계 미스터리 전집을 만든다면 꼭 포함할 것.

《반드시 성공하는 스토리 완벽 공식》

아라이 가즈키 지음 · 윤은혜 옮김 · 세종서적

한이　　　　스토리를 구성하는 방법에 관한 실용적인 제안들이 가득하다. 특히 '상자 구성법'은
　　　　　　실전에서 사용할 만하다.

《촉법소년》

김선미, 소향, 윤자영, 정해연, 홍성호 지음 · 네오픽션

한이　　　　현직 교사, 양형조사관 등이 소설로 풀어낸 촉법소년의 범죄와 징벌에 관한 이야기.

《십계》

유키 하루오 지음 · 김은모 옮김 · 블루홀식스(블루홀6)

조동신　　　클로즈드 서클의 진화를 느낄 수 있는 작품.

《플롯》

에이미 존스 지음 · 안지아 옮김 · 드루

한이　　　　작은 크기에 속단하지 말라. 플롯에 관한 알찬 조언으로 가득하다.

《오렌지와 빵칼》

청예 지음 · 허블

김소망　작가의 상상에 기대 나도 어린애 머리통을 확 때려본다. 누군가를 때리고 부수는 상
　　　　상을 한 번도 해본 적 없는 자만 돌을 던져라.

《초소년》

홍정기 지음 · 빚은책들

조동신　소년이 감당하기 어려워도, 감당해야 하는 사건 이야기

《우리말 궁합 사전》

여규병 지음 · 유유

한이　　'이견(異見)을 좁히다'는 문장이 어색하지 않다면, 이 책을 공부하라.

《적산가옥의 유령》

조예은 지음 · 현대문학

김소망　공기에 떠도는 오래된 목조건물 속 피 냄새. 여름에는 오감을 깨우는 조예은 소설을
　　　　읽어야 한다.

볼링공은 죄가 없다

황세연

제길!

내가 막 아르바이트를 시작한 코지마트에서 살인사건이 일어났다.

오후 3시 무렵, 진상 손님 때문에 진땀을 빼고 있는데 구급차 사이렌 소리가 요란하게 들리더니 마트가 시끄러워졌다. 소란의 진원지는 마트 뒷마당이었다. 직원들은 물론 진상 손님까지도 무슨 일인가 싶어 마트 뒷문을 통해 뒷마당으로 몰려갔다. 나 역시 호기심이 생겼으나 고객지원센터의 유일한 직원인지라 자리를 비울 수 없었다.

곧이어 경찰차와 형사들, 과학수사팀이 몰려왔다.

나는 다른 직원들을 통해 뒤늦게 상황을 파악할 수 있었다.

이 괴이한 사건을 기술하기 위해서는 먼저 사건 현장인 코지마트부터 설명해야 한다.

우리 코지마트는 추리시 외곽에 있는 중형 슈퍼마켓이다. 임직원은 총 아홉 명이다. 사장 한 명, 계산원 세 명, 상품 관리 및 진열 담당 직원 두 명, 배달 직원 두 명, 그리고 고객지원센터의 유일한 직원인 나.

20년쯤 된 건물인 코지마트는 큰길가에 있는데, 마트 앞에는 승용차를 열 대쯤 댈 수 있는 주차장이 있다. 매장의 크기는 100평쯤 된다. 매장 뒷문을 나가면 테니스 코트 크기 정도의 뒷마당이 있고 맞은편에 여분의 상품과 재고 등을 보관하는 창고 건물이 있다.

창고 건물 2층은 사무실 겸 직원 탈의실이다.

2층 사무실로 올라가는 바로 그 계단 밑에서 상품 관리 및 진열팀 팀장인 주근남의 시체가 발견되었다.

마트 문을 닫게 한 경찰은 손님들의 신원을 꼼꼼히 확인한 뒤 마트 밖으로 내보냈다.

형사들은 마트 앞 주차장에 간이 천막을 쳐놓고 나를 비롯한 마트 직원을 한 사람씩 불러서 사건 당시 어디에 있었느냐, 거기서 무엇을 했느냐, 수상한 사람을 못 보았느냐, 주근남과 사이는 어떠했느냐, 주근남과 사이가 좋지 않은 직원이 있으면 말하라고 다그쳐댔다.

하지만 나는 할 말이 거의 없었다.

"저는 아르바이트를 시작한 지 며칠 안 되어 마트 상황은 잘 몰라요."

직원들의 이야기와 형사들의 이야기를 종합해보면 사건은 이러했다.

오후 3시경, 배달을 마치고 돌아온 배달팀의 왕담배는 매장 뒷마당에 트럭을 세운 뒤 차에서 내려 담배를 피우기 위해 마당 구석의 계단 밑으로 갔다. 마트 직원 중 담배를 피우는 사람은 주근남과 왕담배뿐이었는데 그들은 고객의 눈에 띄지 않는 으슥한 계단 밑에서 담배를 피우곤 했다.

"아아앗!"

계단 밑에서 머리가 피투성이인 채 쓰러져 있는 주근남을 발견한 왕담배는 곧장 달려들어 몸을 흔들었지만, 아무 반응도 없었다. 왕담배는 주머니에서 휴대폰을 꺼내 119에 전화하며 계단을 뛰어 올라갔다. 사무실 출입문 지문인식기에 엄지를 대서 문을 열고 사무실 안으로 들어갔지만 아무도 없었다.

왕담배는 다시 계단을 뛰어 내려와 뒷마당을 가로질러 마트 안으로 달려 들어가 문 앞에 있던 배달팀 팀장 강배달에게 상황을 알렸다. 두 사람은 함께 주근남에게 달려갔고, 강배달이 다시 주근남의 몸을 흔들어보고 가슴에 귀를 대보았다. 심장이 뛰지 않았다.

그 직후 119 구급차가 도착했다. 구급대원들은 주근남이 이미 사망했다는 것을 알면서도 심폐 소생술을 실시했다. 하지만 다시 심장이 뛸 기미는 없었다.

주근남은 둔기에 머리를 세게 얻어맞아 정수리 부분이 움푹 함몰되어 있었다. 살인사건이 분명했다. 119 대원들은 현장에 시체를 그대로 둔 채 경찰을 불러 시체를 인계하고 돌아갔다.

형사들의 말에 따르면 살인사건이 일어난 시각은 낮 2시에서 3시 사이였다. 주근남을 마지막으로 본 사람은 마트 사장 왕기업이었는데, 그가 주근남을 본 시각이 2시쯤이었고 3시경에 시체가 발견되었다.

주근남의 정수리 상처를 살펴본 검시의는 머리를 내려친 흉기가 축구공 크기에 무게가 꽤 나가는 단단하고 둥근 무엇이라고 말했다.

"혹시 볼링공?"

형사의 말에 검시의가 머리를 끄떡였다.

2층 사무실 소파 옆에 볼링공이 든 가방 하나가 놓여 있었다. 가방의 주인은 죽은 주근남이었다. 출근할 때 가져와 놔둔 것이었다. 주근남은 금요일마다 볼링공이 든 가방을 메고 출근했고, 퇴근 후 볼링장에 가서 동호회 회원들과 함께 볼링을 즐겼다.

검시의는 주근남의 정수리에 난 상처로 볼 때, 범인이 볼링공 또는 볼링공과 비슷한 어떤 흉기로 주근남의 앞이나 뒤에서 머리를 내려친 게 아니라 계단 중간쯤에 서서 계단 밑에서 담배를 피우고 있던 피해자의 머리를 내려친 것 같다고 했다. 그 뒤 범인은 계단 아래로 가서 주근남의 시체가 사람들의 눈에 띄지 않게 안쪽으로 끌어다 옮겼고 흉기도 치웠다.

그런데 과학수사팀의 조사 결과는 예상과 달랐다. 사무실에 있는 볼링 공에서는 어떤 혈흔도 검출되지 않았다. 또 범인이 계단 위에서 볼링공을 아래로 내려쳤다면 주근남의 머리를 강타하고 난 볼링공이 시멘트 바닥에 세게 충돌했을 텐데, 볼링공에는 긁힌 흔적이 없었다.

주근남의 사망 추정 시각인 낮 2시에서 3시 전후로 CCTV가 없는 마트 뒷마당에 잠깐이라도 있었던 사람은 주근남을 포함해 네 명뿐이었다.

주근남은 1시 30분쯤 매장 뒷문 CCTV 앞을 통과해 뒷마당으로 나갔고, 1시 38분쯤 2층 사무실 출입문의 지문인식기에 지문을 찍고 안으로 들어갔다. 매장 뒷문에서 사무실까지는 1~2분 거리인데 8분이 걸린 것은 계단 밑에서 담배를 피우고 사무실로 올라갔기 때문인 것 같았다.

그는 20분쯤 사무실에 있다가 1시 55분에 출근한 마트 사장과 함께 2시에 사무실에서 나왔고 3시에 시체로 발견되었다. 그는 사무실에서 나온 직후 계단 밑으로 가서 담배를 피우다가 살해된 것인지, 아니면 계단 옆 창고에 들어가 얼마 동안 물품관리 등의 일을 하다가 나와 계단 밑으로 가서 살해된 것인지는 알 수 없었다.

첫 번째 용의자인 마트 사장 왕기업은 오후 1시 20분쯤 자전거를 타고 출근해 뒷마당에 자전거를 세워놓고 매장을 둘러본 뒤 1시 50분쯤 매장 뒷문을 통과했고, 1시 55분쯤 2층 사무실 출입문 지문인식기에 지문을 찍고 사무실 안으로 들어갔다. 그는 소파에 누워 있는 주근남을 보고 놀지만 말고 일 좀 하라고 잔소리를 한 뒤 2시쯤에 주근남과 함께 사무실에서 나왔다. 그는 자전거를 타고 떠나는 자신을 주근남이 마트 뒷마당에서서 배웅했다고 말했다. 왕기업은 2시 4분에 자전거를 타고 뒷마당 자동차 진출입로의 CCTV 앞을 통과해 귀가했다.

두 번째 용의자, 시체를 발견한 배달팀 직원 왕담배는 1시 40분부터 1시 55분까지 마트 뒷문 앞에 트럭을 대놓고 배달팀 팀장 강배달과 함께 배달할 물건을 트럭에 실었다. 물건을 다 실은 왕담배는 곧장 트럭에 올라 배달에 나섰다.

2시 55분쯤 마트로 돌아온 왕담배는 매장 뒷문 앞에 트럭을 세워놓고 뒷마당 구석의 계단 밑으로 담배를 피우러 갔다가 살해된 주근남을 발견했다. 2층 사무실 출입문의 지문인식기에는 출근 시각인 오전 8시 30분, 그리고 오후 3시 1분에 찍혀 있었다. 3시 1분의 지문은 시체를 발견하고 도움을 청하기 위해 사무실에 갔을 때 찍은 것이라고 했다.

세 번째 용의자인 강배달은 왕담배의 배달 트럭에 물건을 실어주고 나서 뒷정리를 한 뒤 2시 8분에 매장 뒷문 CCTV를 벗어났다. 이후 2시 28분에 다시 매장 뒷문 CCTV에 모습을 드러냈다. 그는 20분 동안 창고에 들어가 빈 종이 상자들을 정리해 밖으로 가지고 나와 뒷마당 쓰레기통 옆에 있는 재활용품 수거함에 버렸다고 했다. 자신이 창고에 있을 때는 주근남이 창고 안으로 들어온 적이 없다고 진술했다. 강배달의 2층 사무실 출입은 출근하면서 아침 9시에 지문을 찍은 게 유일했다.

누군가가 사람을 죽이고 현장을 벗어나는 데는 1~2분이면 충분하다. 용의자 세 명 모두 범인일 수 있었다. 하지만 흉기가 무엇이었느냐에 따라 상황이 크게 달라진다. 흉기가 2층 사무실에 있던 볼링공이라면 2층에 올라가지 않은 사람은 용의선상에서 제외되고 2층에 드나든 사람만 용의자가 된다.

아침 출근 때를 제외하고 2층 사무실을 드나든 사람은 두 명이었다. 왕담배는 3시 1분쯤 2층 사무실에 들어간 이유를 주근남의 시체를 발견하고 도움을 청하기 위해서였다고 진술했다. 그의 진술은 119에 전화를 건 시각과 일치한다.

2층 사무실의 볼링공이 살인 흉기이고 그가 범인이라면 아침 출근 때 사무실에 있는 볼링공을 훔쳐 가지고 나와 어딘가에 숨겨뒀다가 살인을 저지른 다음, 3시 1분에 사무실로 들어가 볼링공을 제자리에 가져다놨을 거라는 추측이 가능하다. 하지만 그는 주근남보다 먼저 출근했기에 볼링공을 훔칠 시간이 없었다. 주근남이 아침 8시 50분에 사무실에 출근했을 때 그는 이미 매장 안에 있었다.

마트 사장 왕기업은 2층 사무실에는 1시 55분에 들어간 게 전부이지만 범행은 가능했다. 지문을 찍어 2층 출입문을 연 뒤 문이 닫히지 않게 뭔가로 문을 괴어놓고 볼링공을 가지고 나와 계단 밑에서 담배를 피우고 있던 주근남을 살해한 뒤 볼링공을 제자리에 가져다놓았을 수도 있다. 출입문이 20초 이상 열려 있으면 경고음이 나지만 소리가 크지 않아 아무도 못 들었을 가능성도 있다.

'주근남의 볼링공이 흉기라면 범인은 왜 볼링공을 다시 제자리에 가져다놓았을까? 볼링공이 흉기라는 것을 감추기 위해?'

2층 사무실의 볼링공이 살인 도구가 아닐 가능성이 있었으므로 수사관들은 다른 흉기를 찾기 위해 코지마트 안과 주변을 이 잡듯이 샅샅이 뒤졌다. 하지만 어디서도 다른 볼링공, 또는 볼링공과 비슷한 흉기를 찾아내지 못했다.

코지마트 뒷마당의 왼쪽은 3층짜리 상가의 창문도 없는 외벽이었고 오른쪽은 4층짜리 연립주택의 외벽이어서 볼링공 같은 흉기를 버리는 것 자체가 불가능했다.

계단 옆의 창고 안에는 많은 물건들이 쌓여 있었지만 둥글고 단단하고 무게가 꽤 나가는 볼링공과 닮은 것은 없었다. 창고 안의 커다란 냉장고에도 사과, 참외, 수박, 멜론, 딸기 등의 과일과 채소가 두세 상자씩 들어 있을 뿐이었고, 냉동고 안에도 1킬로그램 이내로 소포장한 냉동 삼겹살 같은 고기와 여러 종류의 생선만 들어 있었다.

이 살인사건은 흉기가 무엇인지 확인되어야만 범인을 특정할 수 있었다. 그런데 단서가 전혀 없었다. 사건은 점점 미궁으로 빠져들고 있었다.

살인사건이 일어난 지 3일이 지나서 코지마트는 영업을 재개했다. 하지만 살인사건이 벌어진 마트에 물건을 사러 오는 손님이 있을 리 없었다. 손님을 끌기 위해 반값 할인 행사를 시작했지만 그래도 손님은 들지 않았다.

살인사건 5일째, 경찰이 둥근 파우치 사진을 가지고 코지마트로 와서 직원들에게 보여주었다. 축구공이나 볼링공 같은 것을 넣으면 딱 맞을 듯싶은 파우치였다.

"이런 걸 보신 적 있습니까?"

직원들이 서로의 표정을 살폈다.

"아! 그거 본 적 있어요."

대답한 사람은 죽은 주근남과 같은 팀인 왕소금이었다.

"이거, 돌아가신 우리 팀장님 볼링공 파우치 같아요. 팀장님은 이 파우치에 볼링공을 담아서 가방에 넣어 다녔어요."

그 파우치는 사건 당일 형사들이 코지마트 뒷마당에 있는 쓰레기통 속에서 발견해 국과수에 감식을 의뢰했던 것인데, 주근남의 혈흔과 머리 피부조직이 검출된 모양이었다.

형사들이 돌아간 뒤 직원들은 각자의 추리를 이야기했다.

"볼링공 파우치에 피가 묻어 있는 걸 보면 역시 흉기는 볼링공이 틀림없어. 범인은 파우치에 감싸인 볼링공으로 계단 아래에 있던 주근남 팀장을 살해한 뒤 피 묻은 파우치는 쓰레기통에 버리고 볼링공은 다시 2층 사무실에 가져다놓은 게 분명해."

"그렇다면 범인이 누구란 말인가요? 역시…."

"아, 아니야! 우리 사장님은 절대 아니야. 경찰이 바본가? 경찰이 사장님을 철저히 조사했지만 주근남을 죽일 동기가 눈곱만큼도 없다잖아. 그리고 주근남이 죽어서 가장 손해를 본 사람이 바로 사장님이잖아. 이 사건으로 마트가 망하면 사장님은 전 재산을 잃게 돼. 이건 우발적 살인이 아니라 계획 살인이 분명한데, 사장님이 범인이라면 그런 점을 고려 안 했겠어?"

"그렇다면 범인이 누구란 말입니까? 우리 중에 범인이 있을 수도 있다고 생각하니 소름 끼쳐서 더는 마트 못 나오겠어요."

"그만둬 봐, 그 즉시 경찰이 범인으로 의심할걸?"

나 역시도 다른 직원들처럼 그만두고 싶은 마음이 간절했지만, 그만두지 않았다. 의심받을까 봐 그런 건 아니었다. 이 사건에 대한 호기심 때문이었다. 누가 범인이고 어떤 방법으로 살인을 저질렀는지 미치도록 궁금했다.

살인사건 7일째 되던 날, 나는 기묘한 전화 한 통을 받았다. 전날 수박을 사간 고객의 거친 항의 전화였다.

"아니, 과일에 유통기한이 쓰여 있지 않다고 이렇게 고객을 속이고 썩은 수박을 팔아도 되는 겁니까? 어제 반값 할인한다기에 수박 한 상자 샀는데, 배달 온 걸 보니 한 통만 괜찮고 한 통은 완전히 썩었잖아요."

수박 한 상자에는 같은 날 수확한 수박 두 통이 들어 있었다. 한 통은 멀쩡한데 한 통만 완전히 썩다니? 뭔가 이상했다.

"정말 한 통만 썩었나요?"

"이 아가씨야! 내가 그깟 수박 한 통 때문에 거짓말하겠어?"

"아, 죄송합니다, 고객님!"

나는 고객이 앞에 있는 것처럼 전화기에 대고 고개를 숙여 댔다.

"수박이 상한 게 확인되면 바로 환불해드리겠습니다."

"확인요, 어떻게요? 이 썩은 걸 낑낑대며 다시 마트로 가져오라는 건가요?"

"아, 아닙니다, 고객님. 휴대폰으로 찍어서, 영수증과 같이 가져오시면 바로 환불 처리해드리겠습니다."

중년 남자는 30분도 지나지 않아 씩씩거리며 달려왔다.

나는 고객이 내민 휴대폰의 썩은 수박 사진을 확대해 살피다가 갑자기 손뼉을 쳤다.

"어머머! 정말 썩었군요! 정말로 팍 썩었어요!"

내 목소리에는 안타까움이 아닌 기쁨이 가득했다.

"같은 상자에 들어 있는데 한 통만 이렇게 썩어 있었단 말씀이죠?"

"그렇다니까! 내가 몇 번이나 말해야 돼!"

"저 고객님! 이 썩은 수박 아직 안 버리셨죠?"

"당연하지! 결정적 증거인데 왜 버려! 환불받고 나서 버려야지."

"그래 맞아요, 고객님! 결정적 증거! 진짜 결정적 증거 맞아요, 호호호."

나는 경찰에 연락하기 위해 휴대폰을 꺼내며 중년 고객을 향해 미친 여자처럼 활짝 웃어 보였다.

문제: 이 살인사건의 범인은 누구이고, 범인은 어떤 방법으로 살인을 저지르고 증거를 없앴을까?

정답은 QR코드를 스캔하거나 나비클럽 홈페이지(www.nabiclub.net)의
〈계간 미스터리〉 카테고리에서 확인할 수 있습니다.

"한눈에 알아봤지, 너도 나처럼 부서진 사람이라는 걸"
"이 도시는 말이야, 사람을 미치게 만드는 뭔가가 있어"
"산다는 것은 끝없이 도망치는 것이다"
"생각하는 법은 곧 잊어버릴 것이다.
그냥 존재하는 법을 배울 것이다"
추리X괴담 20명 작가의 무서운 컬래버

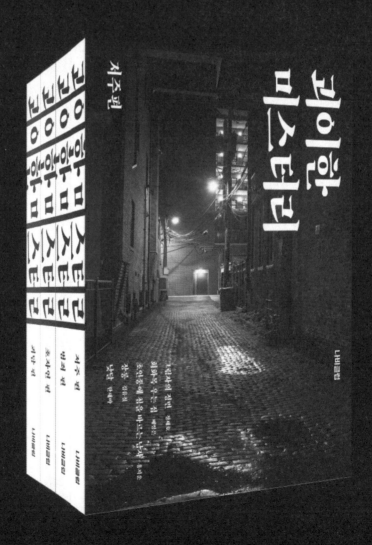

독자 리뷰

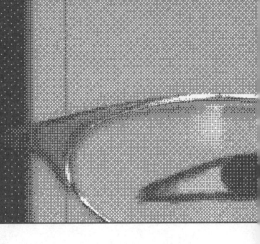

✦ juweslian

르포 기사로 나온 서울대 N번방 기사를 얼마 전에 읽었다. 미처 이슈가 되기 전에 빛의 속도로 묻혀서, 나중에 다시 찾아 읽으려 했다. 마침 《계간 미스터리》에서 르포 기사로 다뤄 반가웠다. 같은 사건이라도 기사의 초점과 시각을 어디에 두느냐에 따라 전혀 다르게 와닿는다. 기사는 피의자들을 검거하기까지의 과정을 비교적 상세하게 다룬 반면, 르포 기사는 '범행'이 어떻게 이뤄지며 뻗어나가는지 다뤘다. 소설에 가까운 형식이지만 그래서 자극적이고 상상을 가미하게 된다. 이번 호에 실린 단편들도 절반 정도 읽었는데 모두 매운맛이다. 문장 가독성도 좋고 반전도 괜찮은 편이다. 10점 만점에 6점 정도. 어지간한 것에 놀라지 않기 때문에 점수가 박한 건 순전히 내 기준이다.

✦ myster_yn

내용과 별 관계는 없다만 장르 간의 경계가 흐려지는 지금, 미스터리의 고유한 정체성은 무엇일까, 하는 생각이 들었다. 어쩌면 비현실적인 소재 자체에 거부감을 느끼는 독자도 있을 수도. '이런 건 과학적이지 않다'는 말로 비판하는 SF 독자가 있듯, 미스터리 독자는 '이런 건 논리적이지 않다'며 오컬트나 호러와 미스터리의 경계를 명확히 구분 짓고 싶을지도 모른다. 그러나 요즘은 미스터리라는 개념을 넓게 바라보는 추세다. 그렇다면 소설이 지녀야 할 논리성은 '현실적으로 일어날 수 있는가?'보다는 '하고 싶은 이야기가 막히지 않고 전해지는가?'에 초점을 둬야 하는 게 아닐까. 그렇게 만들어진 결과물이 더 이상 '추리(할 수 있는)소설'은 아닐지라도 의문과 해결의 과정이 담겨 있는 한 '추리(하게 되는)소설'로서 미스터리의 영역을 넓히는 걸지도 모른다고 생각했다. 이런 건 너무 포괄적인 얘기일까? ㅎㅎ

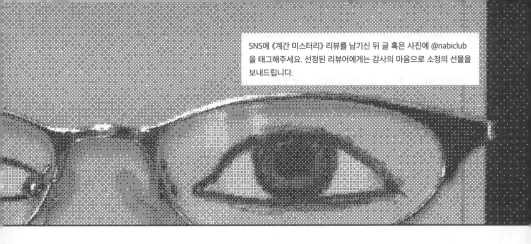

✦ light_and_saltbread

'회반죽을 바른 벽에 죽은 고양이의 몸이 이미지로 드러난다면 어떤 느낌일까?' 《계간 미스터리》의 한국 호러 미스터리 소설을 읽으면서 포의 단편 소설에서 느꼈던 보편적이고 특수한 공포를 이렇게 다양하게 묘사할 수 있구나 하고 새삼 놀랐다. 파괴와 소외는 무관심과 무감각이라는 토양 속에서 싹을 틔운다. 분노, 광기와 같은 감정이 고조되어 폭발하기까지 그것을 증폭시키기 위한 묘사들은 흑백으로만 편집된 여름호의 컬러와 묘하게 발을 맞춘다.

✦ 블리오의 바다

지난번에도 한 번 언급했는데 《계간 미스터리》는 점점 성장하고 있다. 특히 출판사가 나비클럽으로 변경된 뒤 디자인과 구성에 세련미가 더해졌다. 특히 이번 2024년 여름호는 역대 발간된 《계간 미스터리》 중 손에 꼽을 정도로 수준이 높다. 미스터리 소설을 좋아하는 독자라면 꼭 한번 살펴보길 권한다.

계간 미스터리 신인상 공모

전통의 추리문학 전문지 《계간 미스터리》에서
새로운 시대를 함께 열어갈 신인상 작품을 공모합니다.

★모집 부문
단편 추리소설, 중편 추리소설, 추리소설 평론

★작품 분량(200자 원고지 기준)
단편 추리소설: 80매 안팎 / 중편 추리소설: 250~300매 안팎 / 추리소설 평론: 80매 안팎

※ 분량 기준을 준수하지 않은 응모작은 심사 대상에서 제외됩니다.

※ 평론은 우리나라 추리소설을 텍스트로 삼아야 합니다.

★응모 방법
- 이메일을 통해 수시로 접수합니다. mysteryhouse@hanmail.net
- 우편 접수는 받지 않습니다.
- 파일명은 '신인상 공모_제목_작가명'을 순서대로 기입해야 합니다.
- 이름(필명일 경우 본명도 함께 기입), 주소, 연락 가능한 전화번호, 이메일을 원고 맨 앞장에 별도 기입
  해야 합니다. 부실하게 기입하거나 틀린 정보를 기재했을 경우 당선 취소 등 불이익을 받을 수 있습
  니다.

★유의 사항
- 어떤 매체에도 발표되지 않은 작품이어야 합니다.
- 당선된 작품이라도 표절 등의 이유로 타인의 지식재산권을 침해한 사실이 밝혀지거나, 동일 작품이
  다른 매체 등에 중복 투고되어 동시 당선된 경우 당선을 취소합니다. 이 경우 원고료를 환수 조치합
  니다.
- 미성년자의 출품은 가능하나 수상 시 법정대리인의 동의서, 가족관계증명서 등을 제출해야 합니다.

★작품 심사 및 발표
- 《계간 미스터리》 편집위원들이 매호 심사합니다.
- 당선자는 개별 통보하고, 《계간 미스터리》 지면을 통해 발표합니다.

★고료 및 저작권
- 당선된 작품은 《계간 미스터리》에 게재합니다. 작가에게는 상패와 소정의 고료를 드립니다.
- 원고료에 대한 제세공과금을 공제합니다.
- 신인상에 당선된 작가는 기성 작가로서 대우하며, 한국추리작가협회 정회원으로서 작품 활동을 지
  원합니다.

■문의
한국추리작가협회 02-3142-3221 / 이메일: mysteryhouse@hanmail.net

아메리카노 기프티콘을 보내드려요!
《계간 미스터리》에 대한 의견을 보내주세요

"이런 코너가 생기면 좋겠어요."

"책 크기가 더 커지면 어떨까요?"

"이 잡지가 오래 가려면 이렇게 바뀌어야 한다고 생각해요."

"더 재미있는 한국 미스터리 소설을 읽고 싶어요"

유일한 한국 추리문학 전문 잡지인 《계간 미스터리》를
더 의미 있고 재미있는 계간지로 만들기 위해
독자분들의 솔직하고 애정 어린 자문을 구합니다.

QR코드를 통해 의견을 남겨주신 분들 중 30명에게
감사의 마음을 담아 스타벅스 아메리카노 기프티콘을 보내드립니다.

● 참여 일정

2024. 9. 19 ~ 2024. 10. 24

설문조사 하러 가기

한국 추리문학의 본진
《계간 미스터리》 정기구독

"모든 이야기는 미스터리다"

나비클럽